新 潮 文 庫

幸 福 な 死

カ　ミ　ュ
高 畠 正 明 訳

新 潮 社 版

2321

目次

刊行者のことば

《Cahiers Albert Camus》の刊行は、この作家の家族ならびに刊行者によって決定された。それは数多くの研究者、学生、さらには広く一般に、彼の仕事と思想に関心を寄せるあらゆる人びとの要望に応《こた》えるためである。

この刊行を始めるにあたって躊躇《ちゆうちよ》がないわけではない。自らに厳格であったアルベール・カミュは、なにひとつとして軽々しくは出版したことがなかった。それではなぜいまになって、放棄された小説、講演、彼が自分では『時事論集《アクチユエル》』に収録しなかった論文、記録、さらには反故《ほご》までを、読者にゆだねようというのだろう？

理由は簡単だ。一人の作家を愛していれば、あるいはその作家を徹底的に研究しようとすれば、人びとはしばしば彼についてのすべてを知りたがるものだ。カミュの未刊行作品を保持している人びとは、かかる正当な要望に応えなかったり、さらには、たとえば『幸福な死』や『旅行記』を読むことを切望している人びとにそれを許さぬことは、間違ったことであると考えている。

研究の必要上、ときとしてはカミュの存命中から、まだあまり知られていなかったり発表されていなかった彼の青春時代の書きもの、あるいはより後期のテクストを探索していた研究者たちは、これらの作品を読むことによって、作家のイメージがよりその含蓄を増し、かつ豊かになるばかりであると信じている。

《Cahiers Albert Camus》の刊行は、ジャン゠クロード・ブリスヴィル、ロジェ・グルニエ、ロジェ・キヨ、ポール・ヴィアラネーにゆだねられている。《Cahiers》は、現在では知ることが困難な未発表作品やテクストの刊行だけに限られるものではない。それは、アルベール・カミュの業績に新しい光を投げかけると考えられる諸研究をも収録することになるだろう。

幸福な死

第一部 自然な死

第一章

朝の十時だった。パトリス・メルソー(1)は規則正しい足どりでザグルー(2)の別荘に(3)向って歩いていた。この時刻には看護人は市場に出かけ、別荘にはだれもいなかった。(4)四月(5)だった。それはきらきらと輝く、冷たい美しい春の(6)朝だった。澄みきった青空は冷たく凍って、大きな太陽は眩《まぶ》しかったが熱気はなかった。別荘の近くの、丘一面に生えている松の木のあいだには、清らかな光が幹にそって流れていた。(7)道路にはだれもいなかった。その道路は少しのぼっていた。メルソーは、片手にスーツケースをさげ、世界の今朝の栄光のなかを、冷たい路面に乾いた足音を響かせ、スーツケースの把手《とって》をぎしぎしときしませながら、先へ進んでいった。

　別荘の少し手前で、その道はベンチや庭園のある小さな広場に通じていた。灰色のアロエスのなかで咲いている早咲きの真っ赤なゼラニウム、真っ青な空、野呂《のろ》を塗られた僧院の白い壁、こうしたすべてがあまりにも爽《さわ》やかで稚気にあふれていたので、メルソーは一瞬立ちどまり、それからまたあらためて、広場からザグルーの別荘に向って下りてゆく道をたどりはじめた。かれは敷居の前で立ちどまり、手袋をはめた[8]。かれはザグルーが鍵《かぎ》をかけずにおいた扉をあけ[9]、自然な仕種《しぐさ》でそれをしめた。かれは廊下に進んだ。そして左側の三番目の扉の前にやってくると、戸を叩《たた》いてなかに入った[10]。ザグルーはちゃんとそこにいた。かれは肱掛椅《ひじかけい》子《す》に腰をかけ、切断された両脚の残骸《ざんがい》に膝掛《ひざかけ》けをかけていた。そこは暖炉のそばで[11]、ちょうど二日前、メルソーがすわっていたまさにそのおなじ場所だった。かれは本を読んでいた。そしてその本は膝掛けの上に置かれていたが、かれは、驚きの表情をなにひとつ示さぬそのまるい目で、ふたたびしめられた扉の側にたったいま立ちどまったメルソーをじっとみつめていた。窓のカーテンは開かれ、床や、家具の上や、置物のかどには、太陽の斑点《はんてん》ができていた。窓ガラスの向うでは、冷たい黄金色《こがねいろ》の大地の上で朝が笑っていた[12]。凍った一つの大きな歓喜や[13]、震え声をだす鳥の鋭い鳴き声、それに情容赦ない光の氾濫《はんらん》が、その朝に、無垢《むく》と真実の顔を与えていた[14]。喉《のど》と両耳は、その部屋の息づまるような熱気にとらえられて、メルソーは立ちどまってしまった。時候が変っていたにもかかわらず、ザグルーは盛んに火を燃やしていた。そしてメルソーは、こめかみに血が上り、耳の先が脈動するのを感じていた。相手は、相変らず黙然としたまま、かれを目で追っていた。パトリスは暖炉のもう一方の端の櫃《ひつ》の方に向って歩いた[15]。そして不具者を見ずに、机の上にスーツケースを置いた。そこまでやってくると、かれは、自分の踝《くるぶし》が気づかぬくらいかすかに震えているのを感じた。かれは立ちどまった。そして口に煙草《たばこ》をくわえ火をつけたが、それは両手にはめた手袋のおかげでいかにも不器用だった。かれの背後で小さな物音がした。かれは唇に煙草をくわえたままふりむいた。ザグルーは相変らずかれをみつめていたが、たったいま本を閉じたところだった。メルソーは、暖炉の火がかれの両膝を痛いほど熱くするのを感じながら、その表題をさかさまに読んだ。バルタザール・グラシアン（訳注　十七世紀スペインのイエズス会士、作家。厳格なモラリストで思想家でもあり、同時代のフランス文学にも影響を与えている）の『殿上人』だった。かれは躊躇《ちゅうちょ》することなく櫃の方にかがみ、それをあけた。白地の上に置かれた黒いピストルは、まるで手入れのゆきとどいた猫のように、そのあらゆる曲線がピカピカと輝いていた。そのピストルは相変らずザグルーの遺書の上に置かれてあった。メルソーは、左手にその遺書を、右手にピストルをつかんだ。一瞬躊躇したあと、かれは武器を左腕の下にはさみ、遺書を開いた。遺書のなかには、ザグルーの大きなごつごつとした字がわずか数行書いてある大判の紙一枚が入っていた。

《私が消し去るのは、残った半身だけです。だからどうか私を咎《とが》めないでください。また私の小さな櫃のなかには、これまで私に仕えてくれた人たちに支払うのに必要なものより、ずっと多額のお金が入っています。それに私は、それが死刑囚たちの待遇改善に役立てばよいと願っています。けれども、それは多くを望むことでしょう》

メルソーは、無表情に手紙をたたんだ。するとこのとき、煙草の煙がかれの両目を刺し、灰が少し封筒の上に落ちていった。かれは手紙をふるい、机の上によく見えるようにそれを置くと、ザグルーの方をふりかえった。いま、ザグルーはその封書を見ていた。そして短い筋肉質のかれの両手は本のまわりに置かれていた。メルソーはかがみこんで金庫の鍵をまわし、新聞紙の包みの端からその縁だけがのぞいて見える幾つもの札束をつかんだ。ピストルを腕にはさんだまま、かれは一方の手だけで、それを規則正しくスーツケースに詰め込んでいった。そこには百枚一組の札束が二十たずあった。そしてメルソーは、自分があまりに大きなスーツケースを持ってきてしまったことに気がついた。かれは金庫のなかに、百枚の一束の紙幣を残しておいた。スーツケースをしめると、かれは半分になった煙草を火のなかに捨てた。そして右手で、ピストルを握ると、不具者の方に近づいた。

ザグルーは、いま窓をみつめていた。一台の自動車が、戸口の前を、軽い咀嚼音《そしゃくおん》をたてながらゆっくりと通りすぎていくのが聞えた。ザグルーは身動きもせず、この四月の朝の非人間的な美しさを凝視しているようであった[16]。右のこめかみにピストルの筒先を感じても、かれは目をそむけはしなかった。だが、かれをみつめていたパトリスは、かれの視線が涙でいっぱいになるのを見た。両目を閉じたのはかれのほうだった。かれは一歩うしろにさがり、引金を引いた。一瞬、壁に寄りかかり、両目は相変らず閉じたまま、かれは、まだ自分の血が両耳のところで脈打っているのを感じた。かれは凝視した。顔は左肩の上にのけぞってしまったが、身体《からだ》はほとんど曲っていなかった。それゆえザグルーの顔はもはや見えず、見えているのは、ただ、脳漿《のうしょう》や、骨や、血がもりあがっている大きな傷痕《きずあと》だけだった。メルソーは慄《ふる》えだした。かれは肱掛椅子の向う側にまわり、手さぐりで右手を取り、その手にピストルを握らせ、それをこめかみの高さまで持ちあげて取り落させた。ピストルは肱掛椅子の肱の上に落ち、そこからザグルーの膝の上に落ちた。こうした動作の最中に、メルソーは不具者の口と顎《あご》を見た。かれは窓をみつめていたときとそっくりおなじ、あの真剣で悲しげな表情をしていた。このとき鋭いラッパが戸口の前で反響した。もう一度、その現実感のないラッパの合図が聞えた。相変らず肱掛椅子の上にかがみこんでいたメルソーは、微動だにしなかった。車のがたがたいう音が肉屋の出発を知らせた。メルソーはスーツケースをつかみ、把手が太陽の光線で光っている扉をあけると部屋の外に出たが、頭はがんがん鳴り、舌は乾いていた。かれは入口の扉から外に出、大股《おおまた》で立ち去った。外にはだれもいなかった。小さな広場の一方の端に、わずかに一群の子供たちの姿があるだけだった。かれは別荘から遠ざかった。広場にやってきたとき、かれは突然寒気を感じ、薄い上着の下で震えた。かれは二度くしゃみをした。すると谷は、澄んだ嘲笑《ちょうしょう》的なこだまにみちあふれ、水晶のような大空がそのこだまをしだいに空高く運んでいった。少しよろめいたが、かれは立ちどまり、強く息を吸いこんだ。青い空からは無数の小さな白い微笑が降っていた。そうした微笑は、まだ雨の雫《しずく》でいっぱいの木の葉や、並木道の湿った凝灰岩に戯《たわむ》れ、鮮やかな血の色をした瓦《かわら》屋根の家の方に飛《ひ》翔《しょう》していくと、今度は、たったいまそれらがあふれ落ちてきたばかりの空気と太陽の湖に向って、一直線に上昇していくのだった。上空を飛んでいた小さな飛行機から、静かな爆音が落ちてきた。こうした大気のひろがりと豊かな大空に身をひたしていると、人間の唯一《ゆいいつ》の務めとは、生きることであり、幸福になることだ、という気がしてくるのであった。一切が、メルソーのなかでは沈黙していた。三度目のくしゃみに、かれは身を震わせた。そしてかれは、悪寒《おかん》のようなものを感じた。そこでかれは、自分の周囲を見ようともせず、スーツケースをきしませ、足音をたてながら逃れ去った。家に着き、スーツケースを片隅に置くと、かれは寝床に横になり午後のなかばまで眠ってしまった。[18]

第二章

夏[1]は港を叫喚と太陽[2]でみたしていた。十一時半だった。昼が、まんなかからぽっかり口をあけ、その熱気の重みで波止場を押し潰《つぶ》していた。アルジェの商業会議所の倉庫の前では、黒い船体と赤い煙突の《シアフィノ号》の連中が、小麦の袋を陸揚げしていた。そのこまかな埃《ほこり》の匂《にお》いが、熱い太陽で果肉のはじけたコールタールの、あの吐き気をもよおさせる匂いとまじり合っていた。ニスとアニス酒の香りがたちこめる小さなバラックの前では、男たちが酒を飲み、赤シャツを着たアラブ人の軽業師たちが、光が弾む海を前に、燃えるような舗石の上で彼らの肉体を繰り返し回転させていた。そうした彼らを見ようともせず、袋をかついだ波止場人足たちは、波止場から荷揚げ甲板に渡された弾力的な二枚の板の上を、往《い》ったり来たりしていた。高い船の上にたどり着き、大空や湾の上に、あるいはウィンチやマストのあいだにくっきりとその姿を浮びあがらせた彼らは、大空に顔を向け、眩《まぶ》しげに一瞬立ちどまると、その両目は、汗と埃で白く塗りたくられた顔のなかで輝いていたが、やがて、熱い血の匂いのする船倉のなかに、手探りでもぐっていった。燃えるような大気のなかで、サイレンがとめどなく唸《うな》りをあげていた。

渡し板の上で男たちが急に列を乱して立ちどまった。彼らの仲間の一人が、厚板のあいだに落ちてしまったが、板が充分間合いをつめて並べてあったので落ちずにすんだ。だがそのとき、うしろにとられたその男の片腕は袋の巨大な重みでくだけ、かれは苦痛で叫び声をあげていた。パトリス・メルソーは、このとき事務所から出てきた。戸口の敷居の上で、夏が、かれの呼吸を詰らせた。かれは口をいっぱいにあけ、コールタールの熱気を吸い込んだが、それがかれの喉《のど》を刺激した。かれは波止場人足たちの前で立ちどまった。彼らは怪我人《けがにん》を救いだした。埃のなかで板の上に仰向《あおむ》けにされ、苦痛で唇を蒼白《そうはく》にしたその男は、肱《ひじ》の上で折れた片腕を垂れ下がるままにしていた。醜い傷口には、砕けた骨片が肉を突き破っていたが、そこからは血が流れだしていた。腕にそって流れる血の雫《しずく》は、一滴一滴、ぽたぽたという小さな音をたて、燃えるような石の上にしたたり落ちたが、そこからは湯気が立ちのぼっていた。メルソーが身じろぎもせずにこの血を眺めていると、そのときだれかがかれの片腕を取った。それは、《競争相手》のエマニュエルだった。かれはメルソーに一台のトラックを指さしてみせたが、そのトラックは、チェーンと爆発音のすさまじい響きをたてながら彼らの方にやってくるところだった。《やるか？》パトリスが走った。トラックが彼らを追い抜いた。と、つづいてそのトラックを追って彼らは身を躍らせた。彼らの肉体は、騒音と埃のなかに漂っていた。彼らは息を弾ませ、盲《めくら》のようになった。そしてウィンチと機械の乱れたリズムのなかで、競争の無我夢中の突進に自分たちが有頂天になっているのを感じる意識だけがさめていた。彼らと一緒に、水平線ではマストが踊り、彼らが並んで走っていた癩病《らいびょう》患者のような船体が横に揺れていた。自分の力の強さとしなやかさを確信しているメルソーが、まず最初にトラックに手をかけ、身体《からだ》を宙に躍らせた。かれは、エマニュエルが両脚をぶらぶらさせてすわるのを手伝ってやった。白い胡粉《ごふん》のような埃と、空から降ってくる眩しいむんむんとする熱気、太陽、それにマストや黒い起重機でふくらんだ港の巨大で幻想的な背景のなかを、トラックは全速力で走り去り、波止場のでこぼこした舗石の上でエマニュエルとメルソーをはねあがらせたが、彼らは全身の血の恍惚《こうこつ》のなかで、息が切れるほど笑っていた。ベルクールに着くとメルソーは、歌を歌っているエマニュエルと一緒に降りた。かれは大声で、調子っぱずれに歌っていた。「わかるだろう、なにかが胸のなかに湧《わ》いてくるんだ。俺が満足しているときには。俺が泳いでいるときには」とかれはメルソーにいつも言っていた。それは本当だった。エマニュエルは泳ぎながら歌うのだった。そしてかれの声が息苦しさでしゃがれ声になり、海の上で聞きとれなくなると、かれは短い筋肉質の両腕を動かし、身振りでリズムをとるのだった。彼らはリヨン街にやってきた。メルソーは大股《おおまた》で歩いていた。とても背の高いかれは、大きな筋肉質の肩を左右にゆすっていた。かれが踏みしめようとする舗道に足をのせたり、或《あ》る瞬間に腰を横に滑らせてまわりに群がる群衆を避けるそのやりかたを見ていると、奇妙に若々しい力強い肉体が、また、その持主を(3)肉体的歓喜の極限にまで運んでゆくことが可能な肉体が(4)感じられるのであった。ひと休みするときには、かれはしなやかさをちょっぴり気取り、腰だけで身体を支えて休むのだった。それはまるで、スポーツから肉体の姿かたちを学びとった男のようであった(5)。かれの両目は、少しばかり濃い眉弓の下で輝いていた。そして一方、かれがよく動く曲った唇をわななかせながら、機械的な身振りでエマニュエルと話をしているときには、かれは襟《えり》を引っ張り、首を浮かせてみせるのだった。彼らは行きつけの食堂に入っていった。彼らは腰を落ち着けると、黙々と食べた。影のなかは爽《さわ》やかだった。蝿《はえ》の音や、お皿のぶつかり合う音や、会話が聞えていた。おやじのセレストが彼らの方にやってきた。背が高く、口髭《くちひげ》を生やしたかれは、前掛けの上からお腹《なか》を掻《か》いていたが、それからその前掛けを前に落した。(6)「元気かい？」とエマニュエルが言った。「ああ。年寄り並みにはね。」彼らは話をしだした。セレストとエマニュエルは、「よう！　相棒」とたがいに言い合い、肩を叩《たた》き合った。「どうだね？」とセレストが言うのだった。「年寄りというやつは少々臆病者《おくびょうもの》なんだ。連中の話だと、本当の男は五十になった男のことだとさ。だが、それは奴《やつ》らが五十だからだ。俺には一人の相棒がいたが、奴は自分の息子と居るときだけが幸せだった。奴らはよく一緒に出かけたものさ。あいつらはよくどんちゃん騒ぎをするんだ。カジノにも出かけていくんだが、その俺の相棒はこう言うんだ。《どうしてお前たちときたら、俺があの老人たちみんなと出かけることをお望みなのかな？　あの連中ときたら、いつも俺に、やれ下剤をかけたとか、やれ肝臓が痛いのなどと言うんだから。俺は息子と出かけるほうがずっといい。奴が可愛《かわい》い淫売《いんばい》に近寄ると、そのたびに俺はなにも見なかったふりをし、電車に乗ってしまうんだ。さよなら、ありがとよ、ってね。それでも俺はとても満足なんだ》。」エマニュエルは笑っていた。「むろんそいつは偉い奴じゃない。だが俺はそいつがとても好きだった」とセレストが言った。そしてメルソーに向って話しかけた。「それに俺は、俺の昔の相棒より、こいつのほうがずっと好きだよ。奴ときたら、いったん成功すると、偉そうにかまえ、気どった身ぶりで俺に話をしてきたものだ。いまじゃあ奴もしょぼくれちまって、一切合財をなくしてしまったが」

「そいつはいいことをした」とメルソーが言った。

「ああ。人生では牛のように怠けていてはいかんね。あいつは楽しい思いをしたんだし、あいつは正しかった。[7]九十万フランも持っていたんだからな……ああ、それがもし俺だったら！」

「だったらどうする？」とエマニュエルが言った。

「俺だったら小さな別荘を買うね。おへその上に鳥もちを少し塗って、旗を立てるんだ。そうやって待っていて、どこから風が吹いてくるのか見ていてやるがね[8]」

メルソーは静かに食べていた。[9]そのうちにエマニュエルが、店のおやじに、かれの十八番《おはこ》のマルヌでの戦《いくさ》ばなしをしようとしだした。

「われわれアルジェリア歩兵隊は散開を命じられた……」

「うんざりだな」と冷やかにメルソーが言った。

「司令官がそこで、突撃！と言った。それからみんなは下におりていった。そこは、樹木のある窪地《くぼち》のような所だった。司令官は俺たちに突撃と言ったんだが、俺たちの前方には人っ子ひとりいなかった。そこでみんなは歩いていった。こんなふうに前に歩いていったんだ。すると突然、機関銃がバラバラと俺たちを撃ちはじめた。みんな折り重なって倒れた。死傷者があんまり多かったので、その窪地の底は血でいっぱいになり、まるでボートで渡れるくらいだった。おっかさん！と叫んでいる奴でいっぱいだったが、そいつはまったくひどかった」

メルソーは立ちあがった。そしてナプキンを結んだ。おやじは台所の扉の裏に、白墨でかれの昼飯を書き込みに行った。それが、かれの勘定帳だった。勘定があわないと、かれは掛金から扉をはずし、その勘定書を背負ってやってくるのだった[10]。片隅ではおやじの息子のルネが、卵の半熟を食べていた。「かわいそうな奴だ。奴は胸の病気で死にかけているんだ」とエマニュエルが言った。それは本当だった。ルネは普段はむっつりとして糞真面目《くそまじめ》だった。かれはそれほど痩《や》せてはいなかった。けれども目はぎょろりとしていた。このとき一人の客が、結核は時間をかけて養生さえすれば治るもんだ、とルネに説明していた。かれはそれに同意し、食物を呑《の》みこむその合間合間に、重々しく答えていた。メルソーはカウンターのその客のそばにすわりにやってきて、コーヒーを飲んだ。その客がつづけてしゃべっていた。「お前はジャン・ペレスを知らなかったか？　あのガス会社の男さ。あいつは死んじまったよ。あの男は片方の肺しかやられていなかったんだ。それが病院から出たがって、自分の家に帰ってしまった。家には女房がいた。ところがその女房は馬なんだ。奴は、病気のおかげでそんなふうになってしまった。いいかい、あいつはしょっちゅう女房の上にのっかっていたんだ。女房のほうは、やりたくはなかった。だが奴ときたら、もう夢中なんだ。そこで、毎日二度三度と重なり、それが病気の男を死なせてしまったというわけさ。」ルネは、歯のあいだにひと切れのパンを嚙《か》んだまま、食べるのをやめ、その男をまじまじとみつめていた。「うん、病気はすばやくやってくる。だが治るには時間がかかるというわけだね」と、しまいにルネが言った。メルソーは、湯気のついたパーコレーターの上に、指で自分の名前を書いた。かれは目をしばたたいた。かれの生活は、コーヒーとコールタールの匂いのなかで、このおとなしい肺病病みの男と、歌で胸をふくらませているエマニュエルのあいだを毎日揺れ動いているのであった。それは、かれ自身からもかれの利害からも切り離され、かれの心や真実とも無縁なものであった。ほかの境遇にいたらかれを夢中にしてしまったかもしれなかったそのおなじことがらを、かれは黙って見過していた。というのは、自分の部屋に帰るそのときまでかれはそうしたことがらを現に生きていたからであり、かれは自分のなかで燃えている生の焔《ほのお》を吹き消すことに全精力を傾け、また全神経を集中するのだった。

「どうだねメルソー。お前は教育があるんだろ」とおやじが言っていた。

「ああ大丈夫さ。あんたはまたよくなるよ」とパトリスは言った。

「そうだ。お前は今朝、えらく威勢がいいからな」

メルソーは微笑した。そして食堂から出てきたかれは、通りを横切り、自分の部屋に上っていった。それは馬肉屋の上にあった。露台で身をかがめると、かれは血の匂いを嗅《か》ぎ、《人間の最も高貴な獲物》(訳注 ビュフォンの金言をもじったもの)という看板の字を読むことができた。かれは寝床に横たわり、煙草《たばこ》を一本吸って眠ってしまった。

かれは、以前母親が住んでいた部屋で暮していた。彼らは長いあいだ三部屋の小さなアパルトマンで暮していたのだ。ひとりになったメルソーは、友だちの樽《たる》職人に二部屋を貸してしまったが、その職人は姉と暮していた。そしてかれは、一番良い部屋をとっておいた。かれの母親は五十六歳で死んだ。美しかった彼女は、粋《いき》で、身持ちがよく、ひとめを惹《ひ》くことができると信じこんでいた。四十代のとき、怖《おそ》ろしい病気が彼女にとりついた。彼女は、衣裳《いしょう》も化粧も剝《は》ぎ取られ、病人のブラウスを着せられて、顔はひどいむくみですっかり変形してしまった。むくんで力を失った両足のおかげでほとんど動くこともできず、ついにはなかば盲になって、彼女は、うっちゃらかしにしたままの色褪《あ》せたアパルトマンのなかを、おろおろしながら手探りするのだった。発作は急激で、しかも束の間《つかま》だった。彼女には糖尿病の気《け》があったが、彼女はそれを治療もせずにおろそかにし、不養生な生活でますます進行させてしまった。かれは学業をやめ、働かざるをえなくなった。母親が死ぬまでは、かれは本を読んだり考えに耽《ふけ》る生活を続けていた。そして十年のあいだ、病人が生活を支えていた。この受難者はひどく耐え抜いたので、彼女を取り巻いていた人びとは彼女の病気に慣れてしまい、重病の彼女が死ぬかもしれないなどということは忘れていたのだ。或る日、彼女が死んだ。隣近所では、人びとがメルソーに同情を寄せた。人びとは埋葬のきわを大いに期待していた。彼らは、母親に対する息子の大袈裟《おおげさ》な感情を想《おも》い起していたのだ。人びとは、パトリスの悲しみがこれ以上増さずにすむように、遠い親類縁者たちに絶対に泣かないでくれと懇願するのだった。みんなは彼らに、パトリスを保護し、かれに尽してくれるよう頼むのだった。一方かれのほうはどうかというと、かれはできるだけの正装をし、帽子を手に持ってその準備をみつめた。かれは葬列に従い、儀式に参加し、一握りの土を投げ、人びとと握手をした。たった一度だけかれは驚き、招いた人びとのための車がたいそう少ないことに不満を表明した。それがすべてだった。翌日、かれのアパルトマンの窓の一つに、《貸間あり》と書かれた札が掛っていた。かれはいま、母親の部屋に住まっていた。昔は、母親のそばで暮すのが見られた。

貧乏生活には或る安らぎがあった。夕方、彼らが家にもどって石油ランプのかたわらで黙って食事をしているときには、簡素と節約のなかにも密《ひそ》かな幸せがあった。彼らの周囲の界隈《かいわい》は静まりかえっていた。メルソーは母親のだるそうな口もとを見、微笑《ほほえ》むのだった。彼女も微笑んでいた。そしてまたかれは食べはじめた。ランプが少しばかり煙っていた。母親は、右腕だけをまっすぐ伸ばし、上体をうしろに傾けたあの昔ながらのおなじ格好でそれを調整するのだった。「お前はもうお腹が空《す》いていないのかい?」少ししてから母親がきいた。「うん。」かれは煙草を吸ったり、本を読んだりしていた。煙草を吸いだすと、「またかい!」と母親が言うのだった。本を読みだすと、「ランプの近くにお寄り。目を悪くするよ」と言った。いまでは反対に、孤独のなかでの貧しさは怖ろしく惨《みじ》めだった。そしてメルソーが、悲しみとともに亡《な》き母親のことを想っていると、実のところ、憐憫《れんびん》が舞い戻ってくるのは自分の身の上のほうだった。かれは、そうしようと思えばもっと快適に暮していけるはずだった。けれどもかれは、この住居と貧乏の匂《にお》いに執着していた。少なくともそこではかれは、かつての自分とまたつながることができた。そしてかれが意図的に自分の姿を消し去ろうと努めていた或る生活のなかでは、こうした不快で忍耐のいる比較対照のおかげで、かれはいまでも自分を、悲しみや悔恨の時間《とき》にいる自分とくらべることができたのだ。

かれは、縁に総飾《ふさかざ》りのついている一片の灰色の厚紙を、扉の上にそのままにしておいた。かれの母親はその厚紙に、青鉛筆で自分の名前を書いておいたのだ。かれは綿繻《めんじゅ》子《す》でおおわれた銅製の古い寝台や、ちょび髭を生やし、動かぬ澄んだ目をした祖父の写真をとっておいた。暖炉の上では羊飼の男女が、止ったままの古い柱時計や、ほとんどけっしてつけたことのなかった石油ランプを取り巻いていた。少しへこんだ藁椅《わらい》子《す》とか黄ばんだ鏡のはめてある洋服簞笥《だんす》、それに、角《かど》の欠けている化粧台などといった怪しげな家財道具は、かれにとっては無きも同然だった。それというのも、習慣がすべてにやすりをかけてしまったからだ。かれは、自分になんの努力も要求しない住居の暗い影のなかを歩きまわるのだった。ほかの部屋だったら、かれは、新しいものに慣れなければならなかったろうし、そこではまた、闘わなければならなかっただろう。かれは世間に身を晒《さら》しているうわべの部分を少なくしようと思っていたし、一切が燃えつきてしまうまで眠っていたかった。こうしたもくろみでは、この部屋はかれの役に立っていた。この部屋は、一部が通りに面しており、他の一部はいつも下着が干してあるテラスに面していたが、さらにその部分は、テラス越しに、四方を高い壁に囲まれたこぢんまりとした小さなオレンジの果樹園に面していた。ときには夏の夜、かれは部屋のなかを暗いままにしておき、テラスや薄暗い果樹園に面した窓をあけ放しにしておいた。夜から夜に向って、オレンジの樹木の匂いが強い香りを放ちながら立ちのぼってきて、その軽やかなショールで、ふんわりとかれを包んでくれるのだった。夏の夜のあいだじゅう、だからかれの部屋とかれは、同時に繊細で濃厚なその香りに浸されていたわけだ。それはまるで、長い昼のあいだ死んでいたかれが、はじめて窓を人生に向ってあけ放っているようであった。

かれは口いっぱいに眠りの苦い味を残し、汗にまみれて目を覚ました。とても遅い時刻だった。かれは髪に櫛《くし》をいれ、急ぎ足で階段を下り、電車に飛び乗った。二時五分過ぎには、かれは自分の事務室にいた。かれは大部屋で働いていたが、その部屋の四方の壁は、書類のいっぱい積んである四百十四個の壁龕《へきがん》でおおわれていた。その部屋は、汚れてもいなければ汚なくもなかったが、そこは、死んだ時間が腐っていったあの遺体安置所を四六時中想起させるのだった。メルソーは船荷証券を確かめ、イギリス船の積載物の一覧表を翻訳し、また三時から四時にかけては、荷物を送りたがっている客と面会するのだった。かれは自分からこの仕事を望んだのだが、実際にはそれは、なんの利益もかれにもたらしてはいなかった。けれども最初はかれは、この仕事に人生への出口をみつけていたのだ。ここには生きている顔や、常連や、つまり自分の心がときめくのを覚える、人びとの往来や生の息吹《いぶ》きがあった。だからかれは、三人のタイピストたちの顔や、主任のラングロワ氏を避けていた(11)。一人のタイピストはかなり綺麗《きれい》で、少しまえに結婚したばかりだった。もう一人は母親と一緒に暮していて、三人目は精力的でいかめしい年老いた婦人だったが、メルソーは、彼女の華やかな言葉や、ラングロワ氏がいうところの《彼女の不幸》に関する控え目な態度が好きだった。ラングロワは、彼女と幾度も決定的なやりとりをしていたが、そのやりとりでは、老エルビオン夫人のほうがいつも優勢だった。彼女はラングロワを軽蔑《けいべつ》していたが、それはかれのズボンが汗でぴったりとお尻《しり》に張りついていたからであったし、また社長の前に出たり、ときには電話で弁護士の名前やだれか名士(12)の名前を聞いたりすると、かれがすっかり度を失ってしまうからだった。この不幸な男は、いくらその老婦人の気持をなだめようとしたり、彼女のご機嫌をとる方法をみつけようとしてもまったく無駄だった。その日の夕方、かれは事務所のまんなかで身体《からだ》を左右に振っていた(13)。「エルビオンさん、あなたは私を良い人だと思いませんか？」メルソーは、vegetables, vegetables と書いていた(14)。そして自分の頭の上の電球と、皺《しわ》のある緑の厚紙の笠《かさ》を眺めていた。かれの正面には、テール＝ヌーヴァのパルドン祭（訳注　ブルターニュ地方の祭りで、漁夫が船を飾って海上を行進する）を描いたけばけばしい色彩のカレンダーがあった。刷毛《はけ》や、吸い取り紙や、インク壺や、定規が、机の上に一列に並んでいた。かれの窓は、黄色と白の貨物船でノルウェーから運ばれてきた巨大な材木の山に面していた。かれは耳をすましていた。壁の向うでは人生が、海や港の上で、深くて内密な大きな呼吸をしていた。それは同時にかれから遠く、そして近かった……六時のベルがかれを解放した。その日は土曜日だった。

家に帰ってくると、かれは横になり、夕食の時間まで眠った。かれは卵を焼き、皿からじかに食べた（パンはなかった。というのはそれを買うのを忘れてしまったからだ）。それから横になり、すぐに翌朝まで眠ってしまった。かれは昼食時の少しまえに目を覚まし、顔を洗うと、下に食べに下りた。また上ってくると、かれはクロスワードを二つやり、クリュッシャン塩の広告を細かく念入りに切り抜いて一冊の帳面に貼《は》り付けたが[15]、その帳面は、階段の手すりを滑り下りてくる漫画の道化者のおじいさんたちでいっぱいだった。それが終るとかれは両手を洗い、露台に出た。午後は美しかった[16]。もっとも舗石は濡《ぬ》れていて、人は少なく、しかもその人びとは急ぎ足だった。かれは、その一人一人を注意深く目で追っていったが、一度《ひとたび》それから目を離すと、今度はまた新しい通行人に視線を戻すのだった。はじめは散歩に出かける家族連れの一団だった。二人の男の子は水兵服で、膝《ひざ》の下まである半ズボンをはき、ごわごわした着衣で歩きにくそうだった。大きな薔薇色《ばらいろ》のリボンを結んだ女の子は、黒いエナメルの靴をはいていた。その彼らのあとから、栗色の絹のドレスを着、毛皮の長い襟巻を巻いてまるで大きな動物のようになった母親と、杖《つえ》を手にした身なりのよい父親がついていった。それから少したつと、町の若者たちが通っていった。彼らの髪はてかてかで、赤いネクタイをしめ、縁を縫いどりされた腰のつまった短い上着を着、先の四角ばった靴をはいていた。彼らは町の中心部の映画館に出かけるところで、大声で笑いながら電車に向って急いでいた。彼らが行ってしまうと、町はだんだんがらんとしてきた。どこでも興行がはじまっていた。いまや界隈《かいわい》は、店番たちと猫たちに明け渡されていた。道の両側の無花果《いちじく》の上にひろがる空は、澄んではいたが、眩《まぶ》しくはなかった。メルソーの向い側で、煙草屋のおやじが戸の前に椅子を持ち出し、両腕を背もたれにあてて支えながらまたがった。つい先ほどまで人びとがあふれていた電車は、ほとんどがらがらになっていた。小さなカフェの「ピエロの店」のなかでは、ボーイがひとけのない店のなかで鋸屑《のこぎりくず》をはいていた。メルソーは椅子の向きを変え、煙草屋のおやじのようにそれを置くと、煙草を二本、たてつづけに吸った。それからかれは部屋に入り、チョコレートをひとかけら折ると、それを窓のところへ食べに帰った。少しすると空が薄暗くなり、ついでまた晴れた。だが雲が通ったおかげで、通りには雨の前ぶれのような影が落ち、それが通りを一層暗くしていた。五時になると、地響きをたてて電車が数台到着したが、その電車は郊外の競技場から、ステップや手すりにぶらさがって鈴なりになった大勢の観客を町に連れて帰った。つづいてやってくる電車は、その小さな鞄《かばん》ですぐそれとわかる大勢の選手たちを運んできた。彼らは喚《わめ》き、自分たちのクラブは不滅だと大声で歌っていた。そのなかの数人はメルソーに合図をした。一人は、連中に勝ったぞ！と叫んだ。メルソーは首を振って、よかったな、とだけ言った。そのころには自動車が、先刻よりはずっとふえてきていた。そのうちの数台は、泥よけやバンパーに花をさしていた。それからまた少し陽がまわった。屋根の上では空が赤くなっていた。夕暮れが訪れはじめると、通りはふたたび活気づいた。散歩に出た人びとが帰ってきた。疲れ果てて子供たちは泣き叫び、あるいはひきずられていた。このとき、この界隈の映画館が観客の人波を通りに吐きだした。メルソーは、そこから出てきた若者たちの決然として気取った身振りのなかに、いましがた彼らが見てきた冒険映画の無意識な解説を読みとっていた。中心街の映画館から帰ってくる連中は、少し遅れて着いた。彼らはずっと深刻そうだった。笑いや騒がしい冗談のなかにも、映画が見せてくれたきらびやかな生活に対する一種のノスタルジーのようなものが、彼らの目や物腰にあらわれているのだった。彼らは往《い》ったり来たりしながら通りにとどまった。そして、メルソーの向い側の歩道の上には、しまいには二つの人の流れができていた。髪の毛をなびかせたこの界隈の娘たちが、互いに腕をくみ、その一つの流れをつくっていた。反対側からやってきた青年たちが冗談をとばすと、彼女たちは顔を向けながら笑うのだった。真面目《まじめ》な人びとはカフェに入ったり、あるいは歩道の上で幾つかの群れをなしていたが⒅、まるで島のようなその群れのまわりを、人波が水のように流れていた。いまや通りは明るくなり、街燈《がいとう》が、夜空に上った一番星を蒼《あお》ざめさせた。メルソーの下では、人と光を満載した歩道が延々とつづいていた。街燈は濡れた舗石を光らせ⒆、規則正しい間《ま》をおいてやってくる電車は、光る髪の毛、濡れた唇、微笑、あるいは銀の腕輪の上に、その反射光を投げかけていた。まもなく電車はしだいに少なくなり、夜が樹木と街燈の上ですでに黒ずむころになると、あたりは知らず知らずのうちにがらんとなり、ふたたびひとけのなくなった通りを、最初の猫がゆっくりと横切った。メルソーは夕食のことを考えた。かれは椅子の背に長いあいだもたれたままでいたので、首が少し痛かった。⒇かれはパンと麵類《めんるい》を買いに下り、料理をして食べた。かれは窓に戻った。人びとが外に出ていた。大気は冷たくなっていた。かれは震え、窓ガラスをしめると㉑暖炉の上にある鏡の方へ戻った。かれがマルトを招いたり、あるいは彼女と外出する晩をのぞいたら、またチュニスの女友だちと文通する晩をのぞいたら、かれの一切の生活は、パンの切れはしと、煤《すす》けたアルコール・ランプが並んでいる鏡が映しだしているその部屋の、黄色味がかった視野のなかにあるのだった。

日曜日がまた一つ終った、とメルソーはつぶやいた。

第三章

夕方メルソーが通りを散歩したり、また光と影が、共にマルトの顔の上で輝くのを見て得意になっているときには、力も勇気も、すべてがかれには素晴らしく容易なものに思えてくるのだった。マルトは、最も繊細な陶酔にも似た美を毎日かれにふりそそいでくれたが、メルソーは、彼女がそれを公衆の面前や、かれのかたわらでひけらかすことに感謝していた(1)。もしマルトがなんでもない女だったら、それは、男たちの欲望に身を晒《さら》して幸せでいる彼女を見ることとおなじくらい、かれを苦しめたことだろう。今夜かれは、映画がはじまる少しまえに彼女と映画館に入れたことで満足だった。映画館は、もうほとんどいっぱいだった。彼女は花のような顔に微笑を浮べ、強烈な美を放ちながら、讃嘆《さんたん》の視線に包まれてかれの前を歩いていった。かれのほうは、フェルトの帽子を片手に持ち、自分に固有な優雅さを心のなかで意識しているような、或《あ》る超自然的なくつろぎを自分に感じていた。かれは、よそよそしい真面目《まじめ》な態度をとった。かれは馬鹿丁寧《ばかていねい》にふるまい(2)、案内嬢を先に通すために身をよけ、マルトがすわるまえに彼女の座席をおろした。そしてそれは、ひとめに立ちたい欲求からというよりは、かれの心をふくらまし、万人に対する愛でかれをみたしている、あの感謝の気持からであった。かれが案内嬢にチップをはずんだのも、事実どうやって自分の喜びの支払いをしてよいかわからなかったからであり、かれの眼差《まなざし》のなかでそのきらびやかな微笑が香油のように輝いている一人の神々《こうごう》しい女を、ごくありきたりなこうした仕種《しぐさ》で讃《たた》えているからであった。幕あいに鏡をはめこんだロビーを散歩していると、壁が映し返してくれるのはかれの幸福な顔であり、それは、明色の洋服を着たマルトの微笑やかれの背の高い暗いシルエットとともに、館内を、優雅で慄《ふる》えるようなイメージでいっぱいにするのだった。たしかにかれは、煙草《たばこ》をくわえた口もとがかすかに震え、少し窪《くぼ》んだ目にそれとわかる熱気が漂っている、そんなふうに見えてくる顔が好きであった。それになんといっても一人の男の美しさは、内面的で実際的な真実をあらわしている。男の顔には、その男がなにをすることができるかが読みとれる。けれどもそれは、女の顔のあの素晴らしい無効性と並べてみたら、まったくなんでもないものなのだ(3)。メルソーはそのことをよく知っていて、自分の虚栄心を楽しみ、また自分の密《ひそ》かな悪魔に微笑《ほほえ》んでいた。

館内を見まわしながら、かれはもし自分がひとりだったら、けっして幕あいに外に出るようなことはせず、煙草を吸ったり、この時間にかける軽音楽のレコードを聞いているほうがずっと良かったにちがいないと思った。だが今夜は、遊戯はつづいていた。その遊戯を引き延ばし、さらにそれをまた新しくするあらゆる機会は絶好だった。ところが、すわろうとしたその瞬間に、マルトが、数列うしろにすわっていた一人の男に挨拶《あいさつ》をした。そして、自分もまた挨拶をしたメルソーは、相手の唇の両端に軽い微笑が浮んでいるのを見たような気がした。かれは、マルトが自分に話しかけようとして、かれの肩に置いた手にも気がつかずにすわった。そして、それがもし一瞬まえのことだったら、かれはそうした仕種を、彼女が認めているかれの威力の新しい証拠として、きっと喜んで受けとめたにちがいなかった。

「だれなんだい?」とかれはきいた。かれは、《だれ、って?》というごく自然な返答を期待していたし、事実それは戻ってこなくはなかった。

「きみはよく知っているんだね。あの男《ひと》は……」

「ああ、あの男《ひと》」とマルトが言った……そして彼女は黙ってしまった。

「ねえ、だれなのさ?」

「どうしてもだれだか知りたくて?」

「いいや」とメルソーは言った。(4)

かれはかすかにふりかえった。男はマルトの項《うなじ》をみつめていたが、顔の表情はなにひとつ動かなかった。かれはとても美しい赤い唇をしたかなりの美男子だったが、その目は表情がなく、ほんの少し顔から飛びだしていた。メルソーは、血が波うってこめかみに上ってくるのを(5)感じた。暗くなったかれの視線の前では、かれが数時間前から生きていたあの理想的な背景のきらびやかな色彩が、突然、煤《すす》で汚されていた。(6)どうして彼女の話など聞く必要があったのだろう。かれは、その男がマルトと寝たことがある、ということを確信していた。そして、まるで一つの恐慌《きょうこう》のようにメルソーのなかで大きくなっていったのは、この男が考えたのはどんなことだったろう、という思いだった。かれは、それがなんであるかをよく知っていた。かれも同様に考えたことがあったからだ。《得意になりたきゃ、得意になるがいい……》と。このおなじ瞬間に、その男が、快楽のときのマルトの定《きま》った仕種や、両目に腕をあてがうそのやりかたをまざまざと目に浮べているという考えや、女の目のなかの暗い神々の騒がしい抵抗を読んで楽しむために、その男もまた彼女の腕をどけてみようとしただろうと考えると、メルソーは、自分のなかですべてが崩れ落ちるのを感じていた。そして、映画館のベルが上映の再開を告げているあいだ、閉じたかれの両目の下からは、激怒の涙があふれてくるのであった。かれはマルトのことを忘れていたが、その彼女は、かつてはもっぱらかれの歓喜の口実であり、いまはかれの怒りがほとばしる生きた肉体だった。長いあいだ、メルソーは両目を閉じたままでいた。それからしばらくして、かれはスクリーンに向って両目を開いた。一台の自動車が転覆していた。そして客席がすっかり静まりかえったなかで、ただ一つ、車輪だけがゆっくりとまわりつづけ、それがその頑固な輪のなかに、メルソーの不愉快な心から生れた恥辱と屈辱のすべてをひきずりこんでいくのだった。だがかれのなかでは、確信を抱く必要が、かれに自尊心を忘れさせていた。

「マルト、かれはきみの恋人だったの？」

「そうよ。でも、いま映画がちょうど面白いところなんだから(7)」と彼女は言った。

この日から、メルソーはマルトに執着しはじめた。かれは数カ月前に彼女を知った。かれは彼女の美しさと優雅さに打たれていた。少し大きな、だが整った顔立ちのなかで、目は金色に輝き、唇は完璧《かんぺき》に紅を塗られていたので、彼女は、顔を化粧したなにかの女神を思わせるのであった。彼女の両目のなかで輝いていた或る自然な愚鈍さは、彼女のよそよそしい無感動な態度をより一層ひきたてていた。これまでメルソーは、だれか一人の女と互いの絆《きずな》をつくる最初の動作をかわすそのたびに、愛と欲望はおなじやりかたで表現されるという不幸を意識して、相手を両腕に抱きしめるまえに、早くもその愛の破綻《はたん》を想《おも》ってしまうのだった。だがマルトは、メルソーがすべてから、そして自分自身からも自由になったそのときにやってきた。自由とか独立への関心は、いまだ希望に生きているひとにしか抱かれないものだ。メルソーには、当時、なにごとも大切ではなかった。そしてマルトがはじめてかれの両腕のなかでぐったりとなり、また身近に抱きよせたためにその輪郭がおぼろげになった顔のなかで、それまでは絵に描いた花のように動かなかった唇が熱気を帯び、かれの方に差しだされるのをはじめて目にしたとき、かれは、この女から、未来を垣間《かいま》見たりはしなかった。そしてかれの欲望のすべての力が彼女のなかにじっと固定され、そうした外見でみたされてしまうのだった。彼女がかれに差しだした唇は、かれの心がみたされるかもしれない、情熱はないが欲望にふくらんだ、一つの世界からの伝言のようにかれには思えた。かれはそれを一つの奇蹟《きせき》のように味わった。かれの心臓は感動で高鳴り、危うくかれは、それを愛と取り違えるところだった。そしてかれが弾力のある張りきった肉体を自分の歯に感じたとき、自らの唇で長い愛撫《あいぶ》を加えてから夢中になってかれが噛《か》んだのは、一種の猛々《たけだけ》しい自由のようなものであった。その日から、彼女はかれの情婦となった。

しばらくすると、愛の営みにおける彼らの一致は完璧だった。けれども彼女をよりよく知るにつれ、しだいにかれは、少しずつあの他人行儀な感じを失ってしまった。そうした他人行儀な感じこそ、かつてはかれが彼女のなかに読みとったものであり、彼女の唇に身をかがめながら、いまなおかれが、ときおり生れさせようとしているものだった。こうしたわけでマルトは、メルソーの慎み深さと冷たさに慣れてはしまっていたが、彼女には、なぜかれが、かつて或る日のこと、満員の電車のなかで自分の唇を求めたのかけっして理解できなかった。そのとき、面食らった彼女は唇を差しだした。するとかれは、愛の営みのときのように抱擁し、まず自分の唇で愛撫を与えると、ゆっくりと彼女の唇を嚙むのだった。「どうしたっていうの？」と、それから彼女がかれに尋ねた。かれは、彼女が好きな微笑を浮べていたが、それは答えるような束《つか》の間《ま》の微笑で、かれはこう言うのであった。「ぼくは行儀悪くしたいのさ。」そしてかれは、ふたたび沈黙にもどっていった。それに彼女には、パトリスの使う言葉もわからなかった。愛の営みが終ったあと、解放され弛緩《しかん》した肉体のなかで心がまどろむとき、優雅な犬に抱くあのやさしい愛情だけにみたされたメルソーは、微笑みながら彼女に、《ボンジュール、アパランス》（訳注「外観である女」の意）と言うのだった。

マルトはタイピストだった。彼女はメルソーが好きではなかった。けれどもかれが彼女の気を惹《ひ》き、彼女の機嫌を取り結んでいるうちに、彼女はだんだんとかれに惹かれていった。あるときメルソーは彼女にエマニュエルを紹介したが、そのときエマニュエルは、「ご存じでしょう、たしかにこいつはちょっとした奴《やつ》です。かれはお腹《なか》のなかになにかを持っている。でもかれは、それをしまっておくのです。だから思い違いをされてしまう」とメルソーのことを話すのだった。その日からというもの、彼女は、好奇心を抱いてかれを眺めはじめた。そしてかれが愛の営みで彼女を幸せにしてくれたので、彼女はそれ以上はなにも望まず、この無口で物静かな恋人に精一杯満足していたが、かれのほうでも彼女にはけっしてなにも要求せず、彼女がやってきたくなったそのときだけ、彼女を抱いてやるのだった。ただ彼女は、その断層がどうしてもわからないこの男を前にしていると、少しばかり窮屈な思いをするのだった。

けれどもその晩、映画館から出てくると、彼女はなにかがメルソーの心に届きえたことを理解した。彼女は一晩じゅう押し黙ったままだった。そしてかれのところで眠った。かれは、夜になってもずっと彼女に触れなかった。けれどもこのときから、彼女は、自分の立場を有利に使いはじめた。これまでに彼女は、自分には昔、幾人かの恋人がいたことをすでにかれに話していた。彼女は、必要なその証拠をみつけることができたのだ。

その翌日、いつもの習慣を破って、彼女は仕事が終るとかれのところにやってきた。かれはぐっすりと寝こんでいたので、彼女は、かれの目を覚まさないように、銅製の寝台の足もとにすわった。かれはシャツ一枚で、たくしあげられた袖《そで》は、かれの筋肉質で褐色の腕先の白い裏面をのぞかせていた。かれは胸と腹を同時に波打たせながら、規則正しい寝息をたてていた。眉毛《まゆげ》のあいだの二本の皺《しわ》は、彼女がよく知っているあの力と頑固さの表現をかれに与えていた。かれの髪の毛は渦を巻いて、濃い褐色をしたかれの額におおいかぶさっていたが、その額からは、一本の静脈が浮きあがって見えていた。そして、両腕を身体《からだ》にそって垂らし、片方の脚をなかば折り曲げ、その広い両肩を投げ出すようにして寝ているかれは、眠ったまま異国の世界に投げだされた、孤独で頑《かたく》なな一人の神のようであった。眠りにみたされてふくらんだかれの唇を前にしていると、彼女はかれが欲しくなった。するとこのとき、かれは目をなかば開き、それをまたつぶると、怒った様子はなくこう言った。

「ぼくは、眠っている様《さま》をひとから見られたくないんだ」

彼女はかれの首に飛びつき、かれを抱擁した。かれはじっと動かなかった。

「ねえ、あなた《シエリ》、あなたったら、また気まぐれを起したの」

「お願いだからあなた《シエリ》なんて呼ばないでほしいんだ。もうそのことは言ったじゃないか⑻」

彼女は、かれと並んで横になり、かれの横顔をみつめた。

「こうしているときのあなたは、だれに似ているのかなって考えているのよ」

かれはズボンをひきずりあげると、彼女に背を向けた。しばしばマルトは、映画や、見知らぬ人びとや、芝居のなかで、メルソーの癖である幾つかの身振りや痙攣《けいれん》を他人に見いだすのだった。かれは、もとよりこうしたことに、自分が彼女におよぼしている影響を再確認していたのだ。けれども、しばしばかれのお気に召していたこうした習慣は、今日はかれを苛立《いらだ》たせていた。彼女はかれの背中にぴったりと貼《は》り付き、かれの眠りのすべての熱気を、自分のお腹と胸に受けとめた。夜のとばりが急速に落ちてきた。そして室内には闇《やみ》が漂っていた。建物のなかからは、ぶたれた子供の泣き叫ぶ声や、猫の鳴き声や、扉のバタンとしまる音が上の方に聞えてきた。街燈《がいとう》が露台を照らしていた。電車の走る音はしだいに間遠になっていった。そして、そうした物音のあとには、アニス酒と焼肉からなるこの界隈《かいわい》の匂《にお》いが、重い煙の渦になって部屋まで漂ってきた。

マルトは眠気が襲ってくるのを感じた。

「あなたは怒っているみたいね」と彼女が言った。「きのうからよ……だからわたし、やってきたの。なにも言ってくれないの？」彼女はかれをゆさぶった。メルソーはじっとしたままだった。すでに厚みを増した暗闇のなかで、かれは、化粧台の下の一足の靴の光る曲線をうかがっていた。

「昨日のひとのことだけど」とマルトが言った。「わたし、誇張したのよ。あのひと、わたしの恋人なんかじゃなかったわ」

「そうじゃないんだって？」とメルソーが言った。

「そうよ。全然そんなんじゃなかったの」

メルソーはなにも言わなかった。かれは昨日の男の動作や微笑をすっかり思い返していた……かれは歯ぎしりした。それからかれは起きあがり、窓をあけ、また戻ってくると寝台の上にすわった。彼女はかれに寄りかかってうずくまり、かれのシャツの二つのボタンのあいだに片手をしのばせると、かれの胸を愛撫した。

「きみには何人恋人がいたんだい？」と、とうとうかれが言いだした。

「いやあね」

メルソーは黙った。

「一ダースほどかしら」と彼女が言った。

眠気がさしてくると、メルソーは煙草《たばこ》が吸いたくなるのだった。

「そいつらはみんな、ぼくが知っている？」と、かれは、煙草の袋を取りだしながら言った。

かれはマルトの顔のかわりに、ただ白い輪郭を見ていた。《まるで愛をかわすときのようだ》とかれは思っていた。

「何人かはそうよ。この町にいるわ」

彼女は頭をかれの肩にこすりつけ、いつもメルソーを軟化させる少女のような声をだすのだった。

「ねえきみ」とかれが言った……（かれは煙草に火をつけた。）「わかってくれよ。きみはぼくに、その連中の名前を全部教えてくれると約束してくれるね。それから、ぼくの知らないあとの連中のことだけど、もしぼくらがそいつらと会ったら、あれがそうだと、それもまたきみはぼくに教えてくれるね」

マルトは仰向《あおむ》けにひっくり返り、「いやーよ！」と言った。

一台の自動車が部屋の窓の下で乱暴にクラクションを鳴らした。また一度、そして二度、今度は長く鳴らしつづけた。電車の音が夜の底に響いた。大理石の化粧台の上では、目覚し時計がチクタクと冷たい音をたてていた。メルソーは努力してこう言った。

「ぼくがきみにそう頼むのは、ぼくが自分を知っているからさ。もしぼくが知らないと、これからぼくが出会う連中はみな同様に怪しく見えてくるんだ。ぼくは考えちゃうだろうし、あれこれ想像するだろう。そうだ。ぼくは想像しすぎるんだ。きみにわかってもらえるかどうか知らないけれど」

彼女には驚くほどよくわかっていた。彼女は名前を言った。一人だけメルソーの知らない男がいた。最後の男は、かれの知っている青年だった。それはメルソーの思い通りだった。というのは、メルソーは、かれがハンサムで、女たちからちやほやされていることを知っていたからだ。愛の営みで、少なくとも最初のときかれを驚かせるのは、女が受け入れるあの恐ろしいほどのうちとけた気持であり、自分のお腹に未知の男のお腹を受けとめるということだった。こうした一種のなすがままという態度や、放心や、目まいのなかに、かれは、愛の刺激的でいやらしい威力を認めていたのだ。そして、かれがまずはじめに想像したのは、マルトとその恋人とのあいだのそうした親密さだった。このとき彼女は寝台の端にすわり、左足を右の腿《もも》の上にのせると、靴を脱ぎ、ついでもう一方も脱ぐと、それらを下に落したが、すると一方は靴底を見せてひっくり返り、もう一方は高い踵《かかと》の上でちゃんと立った。メルソーは喉《のど》がひきつるのを感じた。胃のなかのなにかが、かれを蝕《むしば》んでいた。

「こんなふうに、きみはルネとやったのかい?」微笑《ほほえ》みながらかれが言った。

マルトは両目をあげた。

「なんていうことをあなたは考えるの。かれはたった一度しかわたしの恋人ではなかったのよ」と彼女は言った。

「ふうん」とメルソーが言った。

「それに、靴なんか脱ぎもしなかったのに」

メルソーは立ちあがった。かれは、これと似た寝台の上で洋服を着たまま仰向けになり、惜しみなく全身をゆだねている彼女の姿態を思い浮べていた。「やめてくれ」とかれは叫んだ。そして窓の方に歩いていった。

「あなた《シエリ》ったら!」とマルトが言った。彼女は寝台に腰をかけ、素足をストッキングに入れ、床の上に立った。

メルソーはレールの上に光る街燈の明りの戯《たわむ》れを眺めているうちに、心が鎮《しず》まってきた。これまでにかれは、これほどマルトを身近に感じたことは一度もなかった。と同時に、自分が少しずつ彼女に心を開いてゆくのを感じると、自尊心でかれの両目は燃えあがるのだった。かれは彼女のところに戻った。そして折り曲げた人差指と親指のあいだで、耳の下の、首の生温かな皮膚をつまんだ。かれは微笑した。

「ところで、そのザグルーというのは一体だれなんだい？　それだけがぼくの知らない奴だ」

「あのひと？」とマルトが笑いながら言った。「いまでもあのひとには会っているわ」

　メルソーは皮膚をつかんだ指に力をいれた。

「あのひとはわたしの最初の恋人なの[9]。わたしはとっても若かった。かれはわたしより少し年上だったけど、あのひとはいまじゃ両脚がないの。たったひとりで暮しているわ。だからわたし、ときどき会いに行くの。たしかに、ちょっとした人ね、教養もあるし。あのひとは始終本を読んでいるの。あのころは、かれはまだ学生だったわ。とっても陽気なひと。なんて言ったらいいかしら、変り者ね。それにかれは、あなたみたいなことを言うの。《おいでよ、アパランス》ってわたしに言うのよ」

　メルソーは物想《ものおも》いに耽《ふけ》った。かれはマルトを放した。彼女は両目を閉じながら寝台に仰向けになった。少しすると、かれは彼女のかたわらにすわり、なかば開かれた彼女の唇に身をかがめて、彼女の動物である神のしるしを求め、また、かれがふさわしくないと判断していた苦しみの忘却を求めるのだった。けれどもかれは口を放し、それ以上は先に進まなかった。

マルトを送っていくとき、彼女はザグルーのことをかれに話した。「わたしはかれにあなたのことを話したの」と彼女が言った。「わたしはかれに、わたしの恋人《モン・シェリ》はとても素敵で、とても強いの、と言ったのよ。そしたらあのひとは、あなたと知り合いになれたらな、ってわたしに言ったわ。というのは、かれに言わせると、《美しい肉体を見ると、息をするのが楽になる》そうだからよ」

「そいつもまた変な奴だな」とメルソーが言った。

マルトはかれを喜ばせたがっていた。そして、嫉《や》きもちをやいてみせるのはいまだと思った。それはまえから彼女がたくらんでいたことだったし、彼女はいわば、かれにお返しをしようと思っていたのだ。

「あら。でもかれは、あなたのお友だちほどではないわ」

「友だちって、どんな連中のことさ？」とメルソーは真面目《まじめ》に驚いて言った。

「あの小さな驢馬《ろば》さんたちのことよ。わかる？」

小さな驢馬さんたち、というのは、ローズとクレール(10)のことだった。彼女たちはメルソーが知ったチュニス(11)の学生で、メルソーの、これまでの唯一《ゆいいつ》の文通の相手だった。かれは微笑み、マルトの項《うなじ》をつかんだ。彼らは長いあいだ歩いた。マルトは練兵場のそばに住んでいた。通りは長く、高いところにある窓という窓の明りで輝いていた。

一方、下の方では、みな戸をしめてしまった店が、暗く、陰気だった。

「ねえ、あなた《シエリ》。あの小さな驢馬さんたちを愛してはいないの？」

「とんでもないさ」とメルソーが言った。

彼らは歩きつづけた。マルトの項にかけられたメルソーの手は、髪の毛の熱気にくるまれていた。

「わたしを愛していて？」と、いきなりマルトが言った。

メルソーは急に活気づき、大声で笑った。

「それはとても重大な質問だね」

「答えてよ」

「でもぼくらの年頃では、だれも愛したりはしない。たがいに好きになるだけさ。それだけだよ。愛せるようになるのは、もっとずっとあとになって、年をとり、不能になってからのことさ。ぼくらの年頃では、愛している、と思っているだけなんだ。それだけさ」

彼女は悲しそうだった。するとかれは彼女を抱擁した。「じゃあまたね、あなた《シエリ》」と彼女が言った。メルソーは暗い通りを通って帰った。かれは急いで歩いていた。そして、ズボンのすべすべする布地にそって、腿の筋肉が戯れているのを感じていた。

かれは、ザグルーとかれの切断された両脚のことを想った。かれは、ザグルーを知りたいと思った。そしてマルトに紹介してくれるように頼もうと決めた。メルソーがはじめてザグルーに会ったとき、かれはいらいらしていた(12)。けれどもザグルーは、一人の女をめぐる二人の恋人が、当のその女を前にして会うことで想像力に及ぼされる煩《わずら》わしさを和らげようとつとめていた。そのためにかれはマルトを《気質の良い娘》あつかいし、大笑いすることでメルソーに仲間意識を持たせようとつとめた。メルソーはいぜん意怙地《いこじ》なままだった。マルトと二人きりになるがはやいか、かれはそのことをありのまま彼女に告げた。

「ぼくは一寸法師(訳注「一寸法師」は、同時に、「二人で分けあうこと」を意味している)は好きじゃないんだ。そいつはぼくには迷惑だね。おかげで考えることもできやしない。それに、虚勢をはっている一寸法師はなおさらだ」

「あなたったら」と、かれの言っていることがわからなかったマルトが言った。「もし聞かれたら……」

だがそれから、ザグルーのところでかれをはじめ苛立たせたあの若々しい笑い声が、かれの注意と関心を惹《ひ》いた。それに、判断をするときメルソーを導いていた不器用に隠された嫉妬《しっと》心《しん》は、ザグルーに会っているうちに消えてしまった。自分がザグルーを知った頃のことをまったく無邪気に思い出していたマルトに向って、かれはこう忠告した。

「要らぬことで時間を無駄にするなよ。ぼくは、もう両脚のない奴《やつ》に嫉妬することなんかできやしないさ。たとえぼくがきみたち二人のことを考えることがあるにしても、かれはきみにたかった大きな虫みたいに見えてくるだけさ。だからわかっただろう。そんなことは、腹をかかえてぼくを笑わせるだけさ。無駄骨を折るのはおやめ」

そして、それからかれは、ひとりでザグルーのところにまた出かけていった。ザグルーは早口で大いにしゃべり、笑い、そして黙ってしまった。メルソーは、その大きな部屋のなかで良い気分だった。ザグルーは、その部屋の本とモロッコの銅版画とのあいだに、また、暖炉の火と、仕事机の上のクメールの仏陀《ぶっだ》の秘めやかな顔に映るその火影《ほかげ》とのあいだにすわっていた。メルソーはザグルーの話を聞いていた。この不具者で驚かされたことは、かれが話しだすまえにじっくりと考えることだった。(13) あとはといえば、抑圧された情熱、また、この奇妙な胴に活気を与えている熱烈な生命が、メルソーの注意を惹き、かれのなかでなにかを生れさせるに充分だった。もしかれがもう少し放心状態にあったら、そのなにかを、かれは友情と思ってしまったかもしれなかった。

第四章

その(1)日曜日の午後、大いに語り、冗談を言い散らしたあとで、ロラン・ザグルーは白い膝掛《ひざか》けから身体《からだ》を浮かし、火のかたわらで大きな回転肱掛椅子《ひじかけいす》に黙ってすわっていた。書架に身体をもたれたメルソーは、窓の白い絹のカーテン越しに、空と野原を眺めていた。かれがやってきたときは、うっすらと細かい雨が降っていた。あまり早く着きすぎることを怖《おそ》れたかれは、一時間のあいだ野原をさまよっていた。天気は暗く、風の音こそ聞えなかったが、メルソーは、木立やその葉が、小さな谷の方に音もたてずに撓《たわ》むのを眺めていた。通りの方からは、牛乳屋の車が、鉄と木の大音響をたてながら通り去る音が聞えた。それからほとんど間もなくして雨が激しく降りはじめ、窓を濡《ぬ》らした。ガラス窓の上の濃密な油のようなこの雨水とともに、先刻の車の騒音よりもいまではずっと心にしみる馬の蹄《ひづめ》の虚《うつ》ろな遠い響き、陰にこもった執拗《しつよう》な驟雨《しゅうう》、火のかたわらで陶器のように押し黙った男、そして部屋の沈黙、こうしたすべてが、或《あ》る過去の相貌《そうぼう》を呈しているのだったが、その過去の陰々滅々たる憂鬱《ゆううつ》は、まるでついさきごろ、雨水が濡れた靴にしみ通り、寒気《かんき》が薄い布地を通して膝にしみわたってきたように、メルソーの心にじわじわとしみこんでくるのであった。数刻まえには、霧でもなく雨でもない蒸気のような水気《みずけ》が落ちてきて、それが軽《かろ》やかな手のようにかれの顔を洗い、薄黒い大きな隈《くま》のできたかれの目をあらわにしたのだ。いまかれは空をみつめていたが、空の果てからは黒雲が絶え間なく押し寄せ、それがすぐに消えたかと思うと、それはまたすぐさま新しい黒雲にとってかわられるのだった。かれのズボンの折目はとっくに消えてしまい、それと一緒に、普通の人間が自分にふさわしい世界のなかを肌身はなさずひきずりまわすあの熱情と自信も、ともに消え失《う》せていた。それだからかれは、暖炉の火とザグルーのそばに近寄ったのだ。ザグルーは、相変らず空を前にしたまま、少しばかり背の高い暖炉の陰になり、かれと向き合ってすわっていた。ザグルーはかれをみつめ、目をそらすと、左手に握りしめていた紙粒を火のなかに投げた。メルソーは相変らず滑稽《こっけい》なこうした動作に不快を感じたが、その不快感は、わずかに身体半分だけが生きているこの肉体の光景がもたらすものだった。ザグルーは微笑した(2)。だが、なにも言わなかった。そして突然、かれはその顔をメルソーの方に傾けた。焰《ほのお》がその左の頰だけを赤く照らしていたが、かれの声と視線にこめられたなにかには、熱情があった(3)。

「きみは、疲れた様子をしているね」とかれが言った。

羞恥心《しゅうちしん》から、メルソーはただ、「ええ、うんざりしています」と答えただけだった。そして少し間をおいて、かれは立ちあがり、窓の方に歩みより、外を見ながらこうつけ加えた。「ぼくは結婚したり、自殺をしたり、あるいは『イリュストラシオン』（訳注　当時の有名な絵入り雑誌）の予約もしたい。要するに、やけのやんぱちなんですね」

相手は微笑《ほほえ》んだ。

「きみは貧乏なんだ、メルソー。それが、きみがうんざりしている半分の原因なんだ。あとの半分は、きみがいやいやながら自分の貧乏を仕方がないと思っていることにあるのだよ」

メルソーは相変らずかれに背を向けたまま、風に吹かれる木立を眺めていた。ザグルーは片手で、かれの脚部をおおっている膝掛けをさすった。

「わかるかね。人間というものは、肉体の欲求と精神の必要のあいだでかれが保つ術《すべ》を知っている、あの平衡によっていつも裁かれるものなんだ。きみはいま、自分で自分を裁きつつある。それも、けがらわしげにね。メルソー。きみは下手な生きかたをしている。野蛮にね。」かれは、顔をパトリスの方に向けた。「きみは自動車を運転するのが好きだろう？　ちがうかね？」

「ええ」

「女たちは好きかね？」

「女たちが美しければ」

「それがぼくの言いたかったことなんだ。」ザグルーは火の方に向きを変えた。しばらくして、かれは話をはじめた。「こうしたことはみな……」メルソーはふりかえり、ガラス窓に寄りかかったが、そのガラス窓はかれのうしろで少し撓《しな》っていた。かれは言葉の終りを待った。ザグルーは黙ったままだった。まだこの季節には早い一匹の蠅《はえ》が、ガラス窓にぶつかって唸《うな》っていた。メルソーはふりかえり、手でそれをつかむと、またそれを放してやった。ザグルーはそうしたかれをみつめていたが、躊躇《ちゆうちよ》しながらかれにこう言った。

「ぼくは真面目《まじめ》に話をするのは好きではない。というのは、そうなると、話せることはたった一つしかないからだ。つまり自分の人生を正当化するということさ。ところがぼくには、怪我《けが》をした自分の両脚をどうやって自分の目に正当化したらよいのかわからない」

「ぼくにだってできません」と、ふりむきもせずメルソーが言った。

すると突然、ザグルーの新鮮な高笑いが響いた。「ありがとう。きみはどんな幻想もぼくに残してはくれないらしい。」かれは調子を変えた。「だがきみが苛酷《かこく》になるのは正しいのさ。でも、きみに言っておきたいことが一つある。」そして、真面目な顔をしてかれは黙りこくった。メルソーはかれの正面にすわりにやってきた。

「いいかね」とザグルーが繰り返した。「ぼくを見てごらん。ぼくはひとに助けられて用をたす。そしてそのあとで、ひとがぼくを洗ってくれ、拭《ふ》いてくれる。最悪なことには、そのためにぼくはだれかに支払いをするのだ。そして幸いなことに、自分がもう充分だと思っている生命を縮めるための動作は、ぼくにはけっしてできないだろう。ぼくには、いまより悪いことだって、盲《めくら》でも唖《おし》でも、とにかくなんでも構わない、なんでも承知するだろう。もしそのおかげで、ぼくがぼくであり、生きているぼくであるあの暗い燃えるような焔を自分のお腹《なか》のなかに感ずることができさえするなら。もっと燃えさかることを許してくれたことで、ぼくは、ただただ人生に感謝することしか考えないだろう。」ザグルーは少し息切れがして、身体をうしろに倒した。いま、かれの姿は、まえよりもはっきり見えなくなっていた。そしてただ、かれの膝掛けがかれの顎《あご》に投じている、その蒼白《あおじろ》い反映だけが見えていた。そのときかれが言った。

「ところでメルソー、きみの身体[4]だったら、きみの唯一《ゆいいつ》の義務は、生きることと幸福になることなんだ」

「笑わせないでください。八時間も事務所で働かされているのに[5]。ああ、もしぼくが自由だったら！」とメルソーは言った。しゃべりながら、かれは活気づいていた。そして、以前にもときおりそういうことがあったが、希望がふたたびかれにとりつき、しかも今日その希望は、自分がなにかに助けられていると感じることで、いつもよりずっと強力だった。やっと信頼することができるということで、或る信頼感がかれには湧《わ》いてくるのであった。かれは少しおだやかになり、一本の煙草《たばこ》をつぶしはじめ、まえよりは静かにふたたび話をはじめた。「数年前、ぼくは一切を自分の前に握っていました。人びとはぼくの生活や、ぼくの未来のことをぼくに話していました。ぼくはその通りだと言っていました。ぼくは、そのために必要なことをやりもしました。だがそのころすでに、もう、こうしたすべてはぼくには無縁なことだったのです。個性をなくすようにつとめること、それこそがぼくの関心事となりました。《逆らって》、幸福にはならないことです。巧く説明ができないけれど、わかりますね、ザグルー」

「わかるとも」と相手は言った。

「いまでも、もし時間がありさえしたら……そうしたらぼくはしたい放題のことしかしないのだが[6]。もしそれ以上にぼくの身の上になにかが起るとしても、それはみな、あの小石の上の雨のようなものです。雨は石を冷やしてくれる。そしてそれだけで、すでに充分素敵なことです。いつかまた小石は太陽に焼かれるでしょう。(7) ぼくにはいつも、幸福とはまさしくこんなものなんだ、という気がしていたんです」

ザグルーは両手を組んでいた。つづいて訪れた沈黙のなかで、雨音は以前より倍加したかのように聞え、おぼろげな霧のなかで、雲がふくらんでいた。部屋はまた少し薄暗くなったが、それはまるで、空が背負っている闇《やみ》と沈黙をそこに吐きだしているかのようだった。すると不具者が、興味ありげにこう言った。

「一つの肉体には、つねにそれに値する理想があるものだ。あえて言うなら、その小石の理想というやつを維持していくためには、半神の肉体が必要だね」

「本当にそうだ」と少し驚いてメルソーが言った。「でも、(8) すべて誇張することはやめましょう。ぼくはたくさんスポーツをした。それがすべてです。そしてぼくは官能の世界で、とても遠くに行くことができるのです」

ザグルーが考えこんだ。

「そうだね。君には大変結構だ。自分の肉体の限界を知ること、それこそが本当の心理学だ。もっとも、そんなことは重大なことではない。(9) ぼくらにはただ、幸福になる時間があるだけだ。ぼくらには、ぼくら自身になる時間はない。ぼくらにはただ、幸福になる時間があるだけだ。でも、きみのその個性を失《な》くすという考えをぼくに詳しく説明してくれるのは迷惑なことだろうか？」とかれは言った。

「いいえ」とメルソーは言い、黙ってしまった。

ザグルーはひとくちお茶を飲むと、あとは、いっぱい入った茶碗《ちゃわん》に見むきもしなかった。かれは、一日一度の小便ですませたかったので、ごく少量しか飲まないことにしていたのだ。かれは、毎日が自分にもたらす屈辱の負い目を、意志の力で減らすことにほとんどいつも成功していた。《塵《ちり》も積れば山となる。それは、ほかのこととおなじように、一つの記録なのだ》と或る日かれはメルソーに言ったことがあった。いくつかの水滴がこのときはじめて暖炉の上に落ちた。火が呻《うめ》いた。雨が、倍加した勢いでガラス窓に叩《たた》きつけられた。どこかで扉がバタンとしまった。正面の路上では、自動車が濡れ鼠《ねずみ》のように数珠《じゅず》つなぎになっていた。そのうちの一台が長いあいだクラクションを鳴らした。すると谷をぬって、虚ろで陰気なその音が、世界の湿った空間をまたさらに拡大した。(10) そしてついにはその思い出自体が、メルソーにとっては、あの空の沈黙と悲哀の一つの有効成分になってしまったほどだった。

「すみませんが、ザグルー。ぼくはだいぶまえから、或る種のことはもう話さなくなってしまったのです。(11) だからぼくにはもう話せないし、また、話せたとしても、よくは説明できないんです。自分の人生やその密《ひそ》かな色合いをみつめていると、ぼくの心のなかでは涙が震えはじめるのです。[12] ちょうどこんな空のように。それは同時に雨でも太陽でもあり、正午で真夜中なのです。ああ、ザグルー！　ぼくは自分が接吻《せっぷん》をした唇のことや、子供のころの貧しかったぼく、或る瞬間にぼくをうっとりとさせる生の狂気と野心のことを考えてみるのです。するとぼくは、同時にそのすべてなのです。[13] あなたがぼくだと見分けがつかなくなる瞬間があることを、ぼくは確信しているのです。[14] 極端な不幸と際限のない幸福に生きるぼくには、話すことができないのです」

「きみは、同時に幾つもの舞台で芝居を演じているのだね？」

「そうです。しかも素人《しろうと》ではなく」とメルソーは、勢いこんで言った。[15]「ぼくは、自分のなかにある苦しみや喜びのこうした歩みを想《おも》ってみるたびに、ぼくの演じている競技は、あらゆる競技のなかで最も真面目で、最も刺激的なものであることがよくわかるし、しかも、そのとき、ぼくは夢中になるのです」

ザグルーは微笑していた。[16]

「ということは、きみにはなにかやることがあるのだね？」

メルソーは激しく言った。

「ぼくは生計《くらし》を立てなければならない。ぼくの仕事が、他の人が耐えているあの八時間が、そういうぼくの妨げになっているんです[17]」

かれは黙り、このときまで指のあいだにはさんで持っていた煙草に火をつけた。

「といっても、もしぼくに充分の力と忍耐があればの話ですけど……」と、かれは、マッチを消すまえに言った。かれはマッチを吹き消し、黒くなったその先端を左手の甲で押し潰《つぶ》した。「……ぼくには、自分がどの程度の生活までたどり着けるのかよくわかっているのです。ぼくは、自分の人生を体験にしたりはしないでしょう。ぼくのほうがぼくの人生の体験になるでしょう……そうです。どんな情熱が全力でぼくをふくらましてしまうのか、ぼくにはよくわかっているのです。以前は、ぼくはあまりに若すぎたのです。ぼくは、中間に来かかっていました。いまはもう、行動することと愛することや苦しむことは、要するに生きるということだし、といってもそれは、ひとが透徹し、自分の運命を受け入れるその度合いに応じて生きることなのだ、ということを理解したのです。それはちょうど、喜悦と情熱からできた虹《にじ》の比類ない反映が、みんなにとってはおなじものであるのとおなじことなのです」とかれが言った。

「そうだね。けれどもきみは、働きながらそのように生きることはできない……」とザグルーが言った。

「ええ。ぼくが反抗の状態にいるからなのです。そして、それが悪いんです」

ザグルーは沈黙した。雨はやんでいた。だが空では、夜が雲にとってかわり、室内では暗闇が、いまではほとんどすべてをみたしていた。そしてただ暖炉の火だけが、不具者とメルソーの顔を明るく照らしていた。長いあいだ沈黙していたザグルーは、パトリスをみつめ、ただこう言った。「きみを愛する人びとには、多くの苦しみが待ち受けているね……」そして、メルソーが急に飛びあがったのを見て、驚いてやめた。メルソーは顔を暗闇に浸し、激しくこう言った。「たとえ愛されても、それはぼくをなんら束縛したりはしない」

「それはそうだ」とザグルーが言った。「でも、ぼくは自分で確かめたんだよ。きみはいつかはたったひとりになってしまうだろう。それですべてだ。まあすわって、ぼくの言うことを聞きたまえ。きみの言ったことにぼくは打たれたんだ。とりわけ一つのことがそうなんだが、それは、人間としてのぼくの経験がこれまでぼくに教えてくれた一切を、そのことが確認してくれるからなんだ。ぼくはきみがとても好きだ、メルソー。それにそれは、きみの肉体のせいかもしれない。きみの肉体こそが、きみにこうしたすべてを教えたのさ。今日はぼくは、きみにうちとけて話をすることができるような気がする」

メルソーはゆっくりとまたすわり直した。するとかれの顔が、消えかけている火の、すでに一層赤味を増した光のなかにあらわれた。不意に四角な窓のなかで、絹のカーテンの背後に、夜がぽっかりと口をあけたように感じられた。なにかがガラス窓の向うでほどけていった。乳のようなほの明りが部屋に差し込み、メルソーは、菩薩《ぼさつ》のアイロニカルで秘めやかな唇の上に、そしてまた銅版画の上に、かれがあんなにも好きだった星と月にみたされた夜の、あの親しみ深い束《つか》の間《ま》の相貌《そうぼう》を認めるのだった。それはまるで夜が、雲の裏地を失い、いまやその静寂なきらめきのなかで光り輝いているかのようであった。路上では、自動車はまえよりも速度を落して数珠つなぎになっていた。谷の底では、突然の不安が鳥たちを眠りの仕度にいざなうのだった。家の前では足音が聞えていた。そして世界の上にこぼされたミルクのようなこの夜のなかで、ざわめきはより広く、より澄んで響いていた。赤みをおびた暖炉の火、部屋が目覚めて鼓動する音、そして、かれを取り巻く親しみ深い事物の密かな生命のあいだで、或《あ》る束の間の詩が織りなされていったが、それはこれからザグルーが言おうとしていたことを、別の心で、信頼と愛のなかで、メルソーに受けとめさせようと備えさせているのだった。かれは肱掛椅子《ひじかけいす》の上で少し仰向《あおむ》けになった。そして大空を前にして、かれはザグルーの不思議な物語を聞いた。

「確[18]かなことは」とかれは語りはじめた。「お金がなくては、だれも幸福になることはできない。それですべてだ。ぼくは安易さは好きではないが、ロマンティスムも好きではない。ぼくは、ものごとをしかと見ることが好きなんだ。ところがぼくが気がついたことだが、或るエリートたちのなかには、幸福にはお金が必要でないと思いこむ一種の精神的スノビズムがあるのだよ。それは馬鹿《ばか》げたことだし、偽りだし、或る程度卑怯《ひきよう》なことでもある。

わかるかい、メルソー。生れのよい人間にとっては、幸福になることはけっして面倒なことでもなんでもないんだ。自分もまたみんなの運命をたどるだけでいいんだし、それも、あの多くの偽りの偉人たちのように、諦《あきら》めの意志からではなく、幸福になろうとする意志からなのだ。ただ、幸福になるには時間が必要だ。たくさんの時間がね。幸福もまた長い忍耐なのだよ。そしてほとんどすべての場合、ぼくらは自分たちの人生をお金を稼ぐことに費やしてしまうんだ。本当なら、お金によって時間を買わなければならないときにね。ただそのことだけが、いままでにぼくの興味を惹《ひ》いたただ一つの問題なんだ。それは正しいのだ。明白なことなんだ」

ザグルーはそこで話をやめ、目を閉じた。メルソーは憑《つ》かれたように空を眺めていた。一瞬、路上や野原の物音がはっきりと聞えた。そしてザグルーは、先を急がずにまた話しはじめた。

「うん、ぼくはよく知っている。大抵の金持たちには幸福の自覚がなんらない。だがそんなことは問題ではない。お金を持つということは、時間を持つということなんだ。ぼくはそのことを確信している。時間は買われるものさ。すべては買われるのだ。金持であり、あるいは金持になるということは、それにふさわしいとき幸福になれるように時間を持つことなんだ」

かれはパトリスをみつめた。

「メルソー。ぼくは二十五のとき、幸福の感覚と、幸福への意志と、幸福になりたいという気持を抱いているどんな存在《ひと》も、金持になる権利があるということをすでに理解したのだ。ぼくには、幸福を必要とするということは、人間の心のなかでも、最も気高いことであるように思えていたのだ。ぼくの目からすると、すべてはその必要によって正当化されていた。ただそこに、純粋な心があれば充分なのだ(19)」

メルソーをずっとみつめ続けていたザグルーは、急にまえよりもゆっくりと、冷やかな非情な声で話をした。それはまるで、メルソーを、はっきりと見てとれる放心の状態からひきだそうとするかのようであった。「二十五のとき、ぼくは財をなしはじめた。詐欺《さぎ》をまえにしてもぼくはたじろがなかった。なにをまえにしてもぼくはたじろがなかっただろう。数年のうちに、ぼくは自分のすべての動産を築きあげた。二百万ちかくあるということがわかるだろう、メルソー。世界はぼくに向って開かれていた。そしてその世界とともに、孤独と熱情のなかでぼくが夢見ていた人生は……」一息おいて、ザグルーはまえよりもっと押し潰した声で話をつづけた。「メルソー、それからほとんど間もなくして、ぼくの両脚を奪ってしまったあの事故さえなければ、ぼくが持つはずだった人生。ぼくは、やり遂げることができなかったのだ……そしていまは、というわけだ。ぼくが、手足を失った人生なんか生きたくなかったということは、きみはよくわかってくれるだろう。ここ二十年来、ぼくのお金はそこに、ぼくのかたわらに置いてある。ぼくは慎《つつ》ましく生きてきた。残高はほとんど減ったりはしていない。」かれは、その硬い両手を瞼《まぶた》の上にやり、さらに一層低い声でこう言った。「不具な男の接吻で、けっして人生を汚したりしてはいけないんだ」

このときザグルーは、暖炉に寄せてあった小さな櫃《ひつ》をあけ、鍵《かぎ》のついた褐色の大きな鋼鉄製の金庫を示した。その金庫の上には一通の白い手紙と大型の黒いピストルが置いてあった。思わず好奇の視線を向けたメルソーに、ザグルーは微笑で応《こた》えた。それはとても簡単なことだった。自分から人生を奪ってしまったあの悲劇をつくづくと感じさせられる日には、かれは自分の前にその手紙を置くのだったが、その手紙には日付はなく、しかもそれは、死にたいというかれの願望を知らせるものだった。それからかれはピストルを机の上に置き、ピストルに近づき、それに額をぴたりとあて、こめかみのところでぐりぐりとまわし、冷たい鉄の銃身で頰の熱気をさましてやるのだった。それからかれは、引金の歯止めにそって指を動かし、安全装置をいじりながら、かれの周囲で世界が沈黙するまで、また、もうなかば夢見心地で、自分の全存在が、そこから死が飛びだすあの冷たいぴりっとする鉄の銃身の感触にひたりきってしまうときまで、そのまま長いあいだじっとしているのだった。こうして、手紙に日付をふったり引金を引きさえすればよいのだと感じることで、また、死の、妙につじつまの合わない容易さを味わうことで、かれの想像力は生き生きとなり、かれにとって生の否定とは一体なにを意味するのかを、恐怖のなかで、かれにまざまざと想い起させてくれるのであった。そしてかれは、こうした半睡半醒《はんすいはんせい》の状態で、尊厳と沈黙を保ちながら、なお生命の火を燃やす欲望をかちとるのだった。ついで、完全に目を覚まし、すでに苦い唾液《だえき》を口いっぱいにふくんだかれは、銃身を舐《な》め、そこに舌をもってゆくと、不可能な幸福に喘《あえ》ぐのだった。

「(20)たしかにぼくは人生に失敗した。だが、だからぼくは正しかったのだ。一切は幸福のためにある。そしてそれは、愚劣さと暴力でわれわれを取り巻く世界に対立するものだ。」ザグルーはやっと笑い、そしてこうつけ足した。「いいかね、メルソー。ぼくらの文明の一切の低劣さと残酷さは、幸福な民には歴史がないという、あの馬鹿げた公理によって測られるのだ」

いまや時刻はとても遅かった。メルソーは、そのことがよくわからなくなっていた。かれの頭には熱気を帯びた刺激が群がっていた。口のなかは熱く、吸った煙草《たばこ》で苦味を帯びていた。かれの周囲の光は、相変らずかれに加担していた。ザグルーが話しはじめてからはじめて、メルソーはザグルーの方を見た。「ぼくにはわかるような気がする」とかれは言った。

不具者は、長い努力に疲れはて、そっと息を吸い込んでいた。一瞬の沈黙のあとで、だが苦しそうにかれは言った。

「ぼくは、そのことを確信したいのだがね。なにもぼくは、お金が幸福を生みだすなんていうことを言いたいんじゃないんだ。ただぼくは、或る階級にあっては、幸福になることは、(時間が持てるという条件で) 可能であり、お金を持つということは、その人をお金から解放することだと思っている」

かれは自分の椅子の上で、膝掛《ひざか》けの上にうずくまっていた。すでに夜はすっかりその帳《とばり》をおろし、いまやメルソーは、もはやほとんどロランの姿を見ることができなかった。それから長い沈黙がつづいた。そしてパトリスは、接触を取り戻そうとして、また、暗闇《くらやみ》のなかでこの男の存在を確かめようとして、立ちあがりながら、まるで手探りでもするようにこう言った。

「それはずいぶん危険を冒すことになりますね」

「そうだよ」と相手は陰にこもった声で言った。「けれども、別の人生に賭《か》けるくらいならこの人生に賭けたほうがずっといい。もちろんぼくにとっては、それは他所事《よそごと》だが」

《ただの肉塊なんだ。世界のなかの無に等しい存在なんだ》とメルソーは考えた。

「ここ二十年来、ぼくはなにかしらの幸福な体験を生みだすことができなかった。ぼくを食い尽すこの人生を、ぼくは完全には知ることはなかったろう。そして死のなかでぼくを脅《おび》やかすものは、ぼくの人生がぼくなしで燃え尽きてしまったということを、死がぼくに明らかにすることなんだ。つまり余計者ということさ。わかるかね？」

いきなり、とても若々しい笑い声が暗闇から飛びだしてきた。

「ということは、メルソー。心のなかでは、そしてぼくのような状態でも、ぼくがまだ希望を持っているということなのさ」

メルソーは机の方に数歩あるいた。

「こうしたすべてのことを考えるんだ。そう、こうしたすべてのことを考えるんだ」

とザグルーが言った。

メルソーはただこう言っただけだった。

「明りをつけてもいいですか?」

「どうぞ」

ロランの鼻翼とまるい両目が、一層蒼白《あおじろ》く光線のなかで浮びあがった。かれは強く息をしていた。かれに手を差しだしたメルソーの別れの仕種《しぐさ》に、かれは首を振り、とても大声で笑いながらこう答えた。「ぼくをあまりまともに受け取らないでくれたまえ。切断されたぼくの両脚を前にして人びとが取るあの悲劇的な様子というやつは、きみにはわかるだろうが、いつもぼくを苛立《いらだ》たせるのだ」

《かれは俺のことを馬鹿にしている》とメルソーは思った。

「悲劇的に受け取らなければいけないのは、ただ幸福だけだ。それをよく考えるのだね、メルソー。きみには純粋な心がある。それを考えたまえ。」それからかれは、メルソーの目のなかをじっとみつめた。そして、一息ついてこう言った。「それに、きみには両脚もある。それは、なにものも台なしにしてはいないということなんだ」

そこでかれは微笑《ほほえ》んだ。そして鈴をふった。

「きみ、ひとつぼくを助けてくれたまえ。おしっこをしたいんだ」

第五章

その日曜日の晩、家に帰ってきたとき、かれのあらゆる思念はザグルーに向けられていたが、自分の部屋に入りこもうとすると、メルソーは、樽《たる》職人のカルドナの部屋から聞えてくるすすり泣きを聞きつけた。かれは戸を叩《たた》いた。返事はなかった。すすり泣きはつづいていた。かれは躊躇《ちゅうちょ》することなくなかに入った。樽職人は寝台の上で身体《からだ》を縮めてまるくなり、子供のように大きくしゃくりあげながら泣いていた。かれの足もとには一人の老婆《ろうば》の写真が置いてあった。「彼女は死んだのです」とかれはたいへん努力してメルソーに言った。それは本当だった。だが、それはずっと以前のことだった。

かれは聾《つんぼ》で、なかば唖《おし》で、意地悪で、乱暴者だった。これまでかれは、姉と一緒に暮していた。けれども、かれの意地悪と横暴に業《ごう》を煮やした姉は、自分の子供たちのところへ逃げていってしまった。そしてかれは、ひとりぼっちになってしまった。かれは、生れてはじめて家事や料理をしなければならなくなった男がそうなるように、途方に暮れていた。或《あ》る日、通りでメルソーに出会った姉は、彼らのいさかいをかれに話したことがあった。その男は三十歳で、小柄で、かなりの美男子だった。子供のときから、かれは母親と一緒に暮していたのだ。彼女は、根拠があるというよりは多分に迷信的な畏敬《いけい》をかれに吹きこんだ唯一《ゆいいつ》の存在だった。かれは粗野な魂《こころ》で、つまり粗《あら》あらしさと激しい感情で、彼女を愛していた。そしてかれの愛情の最良の証《あかし》は、せいぜい努力して司祭たちや教会についての最も野卑なことを口に出しながらその老婆をからかう、かれ独特のやりかたにあるのだった。そのかれが、かなり長いあいだ母親と一緒にいたというのも、かれがどの女にも真面目《まじめ》な執着を示さなかった故である。ただわずかな情事か、それとも娼家《しょうか》が、かれに自分は男であると思わせることができたのだった。

母親が死んだ。このときからかれは、姉と一緒に暮した。メルソーは彼らに、自分たちが住まっていた部屋を貸してやった。たった二人だけで、彼らはあくせく働き、薄汚ない暗い人生に長いあいだしがみついていた。彼らが互いに話ができたとしても、それはなかなかにむずかしいことだった。だから彼らは、まる一日じゅう、ただの一言も話をせずに過すこともあった。ところが、姉は去っていった。かれはとても傲慢《ごうまん》だったので、嘆くこともできなかったし、彼女に帰ってきてくれと頼むこともできなかった。かれはたったひとりで暮していた。朝は食堂で食べ、夜は惣菜《そうざい》を買ってきて自分の家で食べるのだった。かれは、自分の肌着や大きな仕事着は洗っていた。だがかれは、部屋をこのうえなく埃《ほこり》だらけで汚れ放題にしていた。それでもときには、それもはじめのうちは、日曜日など、かれは雑巾《ぞうきん》を持って部屋を少しは整頓《せいとん》しようとするのだった。けれども男のさまざまな愚直さや、かつてはぴかぴかに磨かれ暖炉の上に飾られていたシチュウ鍋《なべ》が、投げやりをあばきたて、すべてはそうした投げやりな状態にはまり込んでいた。かれが整頓と称していることは、乱雑を隠すことであり、散らかっているものをクッションの背後に押し込んでごまかし、最も異様なものを台の上に並べることだった。とどのつまり、しまいにかれは飽きてしまい、寝台の仕度さえしなくなって、汚ない悪臭を放つ掛けぶとんの上で犬と一緒に寝てしまうのだった。かれの姉は、昔、メルソーにこう言ったことがあった。「あのひとはカフェではから威張りする。でもおかみさんがわたしに言った話だと、かれが下着を洗いながら泣いているのを見たということです。」そして、たとえどれほどかれが頑固でも、ときにはなにかの恐怖がこの男にとりつき、自分がどれほど見捨てられた存在であるかを思い知らされることがあるのは事実であった。わたしがかれと一緒に暮していたのが同情からであることは確かなことだと、かれの姉はメルソーに言っていた。だが男は、姉が、彼女の愛している男に会うのを邪魔するのであった。けれども彼らの年頃では、そんなことはもはや大したことではなかった。相手は結婚している男だった。かれは郊外の垣根で摘んできた花とか、市場で買ってきたオレンジやリキュールを恋人のところに持ってくるのだった。たしかにかれは、美男ではなかった。だが美しさは、サラダにして食べられるわけではない。それに、かれはとても善良だった。彼女はかれに寄りかかり、かれは彼女に寄りかかっていた。それが恋でなくてなんであろう？　彼女はかれの下着を洗ってやり、かれを小綺麗《こぎれい》にするようにつとめていた。かれには、首のまわりに三角にたたんだハンカチーフを結んでおく習慣があった。彼女はそのハンカチーフを真っ白にしてやり、それが彼女の喜びの一つでもあった。

だが彼女の弟は、彼女が恋人を家に迎えることを望んではいなかった。彼女はこっそりとかれに会わなければならなかった。一度、彼女が男を家に迎えたことがあった。それがみつかって、それから怖《おそ》ろしい喧嘩《けんか》になった。彼らが出ていってしまったあと、部屋の汚ない片隅に三角のハンカチーフが落ちていた。そして、彼女は息子のところに身を寄せてしまった。メルソーは、目に映ずる汚れた部屋を前にしながら、そのハンカチーフのことを考えていた。

当時、それでも人びとは、たったひとりになってしまったことで樽職人に同情していた。かれはメルソーに、結婚するかもしれないと話したことがあった。それは、一人の年上の女のことだった。そしておそらくは彼女のほうでも、若々しい力強い愛撫《あいぶ》の期待に心を動かされていたにちがいなかった……結婚するまえに、彼女はそうした愛撫を受けた。しばらくすると、彼女の恋人はこのもくろみを諦《あきら》め、彼女はあまりに老《ふ》けすぎていると言うのだった。そしてかれは、下町の小さな家のなかでひとりぼっちになった。だんだんと汚れがかれを取り囲み、かれを閉じこめ、かれの寝台を攻撃し、消しがたくかれを侵してしまった。その家はあまりにも汚なくなってしまった。そして自分の家では楽しめない哀れな男には、ずっと近づきやすい、豊かで明るい、いつもうちとけて迎えてくれる家があるものだ。そして、それこそがカフェだ。この界隈《かいわい》のカフェはとくに生き生きとしていた。そこには、孤独の恐怖に対する最後の避難所ともいうべき群がる熱気と、その群衆の漠たる希望が漂っていた。無口な男はそこを住居と定めた。メルソーは、毎晩そこでかれの姿を見かけた。そうしたカフェのおかげで、かれは家に帰る瞬間をできるだけ遅らせていた。そうしたカフェのなかで、かれは、人間たちのなかでの自分の居場所をみつけだすのだった。だがその晩は、おそらくカフェだけでは充分でなかったのだ。そして自分の部屋に帰ると、かれはあの写真を取りださざるをえなくなって、死んだ過去のさまざまな反響を、写真とともに思い浮べていたのだろう。かれは、かつて自分が愛したり、からかったりした女に再会したのだ。醜い部屋のなかで、自分の人生の空《むな》しさを前にしたかれは、たったひとりで、残った最後の力をかき集め、それこそが自分の幸福だった過去を自覚していた。少なくとも過去を幸福だと思わなければならなかった。そして、この過去と惨《みじ》めな現在との結びつきから、神々《こうごう》しいきらめきがほとばしりでたにちがいなかった。というのは、かれが泣きはじめたからだった。

人生の残酷な一面がまざまざと現われるのを目《ま》のあたりにすると、そのたびにメルソーは、けもののようなこのような苦しみを前にして無力感に襲われ、畏敬の念にみたされるのであった。かれは汚れて皺《しわ》くちゃになった掛けぶとんの上にすわり、カルドナの肩に手をかけた。かれの前の、テーブルの蠟《ろう》びきの布地の上には、アルコール・ランプや、葡萄酒《ぶどうしゅ》の壜《びん》や、パンくずや、チーズのかけらや、道具箱が乱雑に置いてあった。天井には、蜘蛛《くも》の巣があった。母親が死んでからというものけっしてこの部屋に入ったことがなかったメルソーは、その部屋に充満している汚れや汚らしいみすぼらしさから、この男がたどったこれまでの人生航路を推し測ってみるのだった。中庭に面している窓は閉じられていた。もう一つの窓は僅《わず》かに開かれていた。ミニアチュアの一組のトランプで周りを囲まれた吊燭台《つりしょくだい》のなかの石油ランプが、テーブルや、メルソーの足や、カルドナのそれや、また、彼らの正面の、壁から少し前に置かれた椅子《いす》の上に、そのまるい静かな光の輪を投げかけていた。しかもカルドナは、両手にさっきの写真をしっかりと握り、それをみつめ、さらにそれに口づけをすると、「気の毒なおっかさん」と半病人のような声で言うのだった。だが、このようにかれが同情している相手は、当のかれ自身だった。彼女は、町の一方のはずれにある、メルソーのよく知っている汚ならしい墓地に埋葬されていた。

かれは立ち去りたかった。かれは嚙《か》んでふくめるように一語一語を切ってこう言った。

「こんな―ふうに―して―いては―いけ―ない」

「あっしには、仕事が山ほどあるんです」とやっとのことで相手が言った。そして写真を差しだしながら、途切れ途切れの声で、「あっしは、お袋を愛していたんです」と言った。それをメルソーは、《お袋はわたしを愛していた》というふうに解釈した。《彼女は死んだ》は、《わたしはひとりぼっちです》というふうに理解した。――「あっしは、お袋を祭るために、あの小さな樽をつくったんでさあ。」なるほど暖炉の上には、銅の輪とキラキラ輝く蛇口《じゃぐち》のついた、ニスを塗った木製の小さな樽があった。メルソーはカルドナの肩から手を放したが、するとカルドナは、垢《あか》のついた枕《まくら》の上に身体を倒していった。その寝台の下からは、深い吐息と胸のむかつくような匂《にお》いが立ちのぼってきた。犬が腰をへこませて、伸びをしながらゆっくりと出てきた。そしてメルソーの膝頭《ひざがしら》に、長い耳と金色の目をした顔をのせた。メルソーは例の小さな樽をみつめていた。この男が多量に息をしているその汚ならしい部屋のなかで、指の下に犬の熱い身体を感じながら、かれは絶望に向って目を閉じるのだった。そうした絶望は久しくとだえていたが、それはいまはじめて、海の潮のように、かれの心に押し寄せてくるのだった。不幸と孤独を前にして、かれの心は、今日、《否《いな》》と言っていた。そしてかれをみたしている大きな悲嘆のなかで、メルソーは、自分の反抗こそ自分のなかの唯一の真実なものであり、あとは悲惨と迎合であることをしみじみと感じていた。昨日かれの部屋の窓の下で生きていた通りは、まだその騒音でふくらんでいた。テラスの下の庭からは、草の匂いが漂ってきた。メルソーは煙草《たばこ》を一本カルドナに差しだし、二人は黙って煙草を吸った。最終電車が行ってしまった。そしてそれとともに、人間たちや幾つもの光のまだ生き生きとした思い出もとだえていった。カルドナは寝入ってしまった。そしてまもなく、涙でいっぱいの鼻からは鼾《いびき》が洩《も》れてきた。メルソーの足もとにまるくころがった犬は、ときおり身体を動かし、夢を見ては唸《うな》り声をあげていた。犬が動くたびに、その匂いがメルソーの方まで漂ってきた。かれは壁に寄りかかり、心のなかで生の反抗が湧《わ》き起るのを抑えようとしていた。ランプが煙り、燈芯《とうしん》が燃えてくすぶり、石油のいやな匂いをさせながらとうとう消えた。メルソーは眠気をもよおしてきた。そして葡萄酒の壜に両目を凝らして目を覚ました。やっとの思いでかれは立ちあがり、奥の窓の方まで行くと、じっと動かなかった。夜の芯から、かれの方に向って、呼び声と沈黙が湧き起っていた。これまで眠っていた世界の果てで、一艘《いっそう》の船が、人間に、出発と再開を長々と呼びかけるのだった。

その翌日、メルソーはザグルーを殺していた。部屋に帰り、午後のあいだずっと眠っていた。かれは発熱で目を覚ました。そして夕方、相変らず横になりながら、かれは町医者を呼んでこさせたが、その医者は風邪だと認定した。知らせを聞いてやってきた事務所の同僚の一人が、かれの休暇願を持っていった。数日後に、すべては片づいた。記事がでて、訊問《じんもん》があった。すべてはザグルーの行為を正当化していた。マルトがメルソーに会いにやってきて、溜息《ためいき》をつきながらこう言った。「たまにはかれの身になってみたいと思う日もあるわ。でも、まっぴらだわ。自殺するより生きるほうがずっと勇気がいるものね。」一週間後にメルソーは、マルセーユに向って船出していた。みんなには、フランスに行って療養するのだということになっていた。リヨンから、マルトは一通の別れの手紙を受け取ったが、ただかれの自尊心だけが、その別れを苦しんでいた。同時にかれは、或る特別な地位が中央ヨーロッパでかれに提供されたと彼女に告げていた。マルトは局止め便で自分の苦しみをかれに綴《つづ》った。この手紙はメルソーにはついに届かずじまいだった。リヨンに着いたその翌日、かれは高熱に襲われ、プラハ行の汽車に飛び乗った。ところでマルトは、数日間死体安置所に置かれたあとでザグルーが埋葬されたこと、かれの胴体を棺桶《かんおけ》に納めるのにたくさんのクッションが必要だったこと、などをかれに告げていたのだった。

第二部　意識された死

第一章

「部屋はありますか」と男(1)はドイツ語で言った。

鍵《かぎ》のさがっている板の前にいた門番は、大きなテーブルでロビーから隔てられていた。門番は、灰色の大きなレインコートを肩に羽織ってたったいま入ってきたばかりの男を、じろじろと眺めまわした。その男は、顔をそむけながら話していた。

「ございますとも。一晩ですか？」

「いや、まだわからないけれど」

「十八、二十五、三十クローネのお部屋がございます」

メルソーはプラハの路地をみつめていたが、それはいま、ホテルのガラス戸越しに見えていた。両手をポケットに突っ込んだかれは、頭にはなにもかぶらず、髪はくしやくしゃだった。数歩先には、ウェンスラス大通りを下りてくる電車のきしむ音が聞えていた。

「どの部屋がお望みですか?」

「どの部屋でも」とメルソーは、相変らずガラス戸に視線を当てたまま答えた。門番は板の上の鍵を一つ取り、それをメルソーに渡した。

「十二号室にどうぞ」とかれが言った。

メルソーは目が覚めたようだった。

「その部屋はいくらですか?」

「三十クローネです」

「そいつは高すぎる。十八クローネの部屋にしてもらいたい」

門番は一言も言わずに新しい鍵を取り、鍵にぶらさがっている《三十四号室》という銅の星形をメルソーに示した。

部屋に落ち着くと、メルソーは上着を脱ぎ、ネクタイをほどかずに少しゆるめ、ワイシャツの袖《そで》を機械的にめくった。かれは洗面台の上の鏡の方に向い、憔悴《しょうすい》した面持の顔を見に行ったが、数日のあいだ剃《そ》らずにいた髭《ひげ》のおかげで黒ずんでいなかった場所が、少し陽焼けしていた。汽車の旅のあいだ梳《と》かさずにいたかれの髪の毛は、額の上で、眉毛《まゆげ》のあいだに深く刻まれた二本の皺《しわ》のところまでばらばらになって落ちていたが、その眉は、かれが自分でもはっとするような一種の真面目《まじめ》でやさしい表情をかれの視線に与えていた。そのときかれは、いまではかれの唯一《ゆいいつ》の財産をなしている自分の周囲のそのみすぼらしい部屋を眺めることだけを考えた。そしてその向うは、もはやなにも見ていなかった。灰色の地に黄色の大きな花が飛んでいる胸のむかつくような壁紙には、地図のようになった汚れが、貧しさと惨《みじ》めさのねばねばする世界を描きだしていた。大きなラジエーターのうしろにある四隅は、べとべとして汚れていた。スイッチは欠けていて、銅製の接触部分がむきだしになったままだった。まんなかの薄っぺらな寝台の上には、蠅《はえ》の古い残骸《ざんがい》が干からび、汚れでてかてかと光った一本のコードが裸電球を吊《つる》していたが、指で触ると、ねばねばしていた。メルソーはシーツを調べてみたが、それは清潔だった。かれはスーツケースのなかから洗面道具を取りだし、それを一つずつ洗面台の上に置いた。それからかれは両手を洗う仕度をしたが、わずかに開いた蛇口を締め、カーテンのかかっていない窓をあけに行った。その窓は、洗濯場のある裏庭と、小さな窓を抉《えぐ》ってある壁に面していた。そのうちの一つには下着が干してあった。メルソーは寝床に就くとすぐに眠ってしまった。かれは目を覚ました。汗にまみれ、寝乱れていた。そして一時《いっとき》、部屋のなかを歩きまわった。それから煙草《たばこ》に火をつけ、腰かけたまま、虚《うつ》ろな頭で、皺くちゃになったズボンの皺を眺めた。口には、煙草と眠りのあとの苦い味が入り混っていた。かれはシャツの下の両脇《わき》を掻《か》きながら、あらためて部屋を見まわした。かくも多くの放棄と孤独を前にして、或《あ》る怖《おそ》ろしい甘美な味わいがかれの口に訪れた。この部屋のなかで、一切から、自分の発熱からさえも遠い自分を感じることで、また、最もうまく按配《あんばい》されたさまざまな生活の奥底にある、なにか馬鹿《ばか》げて惨めなものをありありと感ずることで、疑わしい怪しげなものから生れる或る種の自由の恥ずかしげで密《ひそ》かな顔が、かれの前に身をもたげてくるのだった。かれのまわりには、だらけてふやけた時間があって、時全体が、水底の泥のようにぴちゃぴちゃ音をたてていた。

だれかが激しく戸を叩《たた》いた。そして揺さぶり起されたメルソーは、おなじような戸を叩く音で自分が目を覚まされたことを思い出した。かれは戸をあけた。すると目の前に、赤毛の小柄な老人がいたが、その男は、かれがかつぐといかにも巨大にみえるメルソーの二つのスーツケースの下で押し潰《つぶ》されたようになっていた。その男は怒りで息もつまりそうだった。そして、まばらなかれの歯からは、呪《のろ》いと非難でふくれあがった唾液《だえき》がこぼれ落ちるままだった。そのときメルソーは、こわれた把手《とって》のことを思い出した。それが、ただでさえ極大なそのスーツケースを、一層運びづらくしているのだった。かれはあやまろうと思った。だが、ポーターがこんなに年寄りであることを知らなかったということを、一体なんと言ってよいかわからなかった。その小柄な老人は、かれをさえぎって言った。

「十四クローネいただきます」

「一日の預り料が？」とメルソーは驚いて言った。

そこでかれは、自分にされた長い説明で、その老人がタクシーに乗ってきたことがわかった。だがかれは、こんな場合には自分だっておそらくタクシーを雇ったにちがいない、とわざわざ言ったりすることをやめ、うんざりして支払いを済ませた。扉がしまると、メルソーは、説明のつかない涙が胸にあふれるのを感じた。すぐ間近にある柱時計が四時を打った。かれは、二時間も眠っていたのだ。かれはそのことを確かめていた。かれを通りから隔てていたのは、わずかにかれの目の前にある一軒の家だけだった。そしてかれは、そこに流れゆく生活の暗黙裡《り》の不思議なふくらみを感じていた。出かけるほうがまだましだった。メルソーは、長々と両手を洗った。爪《つめ》にやすりをかけるために、かれはまた、寝台の端に腰をかけ、規則正しくやすりを動かした。警笛が二度三度、たいそう乱暴に中庭で鳴ったので、メルソーはふたたび窓にとりついた。すると家の下に、円屋根のある通路が通りにつながっているのが見えた。それはまるで、通りのありとあらゆる人声が、家々の向う側にある一切の未知の生活が、住所とか家族とか叔父とのいさかいとか食事の好みとか慢性の病気を持つ人間たちの喧噪《けんそう》が、その一人一人が個性を持つ人びとの群れが、まるで群衆の化物じみた心臓から永遠に切り離された大きな鼓動のようなものが、通路にしのび込み、中庭にそって昇ってきて、幾つもの泡《あぶく》のようにメルソーの部屋のなかで破裂するのだった。自分が孔《あな》だらけになり、世界の一つ一つの徴候にかくも注意深くなっているのを感じると、メルソーは、かれを生に向ってあけひろげている深い亀裂《きれつ》を感じた。かれはもう一本の煙草に火をつけ、熱にうかされたように着物を着た。上着のボタンをかけようとすると、煙がかれの両の瞼《まぶた》を刺激した。かれはまた洗面所に行き、両目を拭《ぬぐ》うと、髪に櫛《くし》を入れようと思った。だが、かれの櫛は失《な》くなっていた。眠ったときにかれの髪はくしゃくしゃになり、それを整えようとしても無駄だった。かれはそのままで下におりた。顔面に髪が垂れ下がり、うしろの方ではそれが逆立っていた。かれは、まえよりもまた、一層手足の力が失くなったのを感じていた。一度通りに出ると、かれはホテルをひとまわりし、さきほど気がついた小さな通路に行き当った。その通路は古い市役所の広場に通じていて、市役所とチンスキイの古い教会のゴシックの尖塔《せんとう》が、プラハの上に落ちてきた少し重苦しい夕暮れのなかで、暗闇《くらやみ》にくっきりと浮びあがっていた。無数の群衆がアーケードのある路地の下を往《ゆ》き来《き》していた。メルソーは、通りすぎる女たち一人一人の前で、人生の微妙で優しい遊戯を演ずることがまだ自分にはできるのだと信じこませてくれるような視線にぶつかるのを、じっと窺《うかが》っていた。だが、健康な人びとには、熱っぽい視線を避ける自然な流儀が備わっている。髭もよく剃ってはいず、髪も梳かしていないで、目には不安な動物の表情を浮べ、ワイシャツの襟《えり》同様皺くちゃになったズボンをはいているかれは、巧《うま》い裁断の一着の洋服や、自動車のハンドルが与えてくれるあの素晴らしい自信を失っていたのだ。光は赤銅色《しゃくどういろ》になり、陽は、広場の奥の方に見えるバロック式の幾つものドームの黄金の上で、まだぐずついていた。かれは、そうしたドームの一つを目ざして行き、教会のなかに入り、古い匂《にお》いを嗅《か》ぐと、ベンチの上にすわった。円天井はまったく暗くなっていた。だが柱頭の黄金は、黄金色《こがねいろ》の神秘的な光の水を注ぎ、その水は列柱の溝のなかを、天使たちや、嘲笑《ちょうしょう》を浮べた聖者たちの、ふくらんだ顔のあたりまで流れているのだった。それはたしかに甘美だった。そこには或る甘美な風情《ふぜい》があった。だがそれは、同時にたいそう苦いものであったので、メルソーは戸口に戻り、石段の上に立ったまま、いまや一段と爽《さわ》やかになった夜気を吸い込むと、その夜のなかに身を没しようとするのだった。まだ一瞬間《ま》があった。そしてかれは、一番星が、清らかにそしてあらわに、チンスキイの尖塔のあいだで光をともすのを見た。

かれは安いレストランを探しはじめた。かれは、ずっと暗い、人通りの少ない通りに入っていった。昼間雨は降っていなかったのに、地面は濡《ぬ》れていて、メルソーは、まばらな舗石のあいだにたまった黒い水溜《みずたま》りを避けて通らねばならなかった。そのうちに細かい糠雨《ぬかあめ》が降りはじめた。賑《にぎ》やかな通りは、きっと遠くはなかったのだろう。というのは、新聞の売り子たちの叫喚がここまで聞えてきて、「ナロードニ・ポリチカ」と叫んでいた。この間《かん》もかれは、あたりをぐるぐるまわっていた。突然かれは立ちどまった。或る奇妙な匂いが、夜の底からかれのところに届いてきたからだ。刺激的で酸《す》っぱいその匂いは、かれの心のなかで、潜在していたありとあらゆる不安を目覚めさせていた。かれはその匂いを、舌先に、鼻孔の奥に、そして目に、感じていた。それはまだ遠かった。ついで街角にやってくると、いまや暗くなった空と、ぬるぬるし、ねばねばする舗石のあいだに、その匂いは、あたかもプラハの夜の悪質な魔法の呪いのように存在していた。かれは匂いの方に進んだ。するとそれは、しだいしだいにもっと生々しいものになり、かれの全身にしみわたり、涙が出るほどかれの目を刺激し、かれを無防備な状態にしてしまった。と或る街角まで行くと、かれには合点がいった。一人の老婆《ろうば》が、酢漬けのキュウリを売っていたのだ。そしてメルソーを捉《とら》えたのは、まさにそのキュウリの匂いだった。一人の通行人が立ちどまり、キュウリを一本買うと、その老婆はそれを紙にくるんだ。男は数歩あるき、メルソーの前まで来るとその包みを開き、口をいっぱいにあけてキュウリをかじった。すると、嚙《か》み切られ、きらきらと輝くその肉からは、さらに一層強烈な匂いが思う存分発散されるのだった。気分が悪くなって、メルソーは柱に寄りかかり、この瞬間に世界がかれに差しだす異国的で孤独な一切を、長々と吸い込んだ。それからかれは、また歩きだし、考えもせずに或るレストランに飛び込んだが、そこからはアコーデオンの唄《うた》が流れでていた。かれは幾つか階段を下り、その中途で立ちどまったが、そこは赤い光が充満するかなり薄暗い穴蔵のなかだった。きっとかれは不思議な様子をしていたのだろう。アコーデオンの音が先刻よりは小さくなり、会話がぴたりと止り、飲み食いしていた人びとがかれの方をふりかえったからだ。片隅では、娼婦《しょうふ》たちがとても分厚い唇でものを食べていた。他の客たちはチェコスロヴァキア産の甘ったるい黒ビールを飲んでいた。また、たくさんの人びとが、なにも取らずに煙草をふかしていた。メルソーは、男がひとりですわっているかなり長いテーブルについた。背は高く、痩《や》せていて、髪の毛は黄色く、椅子《いす》にうずくまるようにしてすわり、両手をポケットに突っ込んだその男は、もうかなり唾液でふやけてしまったマッチ棒の一方の端をふくんだ、ひび割れのある唇を噛みしめ、不愉快な音をさせながらその棒を吸ったかと思うと、今度は一方の口の端から他方へとそれを移動させるのだった。メルソーがすわっても、その男はほとんど動かず、壁にじっと寄りかかったまま、いまやってきたかれの方にそのマッチ棒を動かすと、ほとんど感じられぬほどに目に皺を寄せた。このときメルソーは、かれのボタン穴にかかっている一つの赤い星を見た。

メルソーは、急いで、それも少ししか食べなかった。かれはお腹《なか》が空《す》いてはいなかった。いまやアコーデオンはずっとはっきりと演奏されて、それを操っている男は新来の客をじっとみつめていた。客のほうは、二度ほど目に挑戦の色を浮べ、相手の視線を受けとめようとした。だが、熱のためにかれは衰弱していた。男は相変らずかれをみつめていた。突然女たちの一人が弾《はじ》けるように笑った。赤い星をつけた男は、強くマッチ棒を吸いつけたが、そのマッチ棒には唾液の小さな泡がふくらんでいた。そして、メルソーをみつめることをやめなかった例の楽士は、演奏していた活潑《かっぱつ》な舞曲を中断すると、数世紀もの埃《ほこり》で汚れたような、古ぼけた、ゆっくりとしたメロディを演奏しはじめた。このとき、また新しい一人の客を迎えて扉が開かれた。メルソーは、その客を見もしなかった。だが戸があくと、例の酢とキュウリの匂いがいち早く流れ込んできた。その匂いは薄暗い穴蔵に一気にみちわたると、アコーデオンの不可解な旋律と入り混り、例の男のマッチ棒の上の唾液の泡をふくらまし、突然、会話を前よりも一層意味深長にしてしまうのであったが、それはまるで、プラハの上に眠っていた夜の果てから、懊悩《おうのう》する悪《あ》しき古い世界のすべての感覚が解き放たれてやってきて、この部屋や、ここにいる人びとの熱気のなかに逃げ込もうとでもしているかのようであった。とても甘すぎるマーマレードを食べていたメルソーは、突然、自分自身の極限にまで投げだされ、身内にかかえていた亀裂がはじけると、不安と発熱に向って、その傷口が、かれをますます大きくあけひろげてしまうのを感じた。かれは急に立ちあがると、ボーイを呼び、説明はなにもわからなかったが、相変らずじっとかれの方に見開かれている楽士の視線をあらためて受けとめながら、気前がよすぎるくらい支払ってやった。かれは扉の所に来て男の前を通り抜けたが、それでもその男は、たったいまかれが離れたテーブルを相変らずみつめていることに気がついた。そのときかれは、その男が盲《めくら》であったことに気がついた。階段をのぼり、扉をあけ、相変らず漂っている例の匂いのなかに全身を投げだすと、かれは短い通りをぬって、夜の闇の底に進んでいった。

幾つもの星が家々の上空で輝いていた。かれは河のそばにいたにちがいない。その重苦しい力強い歌が聞えてきたからだ。ヘブライ文字におおわれた厚い壁のなかの小さな鉄格子《てつごうし》の前にやってくると、かれは、自分がいまユダヤ人街にいることがわかった。その壁の上には、甘い匂いの柳の枝がふりかかっていた。鉄格子越しに見ると、草に埋もれた褐色の大きな石が幾つもあった。それがプラハの古いユダヤ人墓地だった。そこからしばらく先に行くと、走っていたメルソーは、市役所前の古い広場にさしかかった。ホテルの近くまで来たとき、かれは壁に寄りかからねばならなくなり、一生懸命に吐いた。極端な衰弱がもたらす明晰《めいせき》さから、かれは一つも間違いをおかさずに自分の部屋を探しだすと、寝床に就き、すぐに眠ってしまった。

その翌日、かれは、新聞の売り子たちの声で目を覚ました。天気はまたどんよりとしていたが、雲の背後には太陽が見てとれた。まだ少し衰弱してはいたが、メルソーは気分がよくなっているのを感じていた。だがかれは、これからはじまる一日の長さを思っていた。自分自身の存在に直面してこのように生きることで、時間は最も極端なひろがりを見せ、日中の時間の一刻一刻が、一つの世界を内包しているように思えるのだった。なによりも、前夜のような精神の危機を避けなければならなかった。一番よいのは、方針をたてて町を見物することだった。ピジャマ姿で、かれは机にすわり、一週間のあいだ(2)毎日昼間やらねばならぬ、或る組織的な時間割をつくりだした。僧院も、バロックの教会も、美術館も、古い街も、なにひとつ忘れはしなかった。それからかれは顔を洗い、そのときになって櫛を買うのを忘れたことに気がついたが、前の日同様、髪も梳《と》かさず、黙ったまま門番の前に下りていった。するとかれは、真っ昼間の光のなかで、その門番が髪を逆立て、面食らった様子をし、しかもその上着の二番目のボタンがなくなっているのに気がついた。ホテルから出ると、かれは、アコーデオンの子供っぽいやさしい調べに気を取られた。(3)前夜の盲が、古い広場の角に、踵《かかと》に体重をのせてしゃがみ込み、昨夜とおなじ虚《うつ》ろな微笑《ほほえ》むような表情で楽器を操っていたが、それはまるで自分自身から解き放たれ、かれを追い越していく一つの生活の動きのなかに全身を刻みこまれた人のようであった。街角まで来ると、メルソーはそこを曲り、例のキュウリの匂いにまたぶつかった。また同時に、かれの不安にも。

この日の一日は、これから先の毎日とおなじであるはずだった。メルソーは遅く目を覚ますと、僧院や教会を見物し、そこの地下室の匂いや香の匂いに避難所を求め、また日向《ひなた》に戻ると、キュウリ売りによってひき起される密《ひそ》かな恐怖に出っくわすのだったが、そうしたキュウリ売りたちとは、あらゆる街角で出会うのだった。こうした匂いを通して、かれは美術館を見、またプラハを黄金と壮麗さでみたしている、あのバロック的特性の氾濫《はんらん》とその秘密を理解するのだった。なかば薄暗い奥の方にある祭壇の上でやさしく輝いている黄金の光は、プラハの上空でしばしば見受けられる、靄《もや》と太陽からなる赤銅色の空から奪ってこられたものでもあるように思えるのだった。渦巻型の装飾や円型の装飾の金物《かなもの》、まるで金箔《きんぱく》の紙でできているとでもいわんばかりな複雑な装飾、もっともそれは、クリスマスに飾る子供の秣桶《まぐさおけ》に似ていることでたいそう感動的なのだが、そうしたものにメルソーは、大仰さや、グロテスクや、バロック的秩序を感じていた。それは熱狂的で子供っぽく、しかも大袈裟《おおげさ》なロマンティスムにも似ていたが、そうしたことでひとは自らのデーモン(4)と戦い、身を守ってきたのである。ここで崇《あが》められていた神々は、怖《おそ》れられ、崇拝される神々であり、海と太陽の熱い戯《たわむ》れを前にして人間と一緒に笑う神ではなかった。暗い円天井の下であたりを支配している埃と虚無の繊細な匂いから脱けだしたメルソーは、ふたたび祖国を喪失していた。毎日夕方になると、かれは町の西側にあるチェコの僧院を訪れた。僧院の庭では、時が鳩《はと》とともに飛び去り、晩鐘が静かに草の上で鳴っていたが、そこでもまたメルソーに語りかけるのは、かれの発熱だった。だが同時に、時は過ぎていった。しかもそれは、教会や記念建造物がすでに閉じられ、レストランがまだ開かれていない時刻だった。そこに危険があった。メルソーはウルタワ河の岸辺を散歩したが、そこには庭園が幾つかあり、一日の終るさなかでオーケストラが音楽を奏《かな》でていた。幾艘《いくそう》かの小舟が堰《せき》から堰へと河を遡《さかのぼ》っていた。メルソーはそうした船と一緒に河をのぼり、耳を聾《ろう》さんばかりのざわめきや、水門の泡立つ騒音を離れ、少しずつ夕べの平和と沈黙を取り戻すのだった。それからふたたび、轟音《ごうおん》にまでふくらんだ水音《みずおと》を求めて歩いた。新しい堰にさしかかると、かれは、色のついた数艘の小さなボートが、転覆せずになんとかその堰を乗り越えようとしては仕損じているさまを見ていた。そのうちの一艘は危険な地点を渡りきり、そのための歓声が、水音の上に高く響きわたった。こうした水は、叫び声や、音楽の旋律や、庭園の匂いとともにくだっていたが、それはまた、夕暮れの空の赤銅色の微光と、シャルル橋に立つ銅像の、くねくねと曲るグロテスクな影をいっぱいに映しだしながら、愛とはもはや無関係な、熱情のない孤独の、悩ましい燃えるような意識⑤をメルソーにもたらすのだった。そして、かれのところまで立ちのぼってくる水や木の葉の香りを前にして立ちどまり、喉《のど》をひきつらせたかれは、涙を想《おも》ったが、涙は流れてはこなかった。だれか友だちでもいれば、それとも、かれを迎えてくれるひろげられた両腕でもあれば、涙があふれてくるには充分だったろう。だが涙は、かれが投げこまれた優しさのない世界の間際《まぎわ》まで来て止ってしまうのだった。またほかのときには、相変らず夕暮れのこの時間にシャルル橋を渡るかれは、ラドシンの一帯を散歩した。そこは河上にあり、町の最も活気のある通りからほ

ん の少しのところであったが、ひとけはなく、静まりかえっていた。かれはそこの大きな宮殿のあいだをさまよい、石畳の敷かれた広大な中庭や、寺院の周囲にはりめぐらされた細工をされた鉄格子に沿って歩くのだった。宮殿の大きな壁のあいだで、かれの足音が、静寂《しじま》のなかに響いていた。或《あ》る鈍い音が、町からかれのところまで聞えてきた。この界隈《かいわい》にはキュウリ売りの姿はなかった。しかし、こうした沈黙と大いなる威容のなかには、なにか抑圧的なところがあった。そういうわけでメルソーは、しまいには、とうとう例の匂いと戦慄《せんりつ》の方にいつも下りていくようになったが、それらこそ、以後はかれの祖国になるのだった。かれは、自分がみつけたレストランで食べたが、少なくともそのレストランは、かれにとってはまだしも親しみがあった。かれは、赤い星をつけた例の男のそばに自分の場所を決めていた。その男は夕方だけやってきてはビールを飲み、マッチ棒をかじっていた。夕飯どきになると、また例の盲が演奏したが、メルソーはすばやく食べ、支払いをすませると自分のホテルに帰り、ただの一晩も欠かしたことがない熱にうなされた子供の眠りに赴くのだった。

毎日、メルソーは出発することを考えていた。そして毎日、だんだんに少しずつ、自己放棄のなかにのめり込んでいって、幸福への意志は、以前ほどにはかれを導かなくなっていた。かれがプラハにやってきたのは四日前のことだった。そして毎朝不足を感じてしまうのに、かれはまだ櫛《くし》を買ってはいなかった。しかもかれは、なにかが欠けているという複雑な感情を味わっていて、(6)そのことにかれは漠然たる期待を抱いていたのだ。或る晩かれは、最初の晩に例の匂《にお》いに出くわしたあの小さな路地を通ってレストランに向っていた。もうすでにその匂いが匂ってくるのが感じられたが、レストランの少し手前までさしかかると、向いの歩道のなにかがかれの注意を惹《ひ》き、かれを近寄らせた。一人の男が両腕を交叉《こうさ》し、首を左の頰の方にかしげ、歩道の上に横たわっていた。(7)三、四人のひとが壁にもたれ、なにかを待っているようだったが、それでも彼らはいたって平静だった。一人は煙草《たばこ》を吸い、あとは低い声で話をしていた。(8)だがワイシャツ姿の一人の男が、腕に上着をかけ、フェルトの帽子をうしろに投げ棄《す》て、横たわった身体《からだ》のまわりで、拍子を取り、焦《じ》らすようなインディアンの足どりで、野蛮な踊りの真似《まね》をしていた。(9)頭上では、離れたところにある一つの街燈《がいとう》のとても弱い光が、ほんのひと足先のレストランから洩《も》れてくる薄暗い明りと一つになっていた。(10)休みなく踊っている男、腕を交叉している身体、なんとも静かな見物人たち、この皮肉な対照とただごとではない沈黙。(11)そこには、光と影の少し息苦しいような戯れのなかに、凝視と無垢《むく》から生れた平衡の一瞬があるのだった。そしてその瞬間が過ぎれば、メルソーには、一切が狂気のなかに崩れ落ちていくように思えた。かれはさらに近寄った。死んだ男の頭は血に浸っていた。顔は傷口の方を向き、いまではそのままになっていた。プラハの片隅のひっそりとしたこの界隈では、少しねっとりとした舗石の上に投げかけるまばらな燈火や、ほんの少し先を走っていく自動車の湿った長いきしる音、音をたてて間を置いてやってくる電車の、遠くの方で駅に着く音などのあいだで、死は甘美な様相を呈するかと思うと、同時に執拗《しつよう》なその姿を示すのだった。そしてこのとき、メルソーが感じたのは、まさに死の呼び声それ自体と、その湿った吐息で、そのときメルソーは、ふりかえることもなく、そこを急ぎ足で立ち去った。突然、例の匂いがかれを打ちのめした。かれはそれを、いままで忘れていたのだ。かれはレストランに入り、テーブルについた。いつもの男はそこにいたが、マッチ棒はなかった。メルソーには、かれが、視線のなかの茫洋《ぼうよう》としたなにかを見ているように思えた。かれは、頭に浮んできた馬鹿《ばか》げた考えを追い払った。だが、一切がかれの頭のなかでぐるぐるまわっていた。なにも注文しないまえに、突然かれはそこから逃げだし、ホテルまで走っていくと、寝台の上に身を投げた。鋭い尖《とが》ったなにかが、かれのこめかみを焼いていた。心は空っぽで、腹はひきつり、かれの反抗は爆発していた。これまでの生涯のさまざまな映像が、かれの目をいっぱいにふくらませた。かれのなかのなにかが、女たちの仕種《しぐさ》を、開かれる両腕や生温かい唇を求めて叫んでいた。プラハの苦悩にみちた夜の底から、酢漬けの匂いと子供っぽい旋律をぬって、かれの発熱にともなってやってきたあのバロックの古い世界の不安な顔が、かれの方に立ちのぼってきた。やっとのことで息をし、盲のような目と機械的な仕種で、かれは自分の寝床の上にすわった。ナイト・テーブルの引出しがあいていて、そこには英字新聞が敷いてあったが、かれはその記事を全部読んでしまった[12]。それからかれは、また寝台にひっくり返った。さっきの男の顔は傷口の方を向いていて、その傷口には何本も指を突っ込むことができただろう。かれは自分の手と指を見た。そして子供のようなさまざまな欲望がかれの心に湧《わ》きあがってきた。或る燃えるような密かな熱情が、涙をともなってかれの心のなかでふくらんできたが、それこそは太陽と女たちでいっぱいの町、緑の夕方が来れば傷口を閉ざしてくれる町、そうした町への郷愁だった。涙が堰をきってあふれだした。かれの心のなかには、孤独と沈黙の大きな湖がひろがっていったが、その湖の上には、解放の悲しい歌が流れていたのだ[13]。

第二章

北に向ってかれを運んでいく列車のなかで、メルソーは、自分の両手をしげしげと眺めていた。嵐《あらし》模様の空だった。列車が走り去ると、そこには、低くて重い雲の山ができた。メルソーは、暖房のきき過ぎた客車のなかで、たったひとりだった。前の晩のうちに、かれは急いで発《た》ってきたのだ。そしていま、暗い朝を前にしてひとりぼっちのかれは、ボヘミアの風景の甘美な味わいが、自分の心のなかにしみ通るがままにまかせていた。絹のような背の高いポプラの樹々《きぎ》のあいだの雨模様の空や遠い工場の煙突を眺めていると、思わずかれは、涙を流したくなるような気持になるのだった。ついでかれは、《*Nicht hinauslehnen, E pericoloso sporgersi,* Il est dangereux de se pencher au-dehors.》（外に身を乗り出しては危険です）という、三つの表記のある白い掲示板を眺めていた。それから今度は、膝《ひざ》の上の生き生きとした獰猛《どうもう》な動物のようなかれの両手が、かれの視線を招いていた。一方の左手は長くてしなやかだった。他方はごつごつしていて筋肉質だった。かれはそうした両手をよく知っていたし、また見覚えがあったが、同時にかれの意志とはまるで関係のない行動を起しかねないものとして、別物のように感じていた。そのうちの一方はかれの額を支え、こめかみのところでずきずきしているかれの発熱を妨げようとしていた。他方は上着にそって滑りおり、ポケットのなかに一本の煙草《たばこ》を探しに行ったが、全身の力を失わせるあの吐き気を覚えたとたん、それをやめてしまった。そして、もとの両膝に戻った両手はすつかり投げやりになり、杯の形をした両の掌《たなごころ》は、メルソーにかれの生の顔つきを見せてくれるのだったが、いまやその生はふたたび無関心に戻り、それが欲しいものには、だれにでもくれてやってしまいそうであった(1)。

かれは二日間旅をした。だが今度は、逃走の本能がかれを駆り立てているのではなかった。こうして汽車が走っていくその単調さ自体が、かれをみたしていたのだ。ヨーロッパのなかほどを横断してかれを連れてゆくこの列車は、二つの世界のあいだにかれをひきとめていた。それはたったいましがたかれを捉《とら》え、いままたじきに、かれを手放そうとしていた。この列車は、欲望が王である一つの新しい世界の門口までかれを連れてゆくため、かれがその思い出までをも消したがっていた或《あ》る生活の外に、かれをひきだしているところだった。メルソーは、ただの一度も退屈しなかった。かれは片隅にすわったまま、ほとんど邪魔されることもなく、自分の両手を、ついで景色を眺め、物想《ものおも》いに耽《ふけ》っていた。かれは、ただ税関にかけ合うだけで切符を変更し、自ら求めて旅行の足をブレスローまでのばした。かれはまだこのまま、自分の自由と面と向っていたかった。かれは疲れていた。そして動く気力もなかった。どんなひとかけらの力や希望でも、かれは自分のなかに受けとめ、それらを凝集し、再組織して、かれ自身が、そしてまた同時に来るべきかれの運命が、かれ自身のなかでふたたびつくりだされるようにするのだった。かれは、列車が、滑るレールの上を逃げるようにして走っていくあの長い夜が好きだった。柱時計だけが光っている小さな駅を、そのとき列車は疾風のような勢いで駆けぬけていく。そして、大きな駅の光の巣に入っていくまえに急ブレーキをかける。それも、気がついたと思うまもなく、光の巣は列車を呑《の》み込み、車室のなかにふんだんにその黄金を、その光と熱を、流し込むのだった。車輪を槌《つち》が叩《たた》く。機関車が蒸気をみんな吐きだしてしまう。そして鉄道員の自動人形のような身振りが赤い円盤信号機を下におろすと、メルソーはふたたび列車の気違いじみた走行のなかに投げこまれ、そこではただ、さめた神経と不安だけが目覚めているのだった。車室のなかでは、あらためて光と影の交錯する戯《たわむ》れと、闇《やみ》と黄金の支配がはじまった。ドレスデン、ボーツェン、ゲールリッツ、リーグニッツと通過した。未来の生活のしるしであるような動作を形成するための時間を過しながら、ひとりぼっちで自分と対峙《たいじ》する長い夜。一つの駅の曲り角で逃れ去ったかと思うとまた捕捉《ほそく》され、追跡され、そのさまざまな結果と一つに合体し、ふたたび雨と光のきらきら輝く糸の踊りを前にして逃れ去る、そうした思念との忍耐強い闘い。メルソーは、かれの心の希望を表わしてくれる言葉や文句を探していたが、そのかれの心は不安に閉ざされていた。いまのような衰弱した状態では、かれにはきちんとした表現が必要だった。

今後、人生を前にしたかれの視線の色合い全体をつくりだしてくれるような言葉や映像、また、かれが自分の未来からつくりだす感動的な、あるいは不幸な夢。そうしたものとの執拗《しつよう》な闘いのうちに、夜と昼は過ぎ去ってゆくのだった。かれは両目を閉じていた。生きるためには時間が必要だ。すべての芸術作品同様、人生は、人びとがそれを考えることを必要としている。メルソーは、自分の人生を考えていた。そしてかれの狂い乱れた意識や幸福への意志を、車室のなかでさまよわせていた。今日この頃ともなると、その車室は、ヨーロッパのなかではかれにとっては一つの独房のようなもので、そこでは人間は、かれを追い越していくものを通して人間を知る術《すべ》を学ぶのだ。

二日目の朝、はげちゃけた原野にいるのに、汽車はありありと速度を落した。あと数時間でブレスローに着く。そして一日がシレジアの長い平原の上で明けつつあった。そこは一本の樹木もなく、ねばねばした泥で、雨に閉ざされ、ふくらんだ空が低く垂れこめていた。見渡すかぎり、そしていつもきまった距離のところに、輝く翼をした幾羽もの黒い大きな鳥が、舗石のような重い空の下をもうそれ以上は高く舞いあがれずに、地上数メートルのところを群れをなして飛びかっていた。彼らは、ゆっくりと重たげに飛びながらまるく輪になって舞っていたが、ときおりそのうちの一羽が群れを離れると、ほとんど大地と溶け合わんばかりに地上すれすれに飛び、おなじねばっこい飛びかたで果てしなく遠ざかっていくと、しまいにはそれは、明けはじめた空のなかで黒い点のようになってゆくのだった。メルソーは両手で窓ガラスのくもりをふきとってしまった。そして自分の指がガラス窓の上に残した長い縞《しま》を通して、外をむさぼるようにみつめていた。荒涼とした大地から色彩のない大空にかけて、なにも報いてはくれない世界の映像(2)がかれの方にその姿をもたげてきたが、そこではじめて、やっとかれは、自分自身を取り戻すのだった。無垢《むく》なる世界から絶望に連れ戻されたこの大地の上で、原始の世界のなかに埋もれた旅行者であるかれは、自分の執着をふたたび見いだしていた。そして胸のところで拳《こぶし》を握りしめ、顔を窓ガラスに押しつけて、かれは、自分自身や、自分のなかに眠っているあのさまざまな偉大さへの確信に向う飛翔《ひしょう》を思い描いていた。できればかれは、この泥のなかにわが身を沈め、この粘土の間口から大地のなかに還《かえ》っていきたかった。そして果てしのない平原にたたずみ、泥にまみれ、まるで人生の絶望的で素晴らしい象徴を前にしているかのように、煤《すす》けたスポンジのような空を前にして両腕をひろげ、世界の、あの極度に胸をむかつかせるような何かのなかで世界との連帯を強く肯定し、生の忘恩と汚辱のなかでまで、生と自分との一体性を宣言したかった。かれを掻《か》きたてていた巨大な感情の昂揚《こうよう》が、出発以来、とうとうはじめて炸裂《さくれつ》した。メルソーは冷たいガラス窓に顔を寄せ、涙と唇を押し潰《つぶ》した。またガラスがくもり、平原は消えた。

数時間後、かれはブレスローに着こうとしていた。遠くから見ると、その町は、かれにはまるで工場の煙突と寺院の尖塔《せんとう》の林のように見えた。近くまで来ると、その町は煉瓦《れんが》と黒い石からできていた。男たちは短い鍔《つば》のついた帽子をかぶって、ゆっくりとあたりを徘徊《はいかい》していた。かれはその連中のあとをつけてゆき、労働者のカフェで午前中を過した。一人の若い男がそこでハーモニカをふいていた。安手でしかも重ったるい、なんの取り得もない幾つかの唄《うた》が、魂を休めてくれるのだった。メルソーは櫛《くし》を買ってから、南下することに決めた。その翌日、かれはウィーンにいた。かれは昼間のうちからまる一晩眠った。目が覚めると、熱は完全に下がっていた。かれは朝食に半熟卵と生クリームを詰め込み、胸を少しむかつかせながら、太陽と雨の煙る朝のなかを出かけていった。ウィーンは爽《さわ》やかな町だった。訪れるところはなにもなかった。聖ステファヌス寺院は大きすぎて退屈だった。かれには、その正面のカフェや、また夜は、運河沿いの小さなダンス・ホールのほうがずっとよかった。日中は、かれはリングに沿って、美しいショーウィンドーや優雅な女たちのかもしだす贅沢《ぜいたく》な気配のなかを散歩した。かれは、しばしのあいだこの軽佻《けいちょう》で贅沢な背景を楽しんでいたが、そうした背景は、世界じゅうで最も自然ではないこの町のなかで、人間を人間自身から切り離してくれた。けれども女たちは美しかった。庭園に咲く花は、厚ぼったくて、けばけばしかった。そして夜の帳《とばり》が落ちてくると、リングにのぞんだあたりを徘徊するきらびやかで気さくな群衆のなかにいたメルソーは、さまざまなモニュメントのてっぺんに、石造の馬たちが赤い夕暮れのなかを虚《むな》しく飛翔するさまをじっと眺めていた。かれが女友だちのローズとクレールを思い出したのはそのときである。出発以来はじめて、かれは一通の手紙を書いた。事実便箋《びんせん》の上に流れでたのは、たまりたまった沈黙だった(3)。

子供たちよ

僕はいまウィーンからこの手紙を君たちに書いている。君たちがどうしているのか僕は知らない。僕のほうは、旅をしながら生計《くらし》を立てている。僕は苦い思いをかみしめながら、たくさんの美しいものを見た。この地では、美は文明にかわっている。それが気持を休めてくれるのだ。僕は教会も訪れなければ遺跡も訪れない。僕はリング沿いを散歩している。そして劇場や華美な宮殿の上に夕暮れが訪れると、赤い夕陽のなかの石造の馬たちの盲目の飛翔が、苦さと幸福感の入り混った奇妙な思いを僕の心に宿してくれるのだ。朝、僕は半熟卵と生クリームを食べている。僕は遅く起きる。ホテルは僕を慇懃《いんぎん》にもてなしてくれる。僕は給仕頭《がしら》の態度にえらく感心していて、おいしい食べ物で満腹している（ああ、その生クリームの美味《おい》しさといったら）。見物《みもの》は幾つもあるし、美しい女たちもいる。ないのは本当の太陽だけだ。

君たちは、いまなにをしている？(4) どこに行ってもなにも引きとめてはくれず、しかも君たちに相変らず忠実なこの不幸な男に、君たちや太陽のことを話してくれたまえ。

パトリス・メルソー

その晩この手紙を書くと、かれはダンス・ホールにまた出かけていった。かれはそのホステスの一人であるヘレンと、その晩の約束をしていたのだ。彼女はフランス語を少し知っていて、またかれの下手なドイツ語を理解してくれた。朝の二時にそのダンス・ホールから出てくると、かれは彼女の部屋までついてゆき、おきまりの一夜の恋をした。朝になると、他人の寝台に裸でいたかれは、ヘレンの背中に寄りそっていた。そしてかれは、彼女の長い腰と広い両肩を、なんの感情もなく、ただ上機嫌に嘆賞した。かれは彼女の目を覚まさせないように立ち去り、彼女の靴の一方に一枚のお札をすべりこませた。かれが戸口に来たそのとき、「ねえあんた、思い違いをしていてよ」と呼ぶ声が聞えた。かれは寝台の方へ戻った。実際かれは間違っていた。オーストリアのお金のことをよく知らなかったかれは、百シリングの代りに五百シリング紙幣を置いてきてしまったのだ。「いや、いいんだ。きみにあげるのさ。きみはとても素敵だったよ」とかれは微笑《ほほえ》みながら言った。ブロンドのもつれ合った髪の毛の下で、ヘレンのそばかすだらけの顔が微笑でぱっと輝いた。急に彼女は寝台の上に立ちあがり、かれの両頰に接吻《せっぷん》した。たぶん彼女が心から与えた初めてのそれであるこの接吻は、メルソーの心のなかに感動の高まりをほとばしらせた。かれは彼女を寝かし、シーツのはしを寝台に折り込むと、ふたたび戸口に行き、微笑しながら彼女をみつめた。「さよなら」とかれが言った。相手は、鼻の下まで引きあげたシーツの上で大きな目を見開き、かれが消え去るのを言葉もなく見送った。

それから数日して、メルソーはアルジェの消印のある一通の手紙を受け取った(5)。

親愛なるパトリス

私たちはいまアルジェにいます。あなたの子供たちは、あなたに再会できたらどんなに幸せでしょう。もしどこにも、あなたを引きとめるものがなにもないなら、アルジェに来てください。私たちはあなたを「家」[6]に泊めることができるでしょう。私たちは幸せです。たしかに、少しは恥ずかしい思いをするかもしれません。でもそれは、むしろ体裁のためです。それはまた、偏見のせいでもあります。もしあなたにとって幸福になることが問題なら、ここに来てそれを試してみてください。再役軍人の下士官のように、世間並みの地位に満足しているよりは、そのほうがどれだけましなことでしょう[7]。私たちはあなたの父親としての接吻を受けるために、私たちの額を差しだしています。

ローズ
クレール
カトリーヌ

追伸——カトリーヌは、この父親という言葉に抗議をしています。[8]カトリーヌは私たちと一緒に住んでいます。もしあなたがお望みなら、彼女はあなたの三人目の娘になるでしょう。

かれはジェノアを通ってアルジェに帰ることを決めた。他の人びとが一大決意をしたり、人生の本質的な競技を演ずるまえに孤独を必要とするように、孤独と、異国での無関心な扱いにうんざりしたかれは、自分の遊戯をはじめるまえに、友情と信頼のなかに自分を連れだし、明らかな安逸を味わう必要があった。

北イタリアを通ってジェノア(9)に行く車中で、かれは、自分の身体《からだ》のなかで幸福に向って歌いかける無数の声を聞いていた。清らかな大地にすっくと立っている最初の糸杉を目にしたとき、かれは心がくじけてしまった。かれはふたたび自分の衰弱と発熱を感じていた。けれどもかれのなかのなにかは、すでになごみ、弛緩《しかん》していた。まもなく、太陽が一日のなかで歩を進め、海が間近になるにつれ、きらめき、弾むような大空の下で――そしてその空からは、空気と光の波が、震えているオリーヴ林の上を流れていたが――世界を動かすあの昂揚が、かれの心の熱烈な動きと一つになるのだった。列車の響き。弾む車室のなかでかれを取り巻いている無邪気なおしゃべり。かれの周囲で笑ったり歌ったりしている一切。そうしたすべてが、一種の内心の舞踏にリズムを刻み、またその伴奏を奏《かな》でているのであった。そうした内心の舞踏は、数時間のあいだかれを世界の隅々に不動のまま投げだし、そしてついにはそれは、小躍りして喜び、どぎまぎしているかれを、耳を聾《ろう》さんばかりに騒々しいジェノアに流し込むのだった。そのジェノアは、湾と大空を前にして、健康ではちきれそうだった。そして空と海では、欲望と倦怠《けんたい》が暮れ方まで戦っていた。かれは、愛することと享楽《きょうらく》することと抱擁することに渇き、かつ飢えていた。かれの身を燃やしている神々は、かれを港の一角の海のなかに投げ込むのだった。そしてかれは、そこで、コールタールと塩の入り混った匂《にお》いを味わい、思う存分泳ぎまわったおかげで精魂つき果ててしまった。それからかれは、古い下町の匂いがいっぱいにたちこめる狭い通りをさまよったが、あたりの色彩がかれに向って吠《ほ》えかかり、家々の上にひろがる空が、太陽の重圧の下で自らを焼きつくし、ごみくずと夏のさなか、猫たちがかれのところにやってきては休息するにまかせていた。かれはジェノアを見渡す道路に出た。そして塩の香りと光を満載した海が、長々とふくらんでかれの方に立ちのぼってくるのに身をまかせていた。両目を閉じながら、かれは自分がすわっていた熱い石を強く抱きしめ、生の過剰が或《あ》る刺激的な悪趣味のなかで吠えたてている町に向って、両目を開くのだった。それに続く数日のあいだ、かれは、港に下りていく階段に同様に好んで腰をかけ、正午になると、波止場の事務所から上ってくる娘たちが目の前を通りすぎるのを眺めていた。サンダルをはき、鮮やかで薄い洋服の胸を広くあけた彼女たちは、メルソーの舌をひりつかせ、欲望で心臓を高鳴らせたが、かれはそうした欲望に、同時に自由と正当さを、あらためて見いだすのだった[10]。夕方、かれはそのおなじ女たちに通りで出会い、その女たちのあとをついていったが、そのときかれの腰には、欲望の、とぐろを巻いた熱い獣が、猛々《たけだけ》しいやさしさでうごめいていた。二日のあいだ、かれはこうした非人間的な刺激のなかで身を焦《こ》がした。三日目にかれはジェノアを去り、アルジェに向った。

旅のあいだじゅうかれは、海の上で迎える朝も、昼日中も、そして夕べも、水と光の戯《たわむ》れを凝視しながら、自分の心を空の緩やかな鼓動と一致させ、自分自身に回帰するのだった。かれは或る種の恢復《かいふく》期の通俗さを警戒していた。艦橋に寝そべりながら、かれは眠ってしまってはいけないこと、そうではなくて監視すること、友だちに甘えることを監視し、魂と肉体の慰安を監視せねばならぬことを理解していた。かれは、自分の幸福と自分の正当化を築きあげねばならなかった。そしてたぶんその努力は、いままではかれには、以前よりも容易であるように思われていた。急にさっきよりは涼しくなった海の上の夕暮れや、光が緑色を呈して死に絶えてゆく空のなかで、ゆっくりとその硬さを増し、やがて黄色く生れ変る一番星を前にしていると、不思議な平和がかれのなかにしみ通ってくるのだった。するとかれは、あの大いなる混乱や嵐《あらし》のあとで、自分のなかにかれが持っていた暗い悪質ななにかが沈澱《ちんでん》してしまい、あとには、やさしさと明確な決意に立ち還った魂の、以後は澄んだ、明るい水が残されるのだという気持を味わっていた。かれは明晰《めいせき》に見ていた。長いあいだかれは、一人の女の愛を希求していた。だがかれは、愛には向いていなかった。自分の生活や、波止場の事務所や、自分の部屋や、睡眠や、食堂や、情婦を通し、かれは、ユニークな探求で一つの幸福を追究してはいたのだが、かれはそうした幸福を、みんなとおなじように、心の底では不可能だと思いこんでいたのだ。かれは、幸福になりたいと思っているふりをしていたのだった。けっしてかれは、意識された断固たる決意でそれを望んでいたわけではなかった。今日の今日まで、けっして……だが、いまこの瞬間から、まったくの明晰さのなかで計算されたたった一つの動作ゆえに、かれの人生は変ってしまい、幸福がかれには可能に思えるのであった。おそらくかれは、苦悩のなかでこの新しい存在を生み落したのだ。だが、かれが予《あらかじ》め演じていた低劣な喜劇(11)にくらべたら、それは一体なんだったのだろう？　たとえばかれは、かれをマルトに執着させていたものが、愛より以上に虚栄心であることを知っていた。それは、彼女がかれに差しだす唇の不思議な魅力にいたるまでそうなるのであって、しかもその奇蹟《きせき》は、かれに自分を自覚させ、征服に目覚めさせる或る潜在的な力の楽しい驚きでしかなかった。かれの恋愛史のすべては、実を言えば、こうした当初の驚きを確実さに、謙虚さを虚栄に、それぞれ変えることだったのだ。かれが彼女のなかで愛していたものは、彼らが映画に出かけ、みんなの視線が彼女の周囲に集まるそうした晩であり、かれが彼女を人びとに紹介するその瞬間だった。かれは、彼女のなかの自分を愛していたし、また、自分の力や生きることへの野心を愛していた。かれの欲望自体は、また、彼女の肉体の深い味わいは、たぶん、ことさらに美しい一つの肉体を所有し、それを支配し、それを凌辱《りようじよく》する当初の驚きから生れてくるのだった。(12) いまやかれは、自分がこのような愛に向いてはいないで、これからかれが仕える暗黒の神の、無垢《むく》で怖《おそ》ろしい愛に向いていることを知っていた。

しばしばそうしたことがあるものだが、かれの生活のなかにある最上のものは、最悪なもののまわりに結晶していた。クレールと彼女の女友だち。ザグルーと、マルトをめぐるかれの幸福への意志。いまかれは、優位に立っているのが自分の幸福への意志であることを知っていた。(13) だがそのためには、一致を見いださねばならないのは時間とであり、時間を持つということは、経験のなかでも同時に一番素晴らしく、一番危険なことであることをかれは理解していた。暇というものは、凡庸な人びとにとってのみ致命的なことであった。多くの人びとは、自分たちが凡庸ではないことを証明することすらできないのだ。かれはこうした権利を獲得した。だがその証拠は、まだこれから示してみせなければならなかった(14)。たった一つのことだけが変っていた。かれは、自分の過去や、自分が失ったものから自由であると感じていた。かれは、かかる閉塞《へいそく》と自分のなかで閉じられる空間、世界を前にしたこの明晰で忍耐強い熱情だけを望んでいた。人びとが潰《つぶ》してしまい、いじくりまわす焼きたてのほやほやの熱いパンのように、かれはただ、自分の人生を両手に握りしめていたかった。ちょうどかれが自分に話しかけ、生きる準備をすることができたあの汽車のなかでの長い二晩のように。大麦湯の砂糖のように人生を舐《な》め、それをかたちづくり、研ぎすまし、ついにはそれを愛することだ。そこにこそかれのすべての情熱があった。自分自身に自分自身を面と向わせること。かれの努力は、以後、たとえ孤独を犠牲にしても、そうした現存を人生のありとあらゆる素顔の前に保ちつづけることであった。いまやかれは、そうした孤独に耐えることがたいそう難かしいことを知っていた。かれは裏切りはしないだろう。かれの激しい力はそうするかれを助け、その力がかれを支えている地点で、かれの愛は、まるで生きることへのすさまじい情熱のようにかれと結びついていた。

海は船腹にあたって緩やかに皺《しわ》をつくっていた。空には星がいっぱいだった。そしてメルソーは、黙ったまま、涙と太陽の顔をしたこの人生を、また、塩と熱い石のなかのこの人生を、愛し、崇《あが》める、あの果てしない深い力を自分に感じていたが、かれには、そうした人生を愛撫《あいぶ》することで、かれのあらゆる愛と絶望の力が互いに活用し合うように思えるのだった。そこにこそかれの貧しさとユニークな富があった。それはまるで零敗を喫したのでふたたび勝負をはじめたが、今度は、自分の運命に直面するようかれを促す自分の力を意識し、明晰な情熱を抱いて、その勝負をはじめるかのようであった。

そして今度は、とうとうアルジェだった。朝のゆっくりとした接岸。海の上の眩《まばゆ》いカスバの滝。丘と空。両腕をぴんと伸ばした湾。樹々《きぎ》のあいだの家々。もう間近になったあの波止場の匂い。そのときメルソーは、ウィーンを発《た》ってから、ただの一度も、自分の手で殺した男としてザグルーを考えたことがなかったことに気がついた。かれは、自分のなかのかかる忘却の能力を再認識したが、それは子供とか、天才とか、無垢な人間にしか属していないものだった。無垢で、歓喜に沸きかえっているかれは、いま、自分が幸福にふさわしい人間であることをやっと理解するのであった。

第三章

パトリスとカトリーヌは、テラスの陽あたりで朝食をとっている。カトリーヌは水着を着、《ガルソン》は──というのは、かれの女友だちがかれのことをそう呼んでいるからだが──海水パンツをはき、首にナプキンを巻いている。彼らは、塩をふったトマトや、じゃがいものサラダや、蜂蜜《はちみつ》や、たくさんの果物を食べている。彼らは桃を冷やすために氷のなかに入れ、なかからそれを取りだすと、ビロードのような表皮の細かな毛についた水滴を舐《な》めまわしている。彼らはまた葡萄《ぶどう》のジュースをつくり、顔を焼くために──少なくともパトリスは、褐色になることが得だということを知っている──太陽を仰ぎながらそれを飲みほすのだ。

「太陽を味わってごらん」とパトリスは、片腕をカトリーヌの方に差しだして言う。

彼女はそれを舐めている。「ええ。これも味わってよ」と彼女が言っている。かれは味わう。それから自分の横腹を撫《な》でながら横になる。すると彼女のほうでは腹ばいになって、水着を腰まで下げさせる。

「わたし、下品ではないこと？」

「いいや」と、そっちを見ないで《ガルソン》が言う。陽の光が流れ、かれの顔の上でぐずついている。ほんの少し毛孔《けあな》を汗ばませながら、かれは、自分を押しつつみ、しびれさせるあの火を吸い込んでいる。カトリーヌはぐったりとして自分の吸い込んだ太陽を発散させ、吐息をつき、嘆声を発している。

「いい気持」と彼女が言う。

「うん」と《ガルソン》が言う。

その家は、或《あ》る丘のてっぺんに寄りかかるように建っていて、そこからは湾が見渡せた。その界隈《かいわい》では、その家は三女学生の家と呼ばれていた。そこへ上っていくにはとても険しい道を通らねばならなかったが、その道はオリーヴ林にはじまって、オリーヴ林に終っていた。その道のなかほどまで来ると、灰色の壁に沿って踊り場のようなものができていたが、その壁には、卑猥《ひわい》な絵や政治的要求を表わす言葉がいっぱい書いてあり、それを読んでいると、精魂つき果てた旅人は、ほっと一息つくことができるのだった。そこを過ぎるとまだオリーヴ林で、枝のあいだからは青い下着のような空が見え、すみれ色や、黄色や、赤の布ぎれが干してある赤茶けた牧場に沿って、乳香の匂《にお》いが漂っているのだった。人びとは汗と息ぎれでたいそう喘《あえ》ぎながらやってくると、白粉花《おしろいばな》の棘《とげ》を避けながら青い小さな柵《さく》を押し、ふたたびまた段になった階段のような固い梯子《はしご》を上らねばならなかった。もっともその梯子は青い薄暗がりにおおわれていて、もうそこで人びとは、渇きを鎮《しず》めることができるのだった。ローズとクレールとカトリーヌと《ガルソン》は、その家を、「世界をのぞむ家」と呼んでいた。どこもかしこも風景に向って開かれていたその家は、世界の色とりどりの乱舞の上できらめく、大空に吊《つる》されたゴンドラのようであった。ずっと下の方の完全な曲線を描いた湾からは、一種の爆発が、草木と太陽をかきまぜ、松の木と糸杉を、埃《ほこり》にまみれたオリーヴの木とユーカリを、家のすぐ下まで運んでくるのだった。こうした贈物のまっただなかには、白いエグランチーヌやミモザが、あるいはすいかずらが、季節に応じて咲き誇っていたが、たとえばすいかずらは、夏の夕暮れのなかに、その花の香りを家の方々の壁から存分に立ちのぼらせていた。白い布地や赤い屋根、地平線の端から端へ皺《しわ》一つなくピンでとめられたような空の下の海の微笑。「世界をのぞむ家」は、こうしたとりどりの色彩とさまざまな光の市に向って、その広々とした間口をふりむけているのだった。そして遠くの方では、すみれ色の高い山々が描く一本の線が、その急斜面で湾と一つになり、かかる陶酔を、その遠大な構図のなかに包みこんでいた。だから、だれもこの険しい道や疲労のことで不平を言うものはなかった。みんなは毎日、自分の歓喜を獲ち取らねばならなかった。

世界を前にしてこのように生きること、その重みを味わうこと、来る日も来る日も世界の顔が輝くのを眺め、また翌日そのありったけの若さを燃やすために活動を停止するのを眺めること。そうすることで、この家の四人の住人たちは、彼らを裁くと同時に正当化もしてくれる、一つの存在を意識していた。ここでは世界は一つの役割を果す人物となり、われわれがより進んで忠告を求める人びとのなかに数えられ、またかかる人物にあっては、中立が愛を殺したりはしなかった。彼らは、世界を証人としていた。

《ぼくと世界は、きみたちに反対だ》とパトリスは、なんでもないことでそう言ったりするのだった。

カトリーヌにとっては、裸になることは偏見をふりはらうことを意味していたのだが、その彼女は、《ガルソン》がいないすきに、テラスの上で着物を脱いでしまうのだった。そして空の色彩の変化を相変らずじっと眺めたまま、或る肉感的な傲慢《ごうまん》な言いかたで、食卓でこんなことを言うのだった。

「世界の前で、わたしは裸だったわ」

「うん。女というものは、元来、自分たちの感動よりも観念のほうが好きなのさ」とパトリスが軽蔑《けいべつ》をこめて言うのだ。するとカトリーヌは飛びあがった。彼女はインテリなどにはなりたくなかったからだ。するとローズとクレールが、一緒になってこう言った。

「お黙りなさい、カトリーヌ。あなたが間違っていてよ」

というのは、カトリーヌはいつも間違っているということになっていて、それは彼女が、みながおなじように愛する女だったからだ。彼女は重い整った肉体の持主で、肌の色は焦《こ》げたパンの色をし、世界のなかにあるなにか本質的なことがらについて、動物的な本能を持っていた。だれも彼女ほどには、樹木や海や風の深遠な言葉をよく理解できなかっただろう。

「この娘《こ》ったら、自然児そのものね」とクレールは、ひっきりなしに食べながら言うのだった。

それからみんなは日向《ひなた》ぼっこをしに行き、沈黙するのだった。人間は人間の力を弱めてしまう。世界は、その力をそのままにしておく。ローズとクレールとカトリーヌとパトリスは、彼らの家の窓辺で、さまざまな影像と外観のなかに生き、彼らがたがいのあいだで結んでいる一種のこうした遊戯に同意し、やさしい情愛に応《こた》えるように友情に応えて笑った。だが彼らは、空と海の舞踏を前にしてわれに返ると、自分たちの運命の密《ひそ》かな色合いをふたたび見いだし、彼ら自身の最も奥深いものと、ついに一つになってしまうのだった。ときおり猫たちが、自分たちの主《あるじ》のところにやってくることがあった。ギュラがやってきたが、始終からかわれている彼女は、緑の目に暗黒の疑問符をかかげ、痩《や》せこけ、しかも神経質で、突如として錯乱状態に襲われると、影に向って挑みかかるのだった。「身体《からだ》のなかにるいれきがあるのよ」とローズは言っていた。そして彼女は笑っていたが、彼女は、カールした髪の毛の下で、まるい眼鏡の背後の陽気な目に皺をよせ、全身で笑うのだった。しばらくするとギュラが、彼女に跳び乗った(それこそは特別な好意のしるしだったのだ)。ローズは、猫のつやつやとした毛並みを両指で撫でていたが、やがて気持が鎮まり、のんびりすると、やさしい目をした牝猫《めすねこ》のようになって、やさしい、愛情のこもった両手で、獣を鎮めてやった。なぜなら猫は、ローズが世界に出かけていく戸口のようなもので、それはちょうど、カトリーヌのそれが裸であるのとおなじだった。クレールはもう一匹の猫のほうを可愛《かわい》がっていたが、それがカリだった。その牡猫《おすねこ》は、汚れたその白い毛さながらに、おとなしくはあったが愚かで、虐待《ぎゃくたい》されるがままになっていた。花のような顔をしたクレールは、だから、自分に素晴らしい魂を感じていた。突然笑いだすことはあっても、いつも黙りがちで自分に閉じこもっている彼女は、食欲が旺盛《おうせい》だった。そして、彼女がふとるさまを見ていたパトリスは、彼女を叱《しか》るのだった。

「きみはぼくらをがっかりさせるね。美しい人には醜くなる権利なんかないんだ」とかれは言うのだった。するとローズが、[1]それをさえぎって言った。「いつになったら、あなたはこの子をいじめるのをやめるの！　お食べなさい、クレール」

そして一日は、夜明けから夕暮れまで、繊細な陽の光のなかを、小高い丘のまわりや海の上をまわって過ぎていった。みんなは笑い、冗談をたたき、さまざまな計画をたてた。みんなはさまざまな外観に微笑《ほほえ》み、それに従っているふりをしていた。パトリスは、世界の素顔から、若い女たちの微笑を浮べた荘重な顔へと赴くのだった。ときおりかれは、自分の周囲に浮びあがるこの世界に驚くことがあった。信頼と友情、太陽と白い家々、わかるかわからぬくらいの微妙なニュアンス。そこにこそ無傷な幸福が幾つも生れ、かれは、その正確な反響を測っていた。彼らが自分たちのあいだでそう言っていた「世界をのぞむ家」は、みんなが娯《たの》しむ家ではなく、みんなが幸せになる家であった。パトリスはそのことを身にしみて感じていたが、そのときみんなは、顔を夕暮れに向け、最後の微風とともに、なにものにも似まいとするあの人間的で危険な誘惑が自分たちの心のなかに入り込むのに身をまかせるのだった。

今日は日光浴のあとで、カトリーヌ[2]が勤めに出かけた。

「ねえパトリス。あなたに良いお報《しら》せを持ってきたわ」と、突然姿を現わしたローズが言った。

テラスになっている部屋で、その日は《ガルソン》は探偵小説を手にし、根気よくディヴァンの上に寝そべっていた。

「なんだいローズ。話を聞こうじゃないか」

「今日はあなたの炊事当番よ」

「いいとも」とパトリスは、身動きもせずに言った。

ローズは、女学生用の紙ばさみを手に持って行ってしまった。そのなかに彼女は、無頓着《むとんじやく》にも、食事に使う唐辛子や、ラヴィッスの退屈な『歴史』の第三巻を入れていたのだ。レンズ豆の料理をしなければならないパトリスは、十一時までぶらぶらし、オークル色の壁の大きな部屋を眺めまわした。そこには、ディヴァンや、飾り棚などの家具や、緑や黄色や赤の仮面、それに赤い縞《しま》のある生糸地の壁掛けがあった。それから大急ぎでレンズ豆だけを茹《ゆ》でると、シチュー鍋《なべ》に、油や、いためる玉葱《たまねぎ》や、トマト一個や、パセリや月桂樹《げつけいじゆ》の束を入れ、忙しく立ち働きながら、空腹を訴えるギュラやカリを叱りとばした。もっとも、ローズは昨日、彼らにこんなことを言ってきかせた。

「いいかえ、おまえたち、夏になると暑くてお腹《なか》なんか空《す》かないんだから」

十二時十五分前にカトリーヌが帰ってきたが、彼女は軽装で、むきだしのサンダルをはいていた。彼女はシャワーを浴び、日光浴をしなければならない。彼女は一番最後に食卓につくだろう。するとローズが、「カトリーヌ、あなたは仕様のないひとね」と厳しく言うことになるのだ。浴室では水がはねていた。そして息をきらしてクレールがやってくる。

「あら、レンズ豆を作ったの？　わたし、とても上手な作りかたを知っているのに……」

「知ってるよ。生クリームをかけるんだ……取っていただけないでしょうかね、クレール」

クレールの料理法がいつも生クリームからはじまるのは事実なのだ(3)。

「そうしましょうよ」と、たったいまやってきたローズが言った。

「うん。食卓に移ろう」と《ガルソン》が言う。

彼らは台所で食べるのだが、そこはそのうえ小道具屋にも似ている。そこにはなんでもあって、ローズの言った名文句を書きつける備忘録まである。クレールは、「シックにしましょう。でも気取らないこと」と言い、ソーセージを指でつまんで食べている。カトリーヌがほどよく遅れてやってくるが、彼女は酔ったようにとろんとし、眠気で生気のない目をしている。彼女は心に屈託を持たず、オフィスのことなど――つまり、タイプライターにかかりきりになるために、彼女が自分の生活や世界から取り上げてしまう八時間のことなど考えたりしない。彼女の友だちはそのことがよくわかっていて、そのような八時間で断ち切られる自分たちの生活がどのようなものかを想《おも》っているのだ。パトリスは黙っている。

「そうよ。結局はそのことがあなたを忙殺しているのよ。それに第一、あなたは毎日わたしたちに、あなたのオフィスの話をしてるじゃないの。わたしたち、あなたから言葉を取り上げてしまってよ」と、同情を寄せたりすることが好きではないローズが言った。

「でも」とカトリーヌが嘆息した。

「この際、投票ということにしましょうよ。一人、二人、三人。多数決であなたに反対」

「わかったでしょう」とクレールが言った。

レンズ豆が運ばれてくる。それはとてもぱさぱさしている。でもみんな、黙って食べている。クレールが料理をすると、食卓でその料理を味わいながら、彼女はいつも満足げに、「でも素晴らしく美味《おい》しいじゃないの！」とつけ加えるのだ。自尊心の強いパトリスは、みんなが爆笑するその瞬間まで、沈黙を好んでいる。今日は意気のあがらぬカトリーヌは、それでも週四十時間労働を獲得したいと思って、だれかC・G・T（訳注 労働総同盟）までついてきてはくれないかと頼んでいる。

「いやあよ。だって、要するに働いているのはあなたですもの」とローズが言う。

怒った《自然児》[4]は、日光浴をしに寝そべりに出かけてしまった。だがみんなは、すぐ彼女の所にやってきて一緒になる。そして、カトリーヌの髪の毛をなげやりに愛《あい》撫《ぶ》していたクレールは、《この娘《こ》》に欠けているのは男の子なんだ、と思っている。なぜなら、カトリーヌの運命を決定し、彼女に必要なものを与え、その範囲と種類を定めるのは、「世界をのぞむ家」の日常的な習慣なのだ。たしかに彼女は、ときたま、自分はもう大人なのだということを認めさせようとしていたが、みんなは相手にしてくれない。「かわいそうな娘《こ》、彼女には恋人が必要なのよ」とローズが言う。

　それからみんなは、陽の光の流れに身をまかせる。恨みがましい女ではないカトリーヌは、そこで、自分の勤め先の噂話《うわさばなし》をしはじめたが、それは、日ならずして結婚することになっている背の高いブロンド娘のペレス嬢が、参考資料をあさるために、どうやってお客のサービスをしてまわったか、乗客たちが彼女に、どんなに身の毛がよだつような話をして聞かせたがったか、また新婚旅行から帰ってくると、「そんなに怖《おそ》ろしいことではなかったわ」と彼女が微笑みながら言ってのけたとかいうことだった。「彼女は三十なのよ」とカトリーヌが憐《あわ》れみをこめてつけ加える。するとローズは、こうしたきわどい話を咎《とが》めて、「よくって、カトリーヌ。ここにいるのは、みんな年若い娘たちばかりなのですからね」と言った。

このとき、郵便飛行機が市の上空を通り、地上と空にそのきらびやかな金属の栄光をふりまいていた。飛行機は湾の波の動きのなかに突入していき、湾とおなじように機体を傾け、世界の駆けっこと一体になると、今度は遊戯はそこでやめて、一転して突然方向を転じ、長いあいだ海中に没し、白くて青い巨大な水の爆発のなかで着水する。ギュラとカリはぐったりと横腹を見せて寝そべっている。彼らの小さな蛇のような口からは、口蓋部《こうがいぶ》の薔薇色《ばらいろ》が思う存分見えているが、彼らは贅沢《ぜいたく》で猥褻《わいせつ》な夢につらぬかれ、それが彼らの横腹を震わせている。遥《はる》か高いところにある空が、太陽とさまざまな色彩の重みとともにその高みから落ちてくる。両目を閉じたまま、カトリーヌは、長い深い墜落感を味わっている。それは彼女を、彼女自身の奥底へと連れ戻すのだが、そこには、一人の神のように呼吸をしているあの動物が、そっと動きまわっているのだ。

つぎの日曜日、彼らは招いた客たちを待っていた。料理をしなければならないのはクレールだ。そこでローズは、野菜の皮をむいたり、食器やテーブルの仕度をしたりした。クレールは野菜を容器に入れ、部屋で本を読みながら、ものが煮えるのを監視することになる。今朝はモール女のミナが、これで今年になって三度目の父親を失《な》くしたという理由でやってこなかったので、ローズは家事もやらなければならなかった。客たちがやってくる。その一人のエリアーヌを、メルソーは理想主義者と呼んでいる。「なぜなの?」とエリアーヌがきく。「それは、だれかがきみに衝撃を与えるような本当のことを言うと、きみは《それは本当ね、でも、良いことではないわ》と言うからさ。」エリアーヌはやさしい心の持主で、自分は《手袋を持った男》（訳注　ルーヴルに所蔵されているチチアンの絵）に似ていると思っているのだが、みんなは彼女にそれを否定している。だが個性的な女である彼女の部屋には、《手袋を持った男》の何枚もの複製が壁に貼《は》られている。エリアーヌは研究をしている。彼女が「世界をのぞむ家」にはじめてやってきたときには、この家の住人たちの《偏見のなさ》に感激したと言ったものだ。それが、時が経《た》つにつれ、彼女はそうしたことがあまり都合のよいことではないと思った。偏見を持たぬということは、彼女が念入りに作ったり語ったりする物語はまったく退屈だということを彼女に言うことだったし、またそれは、愛想よく単刀直入に、「エリアーヌ、あなたはまったくお馬鹿《ばか》さんね」と言うことだったからだ。エリアーヌが、二人目の招待客で彫刻家を職業としているノエルと連れだって台所に入ってきたとき、尋常の姿勢ではけっして料理をしたことのないカトリーヌにたまたまつまずいてしまった。仰向《あおむ》けに寝そべったカトリーヌは、片手で葡萄《ぶどう》を食べ、もう一方の手で、まだ作りはじめたばかりのマヨネーズをかきまわしている。青い大きな前掛けを着けたローズは、ギュラの利口ぶりをほめているが、そのギュラは、竈《かまど》の上に跳び乗ってお昼のアントルメを食べていた。

「ねえ、彼女はなかなかお利口さんだとは思わなくて」と、叱るどころか自己満足にひたりきったローズが言う。

「本当ね。今日はまたとびきりだわ」とカトリーヌが言い、今朝このギュラが、ますますお利口で、青い小さなランプと花瓶《かびん》を割ってしまったことをつけ足すのだった。

エリアーヌとノエルは、たぶんあまりの息切れから食欲のなさを言いだすことができなくなって、だれ一人彼らにすすめようとは思わなかった場所にすわることにする。クレールがやってきたが、彼女は愛らしくまた悩ましげで、両手を握りしめ、火にかけられたブイヤベーズの毒味をしている。彼女は、みんなが食卓についてもよい頃だと考えている。けれども今日はパトリスが遅れている。それでもかれは、そのうちにやってきてべらべらしゃべりだすと、エリアーヌに、街で見かける女たちが美しかったのでご機嫌なのだと説明している。暑い季節がまだはじまったかはじまらぬ頃だというのに、すでにもう、そのなかで硬い肉体が震えているさわやかな衣服がお目見えしたのだ。パトリスによると、おかげでかれは口がからからになり、こめかみが脈打って、腰が熱くなるということだ。言葉でこうはっきり言われると、エリアーヌと彼女の羞恥心《しゅうちしん》は沈黙を守ってしまう。食卓では、ブイヤベーズの最初の一匙《ひとさじ》とともに、或《あ》る驚愕《きょうがく》がつづいて起る。思わせぶりなクレールが、とてもはっきりした言いかたで、

「このブイヤベーズ、玉葱の焦《こ》げた味がするんじゃないかしら」と言う。

「そんなことはない」とノエルが言うが、みんなは、かれのやさしい心が大好きだ。

そこで、このやさしい心を試そうと、ローズは、この家のために必要な相当数のもの、たとえば風呂《ふろ》わかしだとか、ペルシャの絨毯《じゅうたん》とか、冷蔵庫を買ってくれるようにかれに頼むのだった。ノエルは、自分が宝くじに当るように祈ってくれ、とローズを励ましながらそれに答えて言うと、

「どうせお祈りするなら、わたしたちは自分たちのために祈ることにするわ！」とローズ[5]がいかにもちゃっかりした様子で言った。

暑い日だった。それは濃密な心地よい暑さで、よく冷やされた葡萄酒や、間もなく

運ばれてくる果物が、おかげでより珍重さるべきものとなるのだった。コーヒーを飲むときになって、非常な勇気でエリアーヌが恋愛論をはじめた。彼女は、もし愛したら結婚すると言う。するとカトリーヌは、彼女に、だれかを愛したときに最も緊急なことは寝ることであると言い、こうした即物的な術策が、エリアーヌをびっくり仰天させるのだった。プラグマチストであるローズは、もし《不幸にして結婚が愛を殺してしまうということをもっぱら経験が証明できるなら》、カトリーヌの説を認めることもできるだろうと言った。

だがエリアーヌとカトリーヌは、対立する自分たちの考えを相手に押しつけようとし、はっきりした気質を持っているときにはそうならざるをえなくなるように、正当さを欠いてしまうのだった。形体や粘土でものを考えるノエル(6)は、現実の重い生活のなかで、妻とか子供たちとか族長的な真実を信じている。そのとき、エリアーヌとカトリーヌの甲高い声でくたびれ果てたローズが、ノエルのたびかさなる訪問の目的が突然わかったようなふりをした。

「あなたに感謝するわ。でも、この発見がわたしをどんなに仰天させてしまったか、わたし、とうてい巧《うま》く言えそうもないわ。明日にでもすぐ、わたしは父に《わたしたちの》計画を話すことにするわ。そうしてあなたが、数日中にかれに申込みをなさるといいのよ」と彼女が言った。

「しかし……」となんだかよくわからないノエルが言う。

「あら、いいのよ。あなたが話したいと思わなくても、わたしにはあなたがわかっているわ。あなたは、自分は黙っていて相手からわかってもらうことが必要なひとなのよ。それにわたしは、あなたが恋を打ち明けてくださったことに満足しているの。なぜって、あなたの頻繁な訪問が、清らかなわたしの評判を傷つけはじめていたからよ」とローズは、大袈裟《おおげさ》な感情を爆発させながら言った。

ノエルは面白がり、そして漠然と不安を感じていたが、自分のねがいがかなえられて嬉《うれ》しいと言う。

「きみがあわてる必要があるかどうかはさておいて」とパトリスは、煙草《たばこ》に火をつける前に言った。「ともかくローズの状態からすると、きみには事態《こと》を急ぐ義務がありそうだね」

「なんだって？」とノエルが言う。

「おやまあ。まだ二カ月にしかなっていないのに」とクレールが言った。

「それにあなたは、そろそろ、ひとの子供を認知して幸せになれる年頃になったのよ」とローズがやさしく、しかも説得的な調子でつけ加える。ノエルは少しばかり顔

をしかめる。すると人のよいクレールが、

「冗談よ。機知で受けとめなければいけないわ。さあ、客間に移りましょう」と言った。

同時に、主義主張の論争も終りとなった。そして一方、密《ひそ》かに時の氏神の役割を演じていたローズが、エリアーヌに静かに話をしている。大広間では、パトリスは窓辺にいて、クレールがテーブルに向って直立し、それにカトリーヌは茣蓙《ござ》の上で寝そべっている。あとの連中はディヴァンの上にいる。街と港の上には濃い霧がかかっている。だが曳船《ひきふね》は作業を再開し、その重々しい汽笛は、コールタールや魚の匂《にお》いと一緒に、赤や黒の船体、錆《さ》びた繋柱《けいちゅう》、そして海藻でぬるぬるしたチェーン、などといった世界をここまで運んでくるのだったが、そうした世界は、はるか下の方で、たったいま目覚めたばかりだ。いつもの日とおなじように、それは力を好む生活の、男らしい、友愛にみちた汽笛であり、ここにいるみんなは、そうした生活への誘惑、あるいは直接の呼びかけを感じているのだった。エリアーヌはローズに悲しそうに言った。

「あなたもまた、結局はわたしとおなじなのね」

「ちがうわ。わたしはただ幸福になることを、それを精一杯求めているのよ」とローズが言った。

「それに、恋だけがその唯一《ゆいいつ》の道ではないさ」と、ふりむかずにパトリスが言った。かれはエリアーヌに大いに愛情を抱いていたし、さっき彼女を傷つけてしまったのではないかと怖《おそ》れているのだ。けれどもかれには、幸福になりたいというローズの気持がわかるのだった。

「平凡な理想なのね」とエリアーヌが言う。

「ぼくにはそれが平凡な理想かどうかはわからないけれど、でもそれは健康な理想さ。それにあなたもわかると思うけれど……」パトリスはさきをつづけない。ローズは少しばかり両目を閉じた。ギュラが彼女の膝《ひざ》にのった。するとローズは、猫の頭の骨の上を長々とさすりながら、なかば目を閉じた猫と不動の女が、同一の視線で一つの似たような宇宙を夢見る、あの密かな結婚の下準備をするのだ。みんなはめいめい、曳船の長い汽笛のあいだで、うっとりと物想いに耽《ふけ》っている。ローズは、彼女の身体《からだ》の窪《くぼ》んだところでとぐろをまいたギュラのごろごろいう音が、彼女のなかまで伝わってくるのに身をまかせている。熱気が、彼女の両の目にもたれかかり、彼女を、彼女の血の脈動にみたされた沈黙のなかに沈めるのだった(7)。猫たちは昼の間は眠っていて、一番星から夜明けまでが好きなのだ。彼らの逸楽が彼らを噛《か》み、彼らの眠りは陰にこもっている。彼らはまた、肉体には、魂がまったく関わりないもう一つの魂があることを知っているのだ。

「そうよ、幸福になること、それも精一杯」とローズが両目を開きながら言う。

メルソーは、リュシエンヌ・レイナールのことを考えていた。さきほどかれが、街頭で出会った女たちが美しかったとちょっと言ったときに、とりわけかれは一人の女が美しく見えたということを言いたかったのだ。かれは、友だちのところで彼女と出会った。一週間前、彼らは一緒に外出した。でも、なにもすることがなかったので、暑い陽射《ひざ》しの美しい朝を、港に沿って大通りを散歩した。彼女は固く口をつぐんでいた。そして彼女を家まで送っていくとき、メルソーは思わず自分が長いあいだ彼女の手を握りしめ、彼女に微笑《ほほえ》みかけているのに気がついた。彼女はかなり背が高く、帽子はかぶらず、むきだしのサンダルをはき、白地の洋服を着ていた。大通りで、彼らはそよ風に逆らって歩いていた。彼女は熱い舗石の上に真っ平らに足をのせ、そこで身体を支えると、風に向って軽々と身を起すのだった。こうした身体の動きで、彼女の洋服は彼女にまつわり、それが、平らでまるみを帯びた彼女のお腹《なか》の線をくっきりと描きだすのだった。うしろになびくブロンドの髪の毛や小さくてまっすぐな鼻、それに、みごとなふくらみをみせている胸とともに、彼女は一種の密かな調和を形成し、かつそれを裏づけていたが、そうした調和は彼女を大地に結びつけ、彼女が身体を動かすその周囲に世界を秩序づけているのだった。彼女は銀の腕輪で飾られた右手にハンドバッグをぶらぶらさせ、その口金が腕輪にあたってかちゃかちゃ音をたてていた。そして彼女が左手を顔の上にかざして陽射しを避けると、そのとき右足の爪先《つまさき》はまだ地上に残り、またいまにも地面から離れようとするのだったが、パトリスには、そのような彼女は、自分の身振りを世界に結びつけているかのように思えるのだった。

そのときかれは、自分の足の運びとリュシエンヌのそれを一致させる或る不思議な一致を感じた。彼らはまったく一緒に歩いていた。そしてかれのほうでは、彼女と歩調を合わせるいかなる努力も払わなかった。おそらくこうした一致は、リュシエンヌのはいていた踵《かかと》の平らな靴のおかげでたやすく実現されたのだろう。けれども同時に、めいめいが踏みだす足の一歩一歩に、その歩幅といい、しなやかさといい、彼らに共通ななにかがあるのだった。同時にメルソーは、このとき、リュシエンヌの沈黙と彼女の顔のかたくなな表情に気がついた。かれは、たぶん彼女が知的ではないと思い、またそのことを喜びもした。精神のない美のなかには、なにか神々《こうごう》しいところがあるものだ。そしてメルソーは、だれよりも敏感にそれを感ずることができるのだった。こうしたすべてのおかげで、かれはリュシエンヌの指から自分の指を放すことがなかなかできず、彼女の顔をしばしばうかがい、おなじ黙々としたそぶりで、長いあいだ彼女と一緒に散歩をした。そのとき彼らは、自分たちの焼けた顔を太陽や星にさし向け、ともに身体を浸し、彼らの仕種《しぐさ》と歩みを一致させ、彼らの肉体の現存以外はなにも取りかわしはしなかった。こうしたすべては昨日の夕方までつづいたが、昨日の夕方メルソーは、リュシエンヌの唇に、身近な、そして驚くべき一つの奇蹟《きせき》を見いだした。それまでかれを感動させていたのは、かれの着物にしがみついたり、かれの腕を取ってかれについてくるその様子や、こうした彼女のいかにもまかせきった態度や信頼感で、それがかれのなかの男を感動させるのだった。彼女の沈黙もそうだった。それは彼女の全体を一瞬の動作に閉じこめ、彼女をまったく猫に似つかわしくしてしまうのだった……そうでなくても彼女は、彼女のあらゆる動作に[8]示される荘重さによって、すでにもう猫と似ているのだった。昨日は、夕食後に、かれは波止場を彼女と一緒に散歩した。そのとき一時《いっとき》、彼らは大通りの手すりに寄りかかって立ちどまったが、するとリュシエンヌが、メルソーにそっと身体をすり寄せるのだった。夜のなかで、かれは指の下に、凍ったように冷たい彼女の突きでた頬骨や、かれの指を呑《の》み込む生温かい唇を感じた。そのときそれは、かれのなかでは、欲望とは無関係な、熾烈《しれつ》な大きな叫び声のようであった。かれは、はちきれそうな満天の星空の夜や、その星空をくつがえしたような町を前にしていた。そしてその空は、港から顔に吹きつける、あの熱い奥深い吐息のような風に吹かれた人家の明りでふくらんでいた。するとかれには、この生温かい吐息の根源への渇きがこみあげてきたが、それは、まるで彼女の口のなかに閉じこめられた沈黙のような、こうした非人間的で眠りこけた世界の意味という意味を、この生きた唇の上で捉《とら》えようとする、あの抑えがたい意志なのであった。かれは身をかがめた。そしてそれは、あたかもかれが、小鳥に唇を寄せているようであった。リュシエンヌは呻《うめ》いた。かれは彼女の唇を嚙んだ。そしてしばらくのあいだ、口に口を重ね、まるで両腕に世界を抱きしめているかのように、かれを恍惚《こうこつ》とさせる吐息を吸った。その間《かん》彼女は、溺《おぼ》れたようにかれにしがみつき、彼女が投げ込まれたこの大きな深い穴から、跳びあがって身を乗りだそうとし、そのとき一旦《いったん》はかれの唇を押しのけると、今度はふたたびそれを捉え、こうして神々の子のような彼女の身を焼く凍った暗い水のなかに、彼女はふたたび落ち込んでいくのだった。

……しかし、エリアーヌはすでに帰っていた。長い沈黙と瞑想《めいそう》の午後が、メルソーをかれの部屋で待ちうけていた。夕食のときはみんな黙っていた。しかし共通な思いで、みんなは露台で時を過した。一日一日は、いつもつぎの一日に重なることで終っていく。それは、霧や太陽で輝く湾の上の朝から、湾の上で迎えるやさしい夕べまでだ。一日は海の上ではじまり、丘のうしろで暮れていく。それは空が、海から丘に向う一つの道しか上っていかないからだ。世界はけっして一つのことしか言わない。そして世界は、興味を抱き、退屈してしまう。けれども繰り返しのおかげで征服し、その忍耐の褒美《ほうび》にありつくときがいつもやってくるものだ。このように、笑いと素朴な動作からなる贅沢《ぜいたく》な布地で織りなされた「世界をのぞむ家」の日々は、星でふくらんだ夜を前にした露台で完結される。みんなは長椅子《ながいす》に横たわり、カトリーヌは防禦壁《ぼうぎょへき》の上にすわった。

熾烈に燃えしかも密かな空には、暗い夜の顔が輝いている。幾つかのあかりが港の遠くを過ぎ去り、列車の唸《うな》りがしだいに間遠になっていく。星が大きくまたたいたかと思うと、小さくなり、はては消えたかと思うと、ふたたび輝きはじめ、たがいのあいだで不安定な形をつくるとさらにそれを別の形に結びつけている。静寂《しじま》のなかで夜はふたたびその厚みと肉を帯びる。星の移り変りにみたされて、夜は、人びとの目に、涙が宿す光の遊戯を残してゆく。そしてみんなは、空の深みに身を沈めながら、すべてが符節を合わせるこの極点で、おのおのの生をまったくの孤独にしてしまう、あの密かな、そしてやさしい思考に再会するのだった。

恋が一度で窒息させてしまいそうなカトリーヌは、ただ溜息《ためいき》を繰り返すばかりだった。自分の声が変ったのを感じているパトリスは、それでも尋ねた。

「きみたちは寒くないかい？」

「いいえ。それに、こんなに美しいのですもの」とローズが言った。

クレールが身を起し、両手を壁の上に載せると、顔を空の方に差しだした。こうした世界の根源的で高貴な一切を前にしていると、彼女は、自分の人生と生きたいという願望を一つにしてしまい、自分の希望を、星たちの動きと一体にしてしまうのだった。急にふりかえった彼女は、このときパトリスに話しかけた。

「楽しい日々には、人生に信頼をよせると、人生のほうでも、ちゃんと応《こた》えずにはいられなくなるのね」と彼女が言った。

「そうさ」とパトリスは彼女を見ずに言った。

星が一つ流れた。その背後で、遠くの燈台《とうだい》の光が、いままたさらに暗くなった夜のなかで大きく輝いた。幾人かの人びとが黙々と山道を登っている。その踏みしめる足音と強い呼吸音が聞えてくる。そのあとにはすぐ、花の匂いが立ちのぼってきた。

世界はたった一つのことしかけっして言わなかった。そして、星から星へと移行するかかる忍耐強い真実のなかに、一つの自由が築かれるのであったが、そうした自由は、死から死へと移行するあの忍耐強いもう一つの真実のなかでのように(9)、われわれを、われわれ自身や他人から解き放してくれるのだった。パトリスとカトリーヌとローズとクレールは、世界に身をゆだねることから生れる幸福をそのとき自覚していた。もしこの夜が、彼らの宿命のかたちのようなものであるなら、彼らは、その宿命が同時に肉体的で密かなものであることに、またその宿命の顔には、涙と太陽が入り混っていることに、感嘆するのであった。そして幸福と喜びにみたされた彼らの心は、幸福な死へと導いてくれるこの二重の教訓を納得することができるのだった。

いまや遅かった。もう真夜中だった。世界の休息であり思念のようなこの夜の正面には、星たちの隠密裡《り》のふくらみとざわめきが、間近に迫った目覚めを予告していた。星でいっぱいになった空から、一条の震える光が降下している。パトリスは自分の友だちをみつめていた。カトリーヌは顔をうしろにのけぞらせ、壁の上にうずくまっていた。ローズは長椅子にまるまって、両手をギュラの身体にそえていた。クレールはふくらんだ額の白いかたまりを壁に押しつけながら、硬直して佇立《ちょりつ》していた。幸福を可能にすることができる若者たちは、彼らの青春を交換し、彼らの秘密(10)を守っていた。かれはカトリーヌに近寄り、肉であり太陽であるその肩越しに、大空のような彼女のまるい身体の線をみつめていた。(11)ローズは壁に近づき、四人はみな世界を前にしていた。それはまるで、突然さっきよりも爽《さわ》やかになった夜の露が、彼らの額から孤独のしるしを洗い落し、この震える束《つか》の間《ま》の洗礼によって、彼らを彼ら自身から解放しながら世界に帰してやるようであった。夜が星にみちあふれるこの時刻に、彼らの一挙手一投足は、大空の無言の威容の上で凝っているのだった。パトリスは夜に向って腕を上げた。そして幾つもの束になった星や、腕に打たれた空の水や、足もとのアルジエを、その腕の動きのなかにひきずり込むのであった。彼らの周囲にひろがるアルジエは、まるで貝殻と宝石でできた、きらめく暗い外套《がいとう》のようであった。

第四章

まだ朝が明けやらぬころ、メルソーの自動車は側燈《そくとう》をつけながら沿岸地帯の道を走っていた。アルジエを出ると、かれは何台もの牛乳屋の馬車に追いつき、それらを追い越していった。すると、熱い汗と馬小屋が一緒になったような馬の匂《にお》いが、朝を一層爽《さわ》やかに感じさせてくれるのだった。まだ暗かった。最後に残った星がゆっくりと空に溶けていった。そして薄暗がりのなかで光る道路の上で、かれはただ、モーターという幸福な怪物の騒音や、ときおりもう少し遠くの方で、馬のトロットと、ブリキ罐《かん》をいっぱいに積んだ馬車のがたがたいう音だけを聞きとっていたが、そのうち道路の暗い背景の上に、馬の足のところできらめく蹄鉄《ていてつ》の光の四重奏が認められるようになった。ついで、すべてがスピードの騒音のなかに消えていった。かれはいまや前よりも一層速く車を走らせ、そして夜は、急速に昼間に変りつつあった。アルジェの丘のあいだに積み重ねられた夜の底から、車は、海をのぞむ見通しのよい道に出てきたが、そこでは朝がまるく明けかかっていた。メルソーは車を全速力で走らせた。車輪は、露で濡《ぬ》れた道路の上で、その風穴の細かな騒音を無数に増大させるのだった。数多い曲り角の一つ一つでブレーキが鋭い音をたててタイヤをきしませ、一直線の道ではスピードをあげる荘重な唸《うな》り声が、下の方の浜辺からのぼってくる海の小さなざわめきに一瞬おおいかぶさるのだった。わずかに飛行機だけが、ひとが車のなかで見いだす孤独より以上に、孤独を人間に一層感じやすくしてくれるものだ。すべてがみな自分自身の前にあって、自分の仕種《しぐさ》の精密さにことさらに満足しているメルソーは、自分自身と、自分を捉《とら》えているものに、同時に回帰することができた。いまや日は、道路のかなたでいっぱいに明けはじめた。太陽は海の上に昇り、それとともに周辺の野原は、たったいままではひっそりとしていたのに、真っ赤に染まった飛びかう鳥や虫でいっぱいになりながら、しだいに目覚めていった。ときおり、農夫が一人、そうした野原の一つを横切っていったが、スピードにのったメルソーには、袋をかつぎ、ねばねばした汁の出そうな大地を一歩一歩重々しく踏みしめる一つの影の映像だけが、脳裡《のうり》にとどまるのだった。車は、正確にかれを、海をのぞむ丘に向って運んでいった。そうした丘はだんだんと大きくなっていった。そして、ほんのいましがたまでは逆光に浮んだ水墨画のように、ほとんどその輪郭がはっきりしなかったそれらの影は、急速に近づいてきてその細部までが大きく見えだし、オリーヴや、松や、白い漆喰《しっくい》の塗られた小さな家でいっぱいの、突然あらわにされたその中腹をメルソーに示してみせるのだった。それからもう一つの曲り角をまがると、車は海に向って直進したが、塩と赤い色と眠りにみちた贈物のように、海は満潮にふくらみ、メルソーの方に押し寄せてきた。そのとき車は、路上で警笛を鳴らし、また別の丘や、いつもおなじような海に向って、ふたたび出発するのだった。

これより一月まえ、メルソーは、「世界をのぞむ家」(1)に自分の出立を告げていた。数週間後にかれはまず旅をし、それからアルジェの郊外に定住することにしていた。数週間後にはかれは帰っていた。そしてかれは、その旅が、これからの未知の生活をかれに象徴的に示していることを確信していた。異郷にいる孤独ということは、かれには、ただ不安の織りなす幸福に思えるのだった。それにかれは、自分のなかに漠たる疲労を感じていた。かれはチパザの廃墟《はいきょ》から数キロメートルのところにあるチェヌーアに、海と山にはさまれた一軒の小さな家を買うという、以前かれが抱いていた計画の早急な実現をはかった。アルジェに帰ってくると、かれは自分の生活の外面的な背景の演出をした。かれはドイツの製薬会社の値打ちのある有価証券を買い、自分が給料を払って事業の代表者に一人の男を雇い、かくして、自分がアルジェを不在にすることと、自分が営む独立した生活の正当化をはかるのだった。その後、その事業は可もなく不可もなく進められ、ときおりかれは赤字を埋めていたが、それとても悔む気持などなく、かれは、かれの深い自由に課せられる義務を果していた。要は世間が理解できるような顔を世間にみせてやればよかったのだ。あとは怠惰と臆病《おくびょう》が引き受けてくれる。独立は、安あがりな打明け話を二言《ふたこと》三言《みこと》するだけでかちとれるのである。それからメルソーは、リュシエンヌの運命にかかりきりになった。

彼女には両親がなかった。彼女はたったひとりで暮し、石炭屋の秘書をし、果物を常食とし、美容体操をしていた。メルソーは彼女に何冊か本を貸してやった。彼女は、なにも言わずにそれを返した。かれの質問に対して、彼女は、「とてもよかった」とか、「少し悲しかった」などと答えた。かれがアルジェを去る決意をした日に、かれは彼女に、自分と一緒に暮すこと、だが彼女は働かずにアルジェに住まい、かれが彼女を必要とするときだけかれのところにやってくることを提案した。かれはそのことをかなりの確信をもって言ったが、それはリュシエンヌが、そのことになんの屈辱的な点も見ないで済ませるためであり、それに事実、屈辱的なことはなにもなかったのだ。しばしばリュシエンヌは、自分の頭で理解できなかったことを身体《からだ》で感じとるのだった。彼女は承知した。メルソーはこうも言った。

「もしきみがそれに固執するなら、きみと結婚すると約束してもいい。でもぼくには、そんなことが役に立つとは思えないがね」

「あなたのお好きなようになさればいいわ」とリュシエンヌは言った。

一週間後にかれは彼女を娶《めと》り、出発する仕度をしていた。この間リュシエンヌは、青い海原に乗り出すために、オレンジ色のカヌーを買った。

メルソーは急ハンドルをきって、早起きの牝鶏《めんどり》を避けた。かれはカトリーヌと交わした会話のことを考えていた。出発の前夜、かれは「世界をのぞむ家」に別れを告げ、たったひとりで一夜をホテルで過した。

それは、その日の午後のはじめだったが、午前中雨が降っていたので、湾全体が、洗われたあとの窓ガラスのようになり、空はまるで、さっぱりとした下着のようであった。湾の屈曲した線が尽きる正面の岬《みさき》は、素晴らしくくっきりと描きだされ、陽光を浴びて黄金色《こがねいろ》になった岬は、夏の大きな蛇のように、海のなかに長々とその姿を横たえていた。パトリスはスーツケースの止め金を掛けおわり、いまや窓の框《かまち》に両腕を

もたれて、食い入るように世界のこうした新しい誕生をみつめていた。(2)

「もしあなたがここにいて幸福だというなら、なぜあなたがここから出ていくのかわたしにはわからないわ」とカトリーヌがかれに言った。

「ここにいたら、ぼくは、だれかに愛されてしまうかもしれない、カトリーヌ。そしてそうなったら、ぼくは幸福にはなれないだろう」

ディヴァンの上でまるくなり、顔を少し沈めたカトリーヌは、底知れぬ美しい眼差《まなざし》でパトリスをみつめていた。(3)かれは、ふりむかずにこう言った。

「多くの人間たちは、自分たちの生活を複雑にしてしまう。そうして自分で運命をつくってしまう。ぼくは、とっても簡単さ。ごらん……」

かれは世界に顔を向けて話していた。そしてカトリーヌは、自分が忘れられているような気がしていた。彼女は、框にもたれて二つに折られた腕の前節の先から垂れ下がったパトリスの長い指と、腰だけで身体を支えているその姿態、それに、見えないかれの視線をみつめていたが、たとえここからは見えなくても、彼女にはそれがどのような視線であるのかがわかるのだった。

「わたしがしたいと思っているのは(4)……」と彼女は言ったが、そこで黙ってしまい、パトリスをみつめた。

何艘《なんそう》かの小さな帆船が、凪《なぎ》を利して海に乗りだしていきはじめた。それらの帆船は澪《みお》に近づき、そこを風にはためく帆でいっぱいにすると、突然進路を沖に取るのであったが、そこにできる空気と水の航跡が、長い泡《あわ》のおののきのなかで白い花を咲かせていた。帆船が海へ乗りだしていくにつれ、カトリーヌは、自分のいる場所から、それらがまるで白い鳥の飛翔《ひしょう》のようにパトリスの周囲に舞いあがるのを眺めていた(5)。かれは、彼女の沈黙と視線を感じたようだった。かれはふりかえり、彼女の両手をとると、自分の方へ彼女を引き寄せた。

「カトリーヌ。けっして諦《あきら》めてはいけない。きみには、たくさんのものが自分のなかにある。そして、すべてのもののなかで最も高貴なものは、幸福の感覚なんだ。男の生活だけに期待してはいけない。多くの女たちが欺《あざむ》かれるのはそのためなのだ。そうではなくて、それをきみ自身に期待するんだ(6)」

「べつに不平を言っているのではないの、メルソー」とカトリーヌは、パトリスの肩に手をかけながらやさしく言った。「いまは(7)、一つのことだけが大切なの。お大事になさってね」

かれはそのとき、自分の確信がどんなに頼りないものであるかを感じた。かれの心は奇妙に乾いていた(8)。

「きみは、いまそんなことを言ってはいけなかったのだ」

　かれは自分のスーツケースを持ち、はじめに険しい階段を下り、ついで、はじめから終りまでオリーヴ林がつづいている例の道を下っていった。かれを待っているのは、チェヌーア(9)以外になにもなかった。そして廃墟とアプサントの森以外には、また、酸《す》っぱい匂いと花々の生活の思い出が宿された、あの希望も絶望もない愛以外にはなにもなかった。かれはふりむいた。上ではカトリーヌが、身動き一つせず、かれの立ち去る姿をみつめていた。

　メルソーは二時間足らずでチェヌーアの見えるところに着いた。このとき夜の紫色の最後の微光が、海に向って傾いている斜面にいぜんとして漂っていたが、一方頂上は、赤くて黄色い仄明《ほのあか》りに輝いていた。そこには、サエルの丘にはじまる大地の、力強い圧倒的な突出のようなものがあったが、サエルの丘は、地平線にその横顔を映し、高いところから海に沈んでいくあの筋肉質の動物のような巨大な背につながっているのであった。メルソーが買った家は、海から百メートル離れたその最後の斜面に建っていたが、海はすでに熱気で黄金色に彩《いろど》られていた。その家は、一階と、その上にある二階だけで、その二階には、一部屋とそれに付属した部屋があるだけだった。けれどもこの部屋は広い部屋で、まず目の前の庭に向って開かれ、ついでテラスの広々とした巨大な間口から海に向って開かれていた。メルソーは急いでその部屋に上った。海はすでに靄《もや》をたてはじめ、同時にその青さが深まっていったが、一方テラスの敷石の熱気をはらんだ赤は、その光ときらめきを発しているのであった。見事な蔓薔薇《つるばら》の最初の幾輪かの花は、もうすでに、漆喰を塗られた手すりを勝手に乗り越えていた。その薔薇の花は白かった。そして海の上に浮き出して咲いている薔薇には、その肉をしっかりと閉ざした様子のなかに、同時に満ち足りた、潤沢な、なにかがあった。下の部屋の一つは、さまざまな果物の樹《き》が植わっているチェヌーアの最初の斜面に面していて、あとの二つは庭と海に面していた。庭には二本の松がその幹を果てしなく大空に伸ばし、その先端だけが、黄色と緑の毛皮でおおわれていた。家からは、この二本の樹木のあいだの空間と、幹の隙間《すきま》から見える海の曲線だけが見えた。ともかくいま、小さな汽船が沖を通っていたが、メルソーは、その船が、一本の松からもう一本の松まで動くその長い旅のあいだ、ずっとそれを眺めるのだった。

そこが、これからかれが暮していこうとする場所だった。おそらくこの場所の美しさがかれの心を感動させていたのだ。事実、かれがこの家を買ったのもその土地柄のせいだった。けれども、かれがそこでみいだしたいと思っていた安息が、いまかれを脅《おび》やかしていた。そして、かれがあれほど多くの明晰《めいせき》さを傾けて探しだしたかかる孤独は、いまやかれがその外見を知っている以上に不安なものに思えてくるのであった。

村は遠くはなく、数百メートル離れたところにあった。かれは出かけた。一条の小径《こみち》が国道から海へ向って下っていた。その道を行くと、かれは海の向う側にチパザの小さな突出部が見えることにはじめて気がついた。この突出部の先端には、寺院の黄金色の柱がくっきりと浮きだして見え、その周囲には、灰色で毳《けば》立った毛皮のようなかたまりを遠くでつくっているアプサントのなかに、ぼろぼろの廃墟が見えていた。六月の夕べには、太陽をいっぱいに浴びたアプサントの放つあの香りを、風が、海を渡ってチェヌーアの方に運んでくるにちがいないとメルソーは思った。

かれは家を整え、家具を配置したりしなければならなかった。最初の数日は急速に過ぎていった。かれは壁に野呂《のろ》を塗り、アルジェで壁紙を買うと、電気器具の取り付けをはじめた。そして日中、村のホテルでする食事や海水浴で中断されはしたが、一日のこうした労働で、かれは自分がここへやってきた理由《わけ》を忘れてしまい、腰が曲り、両脚が棒のようになる肉体の疲労や、絵が掛けてないことや、廊下の往《ゆ》き来《き》の不備な造作に気をつかったりすることで、それどころではなくなってしまうのだった。かれはホテルに寝泊りして、少しずつ村の様子を知っていった。たとえば日曜の午後になると、ロシア式の玉撞《たまつ》きやピンポンをしにやってくる青年たちがいた（彼らは、午後のあいだじゅうゲームにかかりっきりで、飲み物を一杯しかとらず、大いに店の主人の怒りをかっていた。また娘たちは夕方になると、海にのぞんでいる道を散歩していた（彼女たちはたがいに腕を組み、彼女たちの声は、言葉の最後の音節のところで少しばかり歌うようであった）。漁師のペレスはホテルに魚を供給していたが、かれには腕が一本しかなかった。かれが村医のベルナールに会ったのもまたそこだった。だが、家のなかですべてが片づいた日に、メルソーは家に荷物一切を運びこみ、少しばかりわれに返ることができた。それは夕方だった。かれは二階の部屋にいたが、窓の背後では二つの世界が、二本の松の木のあいだの空間を争い合っていた。ほとんど透明な一方の世界では、星がだんだんとふえていった。もっと濃密でもっと暗い他方の世界では、かすかに聞えてくる波の打ち寄せる音が、海を告げていた。

これまでかれは勝手気儘《きまま》に暮し、かれの手伝いをしにやってくる職人たちと会ったり、カフェの主人とおしゃべりをしたりしていた。けれどもその晩、かれは、自分には会うひとはだれもいない、明日だって、いや未来永劫《えいごう》においてもそれはありえない、そしていま自分は、かつてあれほど自分がねがっていた孤独と面と向っているのだ、という自覚を抱いた。だれにも会ってはならなくなったこの瞬間から、翌日が、かれには怖《おそ》ろしく間近であるような気がするのだった。しかしながらかれは、それこそはかつて自分が望んだことではなかったのかと納得した。つまりそれは、自分と面と向っていることであり、しかも長いあいだ、最後までそうしていることだった。かれは煙草《たばこ》を吸ったり考えごとをしながら、夜遅くまでずっと起きていることにした。けれども十時頃になると、かれは眠くなり、床に就いた。翌朝かれは、とても遅く十時頃になって起き、朝食の仕度をすると、顔を洗うまえにそれを食べた。かれは、少し疲れているような気がした。かれは髭《ひげ》も剃《そ》らなかったし、かれの髪の毛は乱れっ放しだった。けれども食事をしたあと、かれは、浴室に入っていくかわりに、一つの部屋から別の部屋へと歩きまわったり、雑誌のページをめくったりしていたが、壁から取れたスイッチをみつけて、やっと心から幸福になり、仕事に取りかかりはじめた。だれかが戸を叩《たた》いた。それはホテルの小さなボーイで、かれは前の日に約束しておいたように、昼飯をかれのところに運んできたのだった。昔ながらに、また不精さから、かれは食卓につき、皿の料理がさめぬうちに食欲もないのに食べ、それから階下の部屋のディヴァンの上に横になって煙草を吸いはじめた。かれがぐっすり寝入ってしまったことに腹を立てて目を覚ましたときには、もう四時になっていた。そこでかれは、顔を洗い、念入りに髭を剃り、最後に身づくろいをして二通の手紙を書いた。一通はリュシエンヌで、もう一通は三人の女学生に宛《あ》ててであった。もうすっかり遅くなり、夜がとっぷり暮れていた。それでもかれはポストに手紙を入れに村に行き、だれにも会わずに帰ってきた。かれは自分の部屋に上り、テラスに出た。海と夜が、砂浜の上で、また廃墟《はいきょ》のなかで対話をかわしていた。かれは物想いに耽《ふけ》っていた。失われたこの日一日の思い出が、かれをうんざりさせていた。少なくともこの夕方だけは、かれは働き、なにかをし、本を読んだり、夜のなかを歩きに外へ出たかった。庭の鉄格子《てつごうし》のきしる音がした。かれの晩飯が到着した。かれは空腹だった。すごい食欲で食べたが、そうなると今度は、外に出かけることができなくなっているのを感じた。かれは、寝台でずっと本を読むことに決めた。けれども最初の数ページで両目が閉じてしまい、翌朝かれは遅く目を覚ました。

それにつづく数日、メルソーはこうした侵蝕《しんしょく》に抵抗しようと試みた。一日一日が過ぎ去り、しかもそれが鉄格子のきしる音と無数の煙草の吸い殻でみたされるにつれて、かれをこうした生活に導いた行為と、この生活自体のあいだにあるちぐはぐなものを測ろうとする一つの不安がかれを捉《とら》えていった。或《あ》る晩かれは、リュシエンヌに来てほしいという手紙を書き、自分があれほど期待していたかかる孤独と縁を切った。手紙を出してしまうと、かれは密《ひそ》かな恥辱に責め苛《さいな》まれていた。けれども、いざリュシエンヌが着いたとなると、こうした恥ずかしさは、一人の身近な存在や、またその身近な存在が誘い込む安易な生活をふたたび見いだしたことで、或る種の愚かしい急速な喜びに溶けてゆき、かれはその喜びに心を奪われてしまった。かれは彼女にかかりきりになり、熱心に彼女につきまとった。するとリュシエンヌは、そういうかれをいささか驚いて眺めていたが、彼女はいつも、よくアイロンのきいた白地の洋服に心を配っていた。

そんなとき、かれは野原に出てみたが、今度はリュシエンヌと一緒だった。かれはふたたび世界との一致を見いだしたが、そのときかれは、リュシエンヌの肩に手をかけていた。そして人間のなかに逃避したかれは、こうして自分の密かな恐怖から逃れていたのだ。だが二日経《た》つと、今度はリュシエンヌが煩《わずら》わしくなってきた。ちょうどそのときを選んだかのように、彼女は、側で暮してもいいかとかれに尋ねた。そのとき彼らは夕食をとっていたが、メルソーは自分の皿から目を上げずに、きっぱりと拒絶してしまった。

一瞬の沈黙のあと、リュシエンヌは感情を押し殺した声でつけ足して言った。

「あなたはわたしを愛していないのね」

メルソーは頭《こうべ》をあげた。彼女は、両目に涙をいっぱいためていた。かれはやさしくなった。

「でもぼくは、そんなことをけっしてきみに言ったことはないよ」

「ええ。だからなのよ」とリュシエンヌが言った。

メルソーは立ちあがり、窓の方へ歩いていった。二本の松の木のあいだで、夜空に星がいっぱいだった。そしてパトリスは、苦痛と同時に、過ぎ去ったばかりの数日をこれほど心に不快に思ったことはたぶんけっしてなかった。

「きみは綺麗《きれい》だ。リュシエンヌ」とかれは言った。「ぼくは、それより先は見ない。ぼくはきみに、それ以上はなにも求めていない。[10]ぼくたち二人にとっては、それだけで充分なんだ」

「知っているわ」とリュシエンヌが言った。彼女はパトリスに背中を向け、ナイフの尖《さき》でテーブル掛けをいじくりまわしていた。かれは彼女のところにきて、彼女の項《うなじ》に手をかけた。

「ぼくの言うことを信じてほしい。偉大な苦悩もなければ、偉大な怨恨《えんこん》もない。偉大な思い出だってないんだ。すべては忘れられてしまう。[11]偉大な愛でさえもね。それこそが人生のなかで、同時に悲しく、また素晴らしいことでもある。あるのはただ、或る種のものの見かたただけで、そうしたものの見かたがときどき現われるだけなんだ。それだからこそ、人生で偉大な愛を抱いたり、不幸な情熱を抱くことは、結局は良いことなんだ。少なくともそうしたことは、われわれが押し潰《つぶ》されるあの理由《いわれ》のない絶望に対して、一つのアリバイをつくることになるからさ」

一時後《いっときご》、メルソーは考え、そしてつけ加えた。

「きみがぼくをわかってくれたかどうかは知らないけれど」

「わかったと思うわ」とリュシエンヌが言った。彼女は突然顔をかれの方に向けた。

「あなたは幸せではないのね」

「ぼくはじきに幸せになるんだ」とメルソーが激しい口調で言った。「ぼくはそうならなければいけないんだ。この夜と、この海と、ぼくの指の下にあるこの項でね」

かれは窓の方をふりかえった。そしてリュシエンヌの首にかけた片手に力をいれた。

彼女は黙っていた。

「あなたは、少なくともわたしに、少しばかりの友情ぐらいは持っていて?」と、かれを見ないで彼女が言った。

パトリスは彼女の肩にくちづけしながら、彼女のかたわらにひざまずいた。「友情、そうだな、ちょうどぼくが夜に友情を抱いているようにね。きみは、ぼくの目の喜びだ。そうして、こうした喜びが、ぼくの心のなかに住みつくこともあるのだということを、きみは知らないんだろうね」

彼女はその翌日帰っていった。その翌々日、メルソーは、自分自身としっくりいかなくなって、車でアルジェにやってきた。かれはまず「世界をのぞむ家」に寄った。かれの女友だちは、月末にかれに会いに行くことを約束した。それからかれは、自分のもといた界隈《かいわい》を見てみたいと思った。

かれの家は、或るカフェの主人に貸されていた。かれは例の樽《たる》職人がどうなってしまったかを尋ねたが、だれもかれのことを知ってはいなかった。みんなは、かれが仕事を探しにパリに行ってしまったのだと思っているようだった。メルソーは散歩をした。食堂では、セレストが老《ふ》けてはしまったが――でも結局はそれほどでもなかった。ルネは相変らずそこにいて、相変らず胸を病んでいたし、荘重な様子をしていた。みんなはパトリスに再会できたことを喜んだ。そしてかれもまた、この再会に自分が感動しているのを感じていた。

「よう！　メルソー。おまえは変らないな。昔のままだよ」とセレストがかれに言った。(12)

「ああ」とメルソーが言った。

かれは人間の奇妙な盲目に感嘆していた。そうした盲目さゆえに、人間は、たとえどこが変ってしまったかということを教えられても、かつて一度自分たちが友人たちに抱いたイメージをそのままずっと彼らに押しつけてしまうのだ。かれの場合にもそうで、みんなは、昔のかれの姿でいまのかれを判断していた。ちょうどそれは一匹の犬がその性質を変えないようなもので、人間というものは、人間から見た犬のようなものなのだ。そして、セレストや、ルネや、他の人びとがかれのことをよく知っていれば知っていたほど、かれは、だれもひとの住まない惑星のように、彼らに対しておなじくらい他人で、おなじくらい閉ざされてしまうことになるのだった。とはいってもかれは、友情とともに彼らに別れを告げた。そして食堂から出てくるとき、かれはマルトに出会った。彼女の姿を見たとき、かれは自分がほとんど彼女のことを忘れていて、しかも同時に、自分が彼女に会いたいと希《ねが》っていたことに気がついた。彼女は相変らず絵に描かれた女王のような顔をしていた。かれは密かに彼女を欲しいと思ったが、といってそれに確信があるわけではなかった。彼らは一緒に歩いた。

「ねえパトリス。わたし、とても嬉《うれ》しいわ。あなたはどうなっているの？」と彼女は言った。

「べつに。ご覧の通りさ。ぼくはいま田舎に住んでいる」

「素敵ね。わたし、いつもそんな生活を夢見ていたの」

そして一瞬沈黙したあとで、彼女が言った。

「わかるでしょ。あなたを恨んでなんかいないわ」

「うん。諦《あきら》めがついたんだね」とメルソーは笑いながら言った。

するとマルトは、かれがほとんど知らなかった調子で言った。

「意地悪はいやよ。よくって？　わたしは、いつかこんなふうに終るんだということをよく知っていたわ。あなたは変ったひとだったもの。それにわたしは、あなたが言っていたように、ほんの小娘でしかないのよ。でも、そうなってしまったときには、それはむろん、わたしは怒ったわ。わかるでしょ。でも最後にはわたしは、あなたっていうひとは不幸なんだ、って自分に言い聞かせたの。それに変ねえ。なんだかうまく言えないんだけど、わたしたちのあいだにあったなにかが、いまはじめてわたしを悲しくし、同時に幸せにもしているのよ」

驚いてメルソーは彼女をみつめた。突然かれは、マルトが、いつもかれと、とてもよくうまが合ったことを考えていた。彼女はあるがままのかれを受け入れてくれたし、多くの孤独からかれを引きずりだしてくれもした。かれは、まったく不当だったのだ。かれの想像力やかれの虚栄心が極度の価値を彼女に与えていたそのおなじときに――かれの自尊心のほうは、彼女に、それほど充分な価値を与えてはいなかった。かれは、一体いかなる残酷な逆説《パラドックス》によって、われわれは、われわれの愛する人びとをいつも二度も欺《あざむ》いてしまうのか、ということをしみじみと考えていた。はじめは自分たちの利益のために。つぎには自分たちの不利益のために。今日かれは、かつてマルトが自分といてどんなに自然であったかを、そして彼女は、そのときあるがままの彼女であって、またそれゆえに、いかにかれが彼女に多くを負っていたかを理解するのだった。かれはほとんど泣きだしそうになっていた——まさにそのおかげで、町の明りが無数にふえ、散りぢりに見えてしまうのだった。光と雨の雫《しずく》を通して、かれは、突然真顔になったマルトの顔を見ていた。そしてかれは、感謝の念が能弁となってほとばしりそうになる衝動にかられるのを感じたが、結局、それは言葉にださずに終ってしまった。そして、もしこれがほかのときだったら、かれはそうした感謝の念《おも》いを一種の愛だと思ってしまったことだろう。だがかれは、つぎのような貧弱な言葉しかみつけることができなかった。「いいかい。ぼくはきみがとても好きだ。いまでもそうだよ。もしぼくになにかできることでもあったら……」

彼女はかれに微笑《ほほえ》んだ。

「ないわ。わたしは若いんですもの。だからなにも困ってなんかいやしない。そう思わない？」と彼女はかれに言った。

かれはうなずいた。かれと彼女のあいだには、同時になんという隔たりと、なんという暗黙の理解があったことだろう。かれは彼女の家の前で彼女と別れた。彼女は雨傘をひろげていた。彼女が言った。

「また会えるといいわね」

「ああ」とメルソーは言った。彼女は悲しげな微《かす》かな微笑を浮べた。「ああ、きみは小娘のような顔をしているね」とメルソーが言った。

彼女は戸口に身体《からだ》を入れ、雨傘をたたんでいた。パトリスは彼女に片手をさしのべ(13)、今度はかれのほうが微笑《ほほえ》んだ。「さようなら。アパランス。」彼女は、さっとその手を握りしめ、突然かれの両の頬を抱擁すると、階段を駆けあがっていってしまった。雨にうたれたまま取り残されたメルソーは、自分の両頬に、マルトの冷たい鼻と熱い唇をまだ感じていた。そして、この突然で無心な接吻《せっぷん》は、ウィーンで会ったそばかすだらけの小さな娼婦《しょうふ》の、あの接吻の清らかさを持っているのだった。

そのあとかれはリュシエンヌのところへ出かけていき、彼女のところに泊ると、その翌日、自分と一緒に大通りを歩いてくれるように頼んだ。彼らが下におりていったときは昼近くだった。幾つものオレンジ色の船体が太陽を浴びて、まるでそこいらの界隈の割れた果物のように干からびていた。鳩《はと》と、その鳩の影の二重の飛翔《ひしょう》が波止場を目ざして舞いおり、またすぐにゆっくりとしたカーブを描いて舞いあがっていった。

眩《まばゆ》い太陽は静かに大地を暖めていた。メルソーは、赤と黒の郵便船がゆっくりと澪《みお》から出ていき、スピードをあげ、大きく進路を変えて光の横縞《よこじま》に向っていくのを眺めていたが、その光の縞は、空と海が一つに出会う地点で泡立っていた。出発するものをみつめている者には、あらゆる出発に、一つの苦い甘さがつきものである。「あのひとたちには機会があるのね」とリュシエンヌが言うと、パトリスは「そうだ」と答えた。かれは、《そうではない》――それとも、少なくとも自分はこうした機会を望んではいないと言おうと思っていたのだ。かれにとってもまた、再開や、出発や、新しい生活は、それなりの魅力を持っていた。だが幸福がそうしたことに結びつくのは、怠け者と不能者たちの精神のなかだけでしかないことをかれは知っていたのだ。幸福には一つの選択が含まれていて、その選択の内部には、一致した明晰《めいせき》な意志があるのだった。かれは、《諦めの意志によってではなく、幸福への意志によって》と言うザグルーを理解していた。かれは片腕をリュシエンヌの身体にまわしたが、その手のなかには、女の熱い弾みのある乳房がすっぽりとおさまっていた。

その晩もう、かれをチェヌーアに連れ帰る車のなかで、メルソーは、海のふくらみと突然浮びあがった丘を前にして、自分のなかに大いなる沈黙を感じていた。なにかをふたたび始めるふりをし、過ぎ去った自分の生活を意識することによって、かれは、自分がなりたいと思っていることと、自分がなりたくはないと思っていることを、自分の心のなかで決めていたのだ。かれに恥ずかしい思いをさせたあの散逸した日々を、かれは、危険ではあったが必要な日々であったと判断していた。そこで、かれは破滅することもできたかもしれなかったし、かくして自分の唯一《ゆいいつ》の正当化に失敗したかもしれなかった。だがいずれにせよ、すべてに適合しなければならなかった。(14)

ブレーキを二度踏むあいだに、メルソーは、自分の探し求めている独特な幸福は、早起きと、規則正しい水浴と、意識的な健康法にその条件を見いだすという、あの同時に屈辱的で認めがたい真実を深く心にとめていた。かれはとても速く車を走らせた。そして、そのはずみを利用して、もうこれからはかれにより以上の努力を要求しないような一つの生活に身を落ち着け、自分の呼吸を、時間と人生の深い律動に一致させようと決意したのだ。

その翌朝、かれはとても早く起き、海の方へ下りていった。日はもうすっかり明るくなり、朝は鳥の羽ばたきと囀《さえず》りにみちていた。だが太陽は、わずかにまるい地平線に届いたばかりで、メルソーがまだ光のない水につかると、かれはなんだか自分が、なにも見分けのつかない夜のなかで泳いでいるような気がした。そのうちに陽が昇り、かれは両腕を、赤く染まった冷たい黄金の流出物のなかに沈めた。その時かれは岸に戻り、家に帰った。かれは、自分の肉体がにわかに活潑《かっぱつ》になり、すぐにでも一切を受け入れようとしているのを感じた。その日につづく毎朝、かれは日の出の少し前に下りていった。そして、こうした最初の動作が、あとのその日一日を支配することになったのだ。もとよりこの水浴はかれを疲労させもした。だが同時に、それがかれに共にもたらす衰弱とエネルギーによって、水浴は、その日一日に、自己放棄と幸福なけだるさの味わいを与えるのだった。一方かれの一日一日は、ふたたび長くなったように思えた。かれは、かれに目印の役を果している習慣の残骸《ざんがい》から、いぜんとして自分の時間を解き放ってはいなかった。かれにはなにもすることがなかったし、それだからかれの時間は拡散していく一方だった。一刻一刻はその奇蹟《きせき》の価値をふたたび見いだしていたが、かれのほうは、まだそのようなものとしてそれに気づいてはいなかった。旅をしていると一日が果てしなく思われ、また反対に事務所では、月曜から月曜への推移が一瞬のうちになされるのとおなじように、支えを失ったかれは、一つの生活のなかでそうした日々をふたたび見いだそうとするのだったが、かといってその生活は、そんな日々を必要とはしていなかった。ときおりかれは腕時計を取り、その針が一つの数字から他の数字へと移り変っていくさまを眺めていたが、そのときには、五分間が果てしなく長く思えてしまうことにかれは驚嘆していた。疑いもなくこの時計は、なにもしないという最高の技術にいたる、あの苦痛にみちた、ひとを苛《さいな》む道をかれに開いたのだ。かれは散歩することを学んだ。ときおり午後になると、かれは、もう一つの突端の廃墟《はいきょ》まで海岸に沿って歩くのだった。そこでかれはアプサントのなかに寝ころび、片手を熱い石の上に置き、熱気をいっぱいにはらんだ空の支え難い威容に心と目を開くのだった。かれは自分の血液が脈打つ音を、二時の太陽の激しい脈動に合わせるのだった。そして野生の匂《にお》いと、眠気を誘うさまざまな虫の合奏に没入したかれは、空が白から澄んだ青に移り変り、やがてその色が少しずつ薄れて緑になり、その甘美な美しさとやさしさを、いぜんとしてまだ熱い廃墟の上に流し込むさまをみつめていた。それからかれは早めに帰り、寝てしまうのだった。一つの太陽がもう一つの別の太陽に移り変るその歩みのなかで、かれの一日一日は、或《あ》るリズムに従って秩序づけられていたのであったが、そうしたリズムの緩慢さと奇妙さは、かつてのかれの事務所や、食堂や、睡眠とおなじように、かれにとっては必要なものとなってしまった。その二つの場合、かれは、そうしたことをほとんど意識していなかった。いまでは少なくとも、かれが醒《さ》めているときには、時間は自分のものであり、また、赤い海から青い海へと移っていくその瞬間的な経過のなかで、一秒ごとに、なにか或る永遠なものがかれに対して形成されていくのをかれは感じていた。超人間的な幸福同様、かれは永遠というものを、こうした日々の描く曲線の埒外《らちがい》には垣間《かいま》見ていなかった。幸福とは人間的なものであり、永遠は日々のものであった。一切はわが身を屈する術《すべ》を知ることであり、また、日々の律動をわれわれの希望の曲線に折り曲げるかわりに、わが心をそれに従わせる術を知ることだった。

芸術においてはとどまる術を知らなければならないのと同様、そしてまた或る彫刻がもはや手によって触れられてはならなくなる瞬間がつねにやってきて、この点になると知性の意志のほうが、透視という最も繊細な手段よりもつねに一人の芸術家に役立つのとおなじように、幸福のなかで一つの生活を完成させるには、最小限の知性が必要なのだ。知性を持たないものは、すべからくそれを獲得しなければならないのである。

それに日曜日になると、メルソーはペレスと玉を撞《つ》いて遊んでいた。ペレスは片腕がなかった。かれの一方の腕は肱《ひじ》の上で切断されていた。そこでかれは、奇妙なやりかたで玉を撞くのだった。そして上体をまるくかがめ、⒂切断したあとの部分をキューに当てていた。朝、かれが漁に出かけていくときには、メルソーはこの老漁夫の巧みな手さばきをいつも感心して眺めていた。かれは左の櫂《かい》を腋《わき》の下で支え、小舟の上に立つと、身体を斜めにして、一方の櫂を自分の胸で、他方を片手でそれぞれ漕《こ》ぐのであった。二人はたがいにとてもよく気が合った。ペレスは辛子の入ったソースでいかの料理をつくった。かれがいかをその汁のなかで煮たてると、メルソーは、かれと一緒に、その黒くてひどく熱い汁を取り分けた。そして二人は、煤《すす》でおおわれた漁師の台所の釜《かま》の上で、その汁をパンと一緒に煮つめた。それに、ペレスはけっして話をしなかった。メルソーは、かれの沈黙する能力に感謝していた。ときおり、朝、水浴をしたあとで、かれはペレスが海に小舟を浮べるのを眺めていた。そんなときには、かれはつかつかと前に歩み寄った。

「一緒に行ってもいいかい、ペレス？」と言うと、

「お乗りなさい」と相手は言うのだった。

そこで彼らは、それぞれ別の二本のつっかいに櫂を置き、足を延縄《はえなわ》の釣針に突っ込んで糸をこんがらからせないように注意しながら（少なくともメルソーは）、力を合わせて漕ぐのだった。それから彼らは釣りをした。そしてメルソーは、海の表面までは輝いているが、水面の下では黒く波打っている釣糸をじっと見守っていた。太陽は無数の小さなかたまりとなって水の上でくだけていた。そしてメルソーは、まるで呼気のように海から立ちのぼる、重い息詰るような匂いを吸い込んでいた。ときおりペレスは小魚を釣り上げた。するとかれはそれをまた海に放り投げ、「かあちゃんのと

ころにお帰り」と言うのだった。十一時になると、彼らは帰ってきた。メルソーは、手は二つとも鱗で光り、顔いっぱいに太陽を浴びて自分の家に帰っていったが、それはまるで、ひんやりとした洞窟《どうくつ》のなかに入っていくようであった。一方ペレスは、彼らが晩に一緒に食べる魚料理をつくりに行った。日一日とメルソーは、まるで徐々に水につかっていくように、そうした自分の生活のなかにはまりこんでいった。そして両腕と、流れてきてはまた運んでゆく水との共犯関係のおかげでひとが前へと泳いでいくように、自分を無疵《むきず》に、しかも意識した状態に保つためには、或るなんらかの肝要な動作だけで、たとえば片手を樹《き》の幹にかけるとか、海岸を走るといった動作だけで、かれには充分だったのだ。こうしてかれは、純粋状態で生活と一体化していた。かれは、最も飼い馴《な》らされ、あるいは最も知性に恵まれた動物たちだけにしか与えられない天国をみつけだしていた。精神が精神を否定する地点で、かれは自分の真理に到達し、またそれとともに、極度の栄光と愛に到達するのだった。

ベルナールのおかげで、かれは村の生活ともうちとけていた。以前かれは、些細《ささい》な病気のためにベルナールに診てもらわなければならないことがあった。それから彼らは、たがいにしばしば喜んで会うようになった。ベルナールは無口だったが、かれのなかの或る種の苦い精神が、鼈甲縁《べっこうぶち》の眼鏡のなかで仄《ほの》かな光を放っていた。かれはインドシナで長いあいだ開業していたが、四十のとき、このアルジェリアの片隅にひっこんでしまった。数年前から、そこでかれは、妻と一緒に静かな生活を営んでいたが、かれの妻はインドシナの女で、ほとんど無口であり、髪を辮髪《べんぱつ》に結い、モダンなスーツを着ていた。ベルナールはその包容力(16)から、あらゆる階層の人びとと仲よくしていた。そうしたことで、かれは村じゅうのひとを愛していたし(17)、また彼らから愛されてもいた。かれはメルソーを村に連れていった。メルソーは、ホテルの主人をすでにとてもよく知っていたが、この男は昔はテノール歌手で、自分の店のカウンターで歌い、『トスカ』のアリアの声を張り上げて唱《うた》う二個所のあいだで自分の女房に一撃を加えることを約束するのだった。みんなはパトリスに、ベルナールと一緒に村の祭礼委員会に参加するよう頼んだ。そしてお祭りの日、たとえば七月十四日とかそのほかのときには、彼らは腕に三色旗の腕章を巻き、甘いアペリチフでべとべとした緑色のブリキのテーブルのまわりで、楽士たちの張り出し舞台は柾《まさき》や棕櫚《しゅろ》で囲まれていなければならないかどうかを、ほかの委員たちと議論するのだった。みんなはまた、選挙の騒ぎにもかれを巻きこもうとした。だがメルソーには、この村の村長を知る暇《いとま》があった。その男は（かれの言うところによると）、ここ十年来《自分の村の運命を支配していて》、かかる半永続的な支配のおかげで、かれは自分をナポレオン・ボナパルトだと思っている傾きがあった。金持になったこの葡萄園《ぶどうえん》の経営者は、ギリシャ風の家を建てさせた。かれは、かつてメルソーを招き寄せたことがあった。その家は一段高い一階であった。けれども、いかなる犠牲を前にしてもしりごみしないこの村長は、そこにエレベーターを取り付けさせた。かれはメルソーやベルナールに、そのエレベーターを試させたのだ。するとベルナールは、おだやかに、「実に滑らかですな」と言った。この日からメルソーは、この村長に深甚《しんじん》なる讃嘆《さんたん》の念を抱いた。ベルナールとかれは、自分たちの全影響力を発揮してかれを留任させるように図ったが、多くの資格から、かれはその任に適《ふさ》わしいのであった。

春になると、軒を接した赤い屋根が幾つもある海と山のあいだのこの小さな村は、茶の匂いがする四季咲きの薔薇《ばら》やヒヤシンスや白粉花《おしろいばな》のような花々や、虫のぶんぶん唸《うな》る音であふれかえるのであった。昼寝の時刻になると、メルソーはテラスの上で時を過し、あふれるような光の下でその村が眠り、また煙っているのをみつめていた。村の大悶着《もんちゃく》は、モラレスとバンゲスというスペイン系の二人の豊かな植民者のライバル関係にあった。一連の投機が、彼らを百万長者にしたてたてしまったのだ。この瞬間から、どちらが偉大であるかという狂熱が彼らを虜《とりこ》にしてしまった。どちらか一方が自動車を買うときには、かれは一番高いものを選んだ。だがおなじ自動車を買ったもう一方は、それにさらに金を余計にかけるのだった。こうした種類の才能はモラレスのほうにあった。かれは、《スペイン国王》と呼ばれていた。そしてそれは、あらゆることで、かれが想像力のないバンゲスを打倒したからだった。戦争中に、或る日バンゲスが数十万フランの寄付を国債に申し込むと、モラレスは、《俺はもっとよいことをする。俺は自分の息子を捧《ささ》げることにしよう》と宣言した。そしてかれは、動員にはまだ若すぎる自分の息子を参戦させた。一九二五年に、バンゲスは素敵な競走用のブガッティに乗ってアルジェからやってきた。すると二週間後に、モラレスは、格納庫を作らせ、一台の飛行機、コードロンを買った。この飛行機はまだかれの格納庫で眠っていた。そして日曜日だけ、それを訪問客に見せるのだった。バンゲスがモラレスのことを話すときには、かれは《あの裸足《はだし》の素寒貧《すかんぴん》》と言い、モラレスはバンゲスのことを《あの石頭》と言っていた。

ベルナールは、モラレスのところにメルソーを連れていった。雀蜂《すずめばち》や葡萄の匂いが充満しているその大きな農家に、モラレスはあらんかぎりの敬意を示して彼らを迎え入れたが、そのかれはズック靴をはき、シャツ一枚だった。というのもかれは、背広や靴に耐えられなかったからだ。彼らは飛行機や、自動車や、額に入れられて客間に置かれた息子の勲章を見せられた。そして、フランスのアルジェリアから外国人を遠ざける必要をメルソーに説いていたモラレスは（かれ自身は帰化していたのだが、「だが、たとえばあのバンゲスなどは」とかれは言うのだった）、彼らを最近の掘り出しものの方へ連れていった。彼らは巨大な葡萄畑に出かけたが、そのまんなかあたりに円形広場が按配《あんばい》されていた。この円形広場の上には、最も貴重な材木と布地でつくったルイ十五世風のサロン(18)がしつらえられていた。モラレスは、自分の土地を訪れる客をこうして接待することができたのだ。雨が降ったらどうなるのかと丁寧に尋ねたメルソーに、モラレスは、泰然自若として葉巻をくわえながら、「取り換えるんですよ」と答えた。ベルナールとの帰途は、モラレスを詩人として遇するか新興成金として遇するかどうかで過ぎていった。ベルナールによれば、モラレスは詩人だった。メルソーは、かれならば頽廃期《たいはいき》の素晴らしいローマ皇帝になれただろうと考えていた。

それからしばらくして、リュシエンヌ(19)が数日を過しにチェヌーアにやってきたが、それからまた帰っていった。或る日曜日の朝、クレールとローズとカトリーヌが、約束通りメルソーを訪れた。けれどもパトリスは、この地にはじめにひきこもったころ、かれをアルジェに赴かせた精神状態からは、すでに遠ざかっていた。それでもかれは、彼女らと再会できたことで幸せだった。かれはベルナールと一緒に、そこを運行しているカナリヤ色の大型バスの降車口まで彼女たちを迎えに行った。その日は素晴らしい天気で、村には巡回肉屋の美しい赤い車がいっぱい止り、花々が群がって咲き乱れ、村人たちは明るい色の衣服を着こんでいた。彼らは、カトリーヌの要求で、一時カフェに身を落ち着けた。彼女はこうした光や生活を讃嘆し、また、自分が寄りかかっている壁の背後に海があることを知っていた。そこを出るとき、すぐ近くの通りで、驚くほど大きな音楽が鳴り響いた。それは疑いもなく『カルメン』の《闘牛士《トレアドール》の行進》だったが、その音響はすさまじく、元気にみちあふれていたので、それぞれの楽器は勢い音が不揃《ふぞろ》いになっていた。「あれでは体育協会さ」とベルナールが言った。一方みんなは、見知らぬ二十人ほどの楽士たちが、きわめてさまざまな吹奏楽器を絶え間なく吹き鳴らしながらこちらに出てくるところを目撃した。彼らはカフェの方にやってきた。そして彼らの背後から、かんかん帽を少しうしろにずらしてハンカチの上からかぶり、特売品の扇子で涼をとりながらモラレスが出てきた。かれはこの楽士たちを町から借りてきたのだ。というのは、それはあとからかれが説明したことだが、《こうした危機にのぞむと、生活が悲しくなりすぎる》からだった。かれはそこに身を落ち着けると、行進を終った楽士たちを自分のまわりに寄せ集めた。カフェはふたたび群衆でいっぱいになっていた。するとモラレスは立ちあがり、ぐるぐるまわりながら威厳をこめてこう言った。「私の要望で、オーケストラはいまからまた『トレアドール』を演奏します」

店を出るとき、例の小娘たちは、笑いで息も詰らんばかりだった。けれども家に着き、部屋の影の部分と涼気に身をひたすと、その部屋は、太陽をいっぱいに浴びた庭の壁の眩《まばゆ》いばかりの白さを一層鮮明に感じさせるのだったが、彼女たちは、沈黙と深い一体感をふたたび取り戻した。そうした一体感は、カトリーヌにあっては、テラスで日光浴をしたいという欲望になってあらわれた。それからメルソーは、ベルナールを送りに行った。ベルナールがメルソーの生活のなにかを目撃したのは、これが二度目だった。彼らはこれまで、けっしてなにも、たがいに打ち明け合ったりはしなかった。メルソーはベルナールが幸せではないと感じていたし、ベルナールはメルソーの生活を前にして、少しばかり途方に暮れていた。彼らは一言も言わずに別れた。メルソーは女友だちと四人で、翌日朝早く遠足に出かけることに合意した。チェヌーアは大層高く、登るのがむずかしかった。そこからあたりを見まわすと、そこには疲労と太陽の美しい一日があるのだった。

朝早く、彼らは最初の険しい坂道を登った。ローズとクレールが先に立って歩き、パトリスはカトリーヌとしんがりをつとめた。彼らは黙っていた。彼らは少しずつ海よりも上に登っていった。海は、朝靄《あさもや》のなかで、まだ相変らず白かった。パトリスもまた黙っていた。かれの一切合財は、犬サフランの短く刈られてくしゃくしゃになった髪の毛の生い茂る山に、冷たい泉に、影や太陽に、同意し次いで拒絶する自分の肉体に、一体化されてしまうのだった。彼らは、歩行にすべての努力を傾けていた。彼らの肺に吸い込まれる朝の大気は、真っ赤な鉄か、先が細くなった剃刀《かみそり》のようであったが、彼らはこうした努力に、また坂道に打ち克《か》とうと努力するこうした征服に、己れの全力を傾けていた。ローズとクレールはくたびれて歩行の速度をゆるめた。カトリーヌとパトリスが先に立ち、まもなく彼女たち二人の姿は視界から消え失《う》せてしまった。

「どうだい？」とパトリスが言った。

「ええ。とても素敵だわ」

空には太陽が昇りつつあった。そして太陽とともに、虫の鳴き声が、熱気をはらんであたり一面にふくらんでいった。まもなくパトリスはワイシャツを脱ぎ、上半身裸になって道を登りつづけた。汗は両肩に流れ落ち、太陽はその肩のところで皮膚の皮を剝《は》ぎ落していた。彼らは、山の中腹に沿っていると思われる小径《こみち》に入った。彼らが踏みしだく草は、いままでよりもずっと湿っていた。まもなく泉の音が彼らを迎えた。そして窪地《くぼち》には涼気と影がほとばしるようだった。彼らはたがいに水をかけ合い、その水を少し飲んだ。カトリーヌは草の上に寝ころんだ。一方、髪が水に濡《ぬ》れて黒ずみ、額のところで巻き毛のようになってしまったパトリスは、廃墟《はいきょ》や、光る道や、太陽の輝きでおおわれた風景を前にして、両目をまばたきするのだった。それからかれは、カトリーヌのそばにすわった。

「ねえパトリス。わたしたちが二人だけのとき、あなたは幸せ？」

「ごらんよ」とメルソーが言った。道は太陽に震え、無数の点のような人びとが彼らの方に向って登ってくるところだった。パトリスは微笑《ほほえ》み、自分の両腕をさすっていた[20]。

「あらほんと。ねえ、わたしはあなたにこう言いたかったの。もしそれが困るなら、むろんあなたは答えなくてもいいのよ。」彼女は躊躇《ちゅうちょ》した。「あなたは奥さんを愛していて？」

メルソーは微笑した。

「そんなことは必要不可欠なことではないね。」かれはカトリーヌの肩を抱いた。そして頭を振って、顔を水で濡らした。「カトリーヌ。間違いは、選択しなければならない、欲することをしなければならない、幸福にはさまざまな条件がある、と思いこむことなんだ。わかるかい。大切なことはただ、幸福への意志であり、いつも現存している或《あ》る種の巨大な意識なんだ。あとは、女にしろ、芸術作品にしろ、世俗的な成功にしろ、口実でしかない。それは、われわれの刺繡《ししゅう》を待っている布地のようなものさ」

「そうね」とカトリーヌが言った。その両目には陽の光がいっぱいだった。

「ぼくにとって大切なことは、幸福の或る種の質なんだ。ぼくが幸福を味わうことができるのは、その反対なものとのあいだにある、激しく根強い衝突のなかだけなんだ。ぼくが幸せかどうかだって？　カトリーヌ！　きみはあの有名な文句を知ってるだろ。《もし私が自分の人生をやり直さなければならないとしたら。》いいかい。そうしたらぼくは、いまのような人生をやり直すだろう。むろんきみには、それがどういうことだかわからないだろうけど」

「ええ、わからないわ」とカトリーヌが言った。

「さて、なんと言ったらいいだろう。もしぼくがいま幸福だとしたら、それはぼくのうしろめたさのおかげなんだ。ぼくは立ち去る必要があったし、こうした孤独をつかまえなければならない必要があったんだ。その孤独のなかでこそ、ぼくは、自分のなかでぶつからなければならないものにぶつかることができたし、それはつまり、太陽であり涙でもあったものなんだ……そうだ。ぼくは人間として幸せなんだ(21)」

ローズとクレールがやってきた。彼らはふたたびリュックサックをかついだ。道は相変らず山に沿っていて、彼らは夥《おびただ》しい草木の生えている地帯を歩いていた。道の両端には、まだいぜんとしてサボテンやオリーヴやなつめの木が生えていた。その道ではときおり、驢馬《ろば》に乗ったアラブ人たちとすれちがった。それから上り坂になった。いまや太陽は、道の石ころの一つ一つをさらに一段と強く照りつけていた。正午になると、暑さにうちひしがれ、香りと疲労でふらふらになった彼らは、リュックサックを投げだし、頂上に辿《たど》りつくことを諦《あきら》めてしまった。坂道は岩だらけで燧石《すいせき》でいっぱいだった。一本のいじけた樫《かし》の木が、そのまるい影のなかに彼らを休ませてくれた。彼らはリュックサックから食糧を取りだし、それを食べた。山全体が、光と蟬《せみ》の鳴く声で震えていた。熱気が立ちのぼり、樫の木の下に休んでいる彼らを取り囲んでいた。パトリスは大地の上にうつ伏せになった。そして小石に押し当てられた胸は、燃えるような香りを吸い込んだ。かれは自分の腹に、活動しているような山の鈍い響きを受けとめていた。その響きの単調さや、熱い小石のあいだで鳴いている虫たちの耳を聾《ろう》さんばかりの歌や、野生の匂《にお》いのおかげで、しまいにはかれは寝込んでしまった。目が覚めたとき、かれは、疲労と汗にまみれていた。もう三時頃にちがいなかった。三人の娘たちは姿を消していた。まもなく、笑い声や叫び声が彼女らの存在を知らせてくれた。暑さは少し衰えていた。山を下りなければならなかった。そのときはじめて、山を下りていく途中で、メルソーは人事不省に陥った。かれがふたたび身を起すと、心配そうな三つの顔のあいだに、とても真っ青な海が見えた。彼らは、前よりもゆっくりと山を下りた。最後の斜面にさしかかったとき、メルソーは休憩を望んだ。海は空とともに緑に変り、まったく甘美な気配が水平線から立ちのぼっていた。小さな湾の周囲にまで伸びているチェヌーアの丘の上では、糸杉がゆっくりと黒ずんでいった。みんなは沈黙していた。するとクレールが言った。

「あなたは疲れているようね」

「そうかもしれない」

「よくって。これはわたしには関係のないことよ。でもここは、あなたにとってなんの価値もないと思うの。ここらへんは海に近すぎるし、湿気が多すぎるわ。なぜあなたはフランスに行って、山で暮そうとはしないの？」

「この土地はぼくにとってなんの価値もない。クレール。でも、ここでぼくは幸せなんだ。ぼくは一体感を感じることができるのさ」

「それは、完全に、しかもずっと長く幸せでいることができるためなのね」

「多かれ少なかれ、長いあいだ幸せに生きることなんかできないさ。一瞬、それがすべてなんだ。それだから、死がなにかの妨げになったりすることもないのさ——それはこの場合、幸福の起す事故のようなものなんだ。」みんなは黙ってしまった。

「わたしには納得できないわ」と、だがローズが、しばらくしてから言った。

彼らは暮れゆく夕べのなかを、ゆっくりと帰っていった。

カトリーヌは、ベルナールを呼びに行く役目を引き受けた。メルソーは自分の部屋にいた。そして、家の窓のきらめく闇《やみ》の向うに、手すりの白いしみを、波打つ暗い布地の帯のような海を、またその上の、それよりはずっと明るかったが星のない夜空を眺めていた。かれは自分が衰弱しているのを感じていた。そして或る不思議な恩恵から、その衰弱がかれの心を軽くし、かれを明晰《めいせき》にしているのだった。ベルナールが部屋の扉を叩《たた》いたとき、メルソーは、自分がベルナールにすべてを語ろうとしているのを感じた。といっても、それはなにも、かれの秘密がかれに重くのしかかっていたからではなかった。こうしたことには秘密などなかった。これまでかれがそのことについて黙してきたのは、自分の考えが偏見や愚劣さと衝突することがわかっているときに、或る種の世界では、人びとが自分の考えをしまっておくその限りにおいてのことだった。だが今日は、肉体のすべての疲労と深い誠実な心を感じながら、あたかも芸術家が自分の作品を長いあいだ大切に秘めかくし、またこしらえあげたそのあとで、或る日それを白日のもとに晒《さら》し、ついに人びとと交流させる必要を覚えることがあるように、メルソーは、話さなければならないという気持になっていた。そして、自分が打ち明けられるか否《いな》かが確信できぬままに、じりじりしながら、かれはベルナールを待っていたのだ。

階下の部屋からは二つの爽《さわ》やかな笑い声が聞えてきて、それがかれを微笑ませた。このときベルナールが入ってきた。

「どうしたんだね？」とかれが言った。

「どうって、ご覧の通りですよ」とメルソーが言った。

かれはメルソーを診察した。かれはなにも言うことができなかった。けれどもかれは、もしメルソーに可能なら、できればレントゲン写真を撮りたがった。

「もう少ししたら」とメルソーは答えた。

ベルナールは黙った。そして張り出し窓の縁にすわった。

「私は病気なんかになりたくないね。私は、それがどんなものだか知っている。病気ぐらい醜くて下劣なものはないからね」とかれは言った。

メルソーは無関心だった。かれは肱掛椅子《ひじかけいす》から身を起し、ベルナールに煙草《たばこ》をすすめると、自分もその一本に火をつけ、笑いながらこう言った。

「ベルナール。あなたに、一つ質問をしていいですか?」

「どうぞ」

「あなたはけっして海水浴をなさらない。それなのになぜ一体、隠遁《いんとん》の地にこの場所を選んだのです?」

「さあ、どうしてだか、あまりよくは知らないね。だいぶ以前のことだったから」

少し間をおいて、かれはまたこうつけ加えた。

「それに私は、いつも口惜《くや》しまぎれに行動してきた。いまじゃあ事態も変ってきたがね。(22)前には私は幸福になり、必要なことをし、たとえば気に入ったところがあれば、その土地に住んでもみたかった。でも感傷的な期待というものはいつも偽りなのだ。となると、私たちが最も生きやすいように生きるべきだろう——(23)無理強いするのではなくてね。それは少しばかりシニックだ。けれどもそれは、世界で一番美しい娘の見地、つまり、いくら美女でも出せないのは出せないし、自分の可能性の範囲内で満足するということでもあるのだよ。インドシナでは、私はくまなく各地に行きもした。ここでは私は、考えごとをして生きている。それだけなんだ」

「なるほど」とメルソーは、煙草を吸いつづけ、肱掛椅子に身を沈めて天井をみつめながら言った。「でもぼくには、あらゆる感傷的な期待が偽りだということには確信が持てませんね。それは単に不合理なだけなんです。いずれにせよぼくに関心のあるただ一つの体験とは、あらゆるものが、ちょうど希望されていたようなものとして、たまたま見いだされるという体験なんです(24)」

ベルナールは微笑んだ。「そう。お誂《あつら》え向きな運命だね」

「一人の人間の運命とは」とメルソーは動かずに言った。「もしその人間が情熱を抱いてそれを背負うと、いつも情熱的になってしまう。そして或る種の人びとにとっては、情熱的な運命とは、つねにお誂え向きな運命なんです」

「そうだね」とベルナールが言った。そしてかれは、努力して立ちあがると、背中を少しメルソーの方に向け、一瞬、夜の闇をみつめた。

ベルナールは、メルソーの方を見ずに話をつづけた。

「私もそうだが、きみは、この地方でだれも仲間なしに生きているたった一人のひとだ。私はきみの奥さんやきみの友人たちの話はしない。私にはそれがエピソードだということがわかっているからだ。しかもそれでいながら、きみはどうやら、私よりもずっと人生を愛しているらしい。」かれはふりかえった。「なぜなら、私にとって人生を愛するということは、水浴をすることではないからだ。それは、並外れた驚くべきやりかたで生きることなんだよ。女たちにしろ、冒険にしろ、国々にしろ。それは行動し、なにかを強引にやることだ。燃えるような素晴らしい人生のことなんだよ。要するに私が言いたいのは……わかってくれたまえ。(かれは勢いこんだのが恥ずかしいかのようだった)、私はあまりに人生を愛しすぎていて、自然に満足することができないのだ(25)」

ベルナールは自分の聴診器をしまうと、道具箱をしめた。メルソーがかれに言った。

「本当は、あなたは理想主義者なんだ」

かれのほうは、誕生から死にいたるこの瞬間にすべてが凝縮され、そこで裁かれ、また聖別されているような気がしていた。

「いいかね。それは理想主義者の反対が、非常にしばしば、愛を持たない男だからだよ」とベルナールは、或る種の悲しみをこめて言った(26)。

「そんなふうに思ってはいけませんね」とメルソーが、手を差しだしながら言った。

ベルナールは、長いあいだかれの手を握りしめた。

「きみのような考え方をすれば、大きな絶望か大きな希望に生きている人間しかいないことになるね(27)」と、微笑みながらかれが言った。

「たぶんその両方ですよ」

「いや、べつにお尋ねしているわけではないのだが!」

「ええ。わかっています」とメルソーは真面目《まじめ》に言った。

だがベルナールが戸口にさしかかったとき、思わざる衝動にかられて、メルソーはかれを呼びとめた。

「なんだね？」と医者はふりかえりながら言った。

「あなたは一人の人間に軽蔑《けいべつ》を抱くことができますか？」

「できると思うね」

「どんな条件で？」

相手は考えた。

「それは簡単だという気がする。その人間が、利害やお金の欲に目がくらむあらゆる場合だよ」

「なるほど、簡単ですね」とメルソーが言った。「おやすみ、ベルナール」

「おやすみ」

たったひとりになったメルソーは、さまざまに思いをめぐらした。かれが到達した地点では、人間への軽蔑は、かれにはどうでもよいことになってしまった。けれどもかれはベルナールに深い共感を覚え、それが、かれをベルナールに近づけるのであった。かれには、自分の一部分が他の部分を裁くのは耐え難いことのように思われた。

かれは利害から行動したのだろうか？　かれは、お金というものは、かれの尊厳を獲得する最も確かで、最も速やかな手段の一つであるという、あの本質的で背徳的な真実を自覚しただけであった。かれは、或《あ》る見事な運命が誕生する条件と、それが増大してゆくさまざまな条件に伴う不当で卑《いや》しいなにかを考察した結果、生れのよい立派な魂にとりつく苦い思いを追い払うことに成功したのだ。貧しい人びとが、惨《みじ》めさのなかではじめた人生を惨めさのなかで終らせてしまう、あの下劣で、反抗的な不運を、かれは、お金にはお金を、憎悪《ぞうお》には憎悪を闘わせることで斥《しりぞ》けてしまった。そしてこの動物と動物との闘いから、ときおり天使が、海の生温かな微風に乗って、その両の翼と栄光の幸福に全身を委《ゆだ》ねながら生れてくることがあった。あとはただ、かれがベルナールになにも語らなかったということと、かれの生涯の事業は、これからも秘密のままであるだろうという事実が残っているだけだった。(28)

翌日の午後の五時ごろ、娘たちは発《た》っていった。バスに乗り込むとき、カトリーヌは海の方をふりむいた。

「さようなら、海辺さん」と彼女は言った。(29)

一瞬後に、笑った三つの(30)顔が奥の方の窓からメルソーをみつめ、黄金色をしたまるで大きな昆虫のような黄色いバスが、光の中に消えていった。空は相変らず澄んではいたが、それは少しばかり重苦しかった。たったひとり路上に取り残されたメルソーは、心の奥底に、解放感と悲しみの入り混った気持を感じていた。今日だけは、かれの孤独は現実のものとなっていた。というのは、今日だけはかれは、自分が孤独と結びついていると感じていたからだ。そしてその孤独を受け入れたこと、また自分が今後、これから来たるべき日々の主《あるじ》であると知ることが、一切の偉大さにつきまとう憂《ゆう》鬱《うつ》でかれをみたしていたのだ。

大通りを行くかわりに、かれは、山の麓《ふもと》から自分の家の背後に通じている小さな迂《う》回路《かいろ》を通り、いなごまめやオリーヴの木々のあいだを帰ってきた。かれは、足で幾つかのオリーヴを踏み潰《つぶ》した。そして道が、隅々まで、黒いしみで虎斑《とらふ》のようになっていることに気がついた。夏の終りには、いなごまめがアルジェリア全土に愛の香りをふりまいている。そしてそれは、夕方や雨のあとに、まるで大地全体が、太陽に身を委ねてから、苦いアマンドの香りのする精液にくまなく濡《ぬ》れたその下腹を休めているかのようだ。一日じゅう、その匂《にお》いが大きな樹々《きぎ》から落ちてきて、それは重く息苦しい。この小径《こみち》では、夕方や大地の弛《し》緩《かん》した吐息のおかげで、その匂いは軽やかで、パトリスの鼻孔に辛うじて感じられるか感じられないくらいだ——それはまるで、息苦しい午後のあと一緒に町に出、あかりと群衆のなかで肩と肩を寄せ合ってきみたちをみつめている恋人のようだ。

こうした愛の香りと、踏み潰され、香りを放つ果実を前にして、そのときメルソーは、季節が傾きつつあることを感じた。厳しい冬が身をもたげようとしていたのだ。だがかれは成熟し、いまやそれを待ちかまえていた。この道からは海は見えなかった。けれども山の頂には薄い赤みがかった靄《もや》が見えていて、それが夕暮れを告げていた。地面の上では、光の斑点《はんてん》が木の葉の影のあいだで蒼《あお》ざめていった。メルソーは苦くて香りのきつい匂いを激しく吸い込んだが、それは今宵《こよい》、大地とのかれの結婚を祝して捧《ささ》げられたものであった。世界や、オリーヴの木と乳香のあいだにあるこの道のなかや、葡萄畑《ぶどうばたけ》と赤茶けた大地の上や、かすかな海鳴りを告げる海のかたわらに落ちてくるこの夕暮れは、海の潮のようにかれのなかに押し寄せてきた。これと似たような多くの夕暮れは、かれのなかでは、かつては一つの幸福の約束のようなものであったので、今日の夕暮れを幸福として味わうことは、希望から征服へとかれが踏破したその道程をかれに推し測らせるものであった。かれは、かつて無垢《むく》な心でザグルーを殺したときとおなじ情熱や欲望の慄《ふる》えで、この緑の空と愛に濡れた大地を、その無垢な心のなかに受け入れているのだった。

第五章

一月にはアマンドの花が咲いた。三月には、梨《なし》や桃やりんごの樹々《きぎ》が花でおおわれた。そのあとの月になると、泉がかすかに湧《わ》きはじめ、それからもとの普通の水量にかえった。五月のはじめになると人びとは干し草を刈った。そして、この月の末には、オート麦や大麦の刈り入れをした。すでに杏《あんず》は夏をいっぱいにはらんでいた。六月になると、盛んな収穫物とともに早生《わせ》の桃が姿を見せはじめた。そのときにはすでに泉は涸《か》れはじめ、暑さが増してきた。だが、こちら側で涸れてしまった大地の血液は、ほかでは棉《わた》の花を咲かせ、早々と実った葡萄《ぶどう》に甘みをつけていた。燃えるようなものすごい風が吹くと、それは大地を乾かし、あちこちに火事をひき起した。そしてつぎには、一挙に年が傾きはじめた。あわただしく葡萄の取り入れが終った。ものすごい大雨が、九月から十一月にかけて大地を洗った。それとともに、夏の労働が終ったか終らぬうちだというのに、麦蒔《ま》きや最初の種蒔きがはじまり、そのあいだ泉は、にわかに増水したかと思うと、奔流となってあふれだしていた。年の終りになると、幾つかの土地ではすでに麦が芽をふきはじめ、かと思うとほかでは、畑仕事がようやく終ったか終らぬところだった。それから少したつと、凍った青い空にアマンドの木がふたたび白い花を咲かせた。新しい一年が大地と大空にふたたびめぐりはじめた。煙草《たばこ》が植えられ、葡萄畑が耕されて、そこに硫黄の粉が撒布《さんぷ》され、樹々の接木《つぎき》がされた。おなじ月に、花梨《かりん》の実が熟した。それからまた、あらたに干し草作りがはじまり、取り入れと夏の耕作がはじまった。一年のなかほどになると、汁がたっぷりあって指にべとつく大きな果実が食卓に供えられた。それは無花果《いちじく》や桃や梨で、二度の脱穀のあいだに人びとはそれらをむさぼり食べた。つぎの葡萄の取り入れのころになると、空は曇りはじめた。椋鳥《むくどり》や鶫《つぐみ》の黒い黙々とした群れが、北から通りすぎた。そうした鳥たちにとっては、オリーヴの実はもう充分に熟していた。彼らが通りすぎるとまもなく、人びとはオリーヴの実を摘みはじめた。ねばつく大地のなかで、ふたたびまた麦が芽をふいた。飛翔《ひしよう》する大きな雲が同様に北からやってきて、海や陸の上を通り過ぎ、水を泡《あわ》立てると、水晶のような大空のもとで水を澄みわたらせ、凍らせてしまった(1)。数日のあいだ、夕暮れになると、遠くの方で音もなく稲妻がきらめいた。最初の寒気が襲いはじめた。

このころ、メルソーははじめて床に就いた。肋膜《ろくまく》の発病がかれを閉じこめ、おかげでかれは、一カ月間を部屋で過さなければならなかった。かれが寝床から起きたときには、チェヌーアの最後の斜面は花盛りの樹々でおおわれていて、それが海まで続いていた。春がこれほど生き生きと感じられたことは、かつてないことだった。(2) そして、恢復《かいふく》したその最初の夜、チパザの眠っているあの廃墟《はいきょ》にみちた丘までの大地を、かれは長いあいだ逍遥《しょうよう》した。大空の、絹のようなざわめきにみちた沈黙のなかで、夜は世界の上にかけられたミルクのようであった。メルソーは、こうした夜の荘厳《そうごん》な瞑想《めいそう》に浸されて、断崖《だんがい》の上を歩いていた。少し下の方にある海は、静かに水しぶきの音をたてていた。見ると、海は月の光とビロードにみちあふれ、一匹の獣のようにしなやかで滑々《すべすべ》としていた。自分の人生が大層遠いものに思われたこの時刻に、たったひとり、一切に、かれ自身にも無関心になったメルソーには、自分が求めていたものにやっと到達したような、そしてまたかれをみたしているこの平和が、忍耐強い自己放棄から生れたものであるような気がするのだった。そうした自己放棄とは、これまでかれがずっと追究してきたものであり、怒りもなくかれを否定するあの熱っぽい世界の助けを借りて、いまようやくかれが到達したものであった。かれは軽やかに歩いていた。そしてかれの足音は、かれには無縁なものに、しかも疑いもなく身近なものに思えたが、それは、乳香の茂みのなかで動物がたてるカサカサした音や、海鳴りや、大空の底の方でする夜の鳴動がそうであるのとおなじ理由からであった。それにまたかれは、自分の肉体を感じていた。(3) しかもそれは、春のこの夜の暑い吐息や、海から立ちのぼってくる湿っぽい塩の匂《にお》いとおなじように、外なる意識によって感じとられているのだった。世界でのかれの数々の歩み、幸福へのかれの欲求、脳髄と頭蓋骨《ずがいこつ》がいっぱい見えたザグルーの怖《おそ》ろしい傷、「世界をのぞむ家」の、甘美で内密な時間、かれの妻、かれの希望とかれの神々。そうしたすべてが、いまかれの目の前にあった。といってもそれは、さしたる理由もなく特に選ばれた好ましい物語のように、馴染《なじ》みはないが同時に密《ひそ》かに親しみを覚えている物語で、心の一番奥深いところをくすぐり、またそこにひそんでいる気持を強固にさせるお気に入りの本ではあるが、とはいっても、それもまた、畢竟《ひつきよう》他人が書いた本のようなものであった。生れてはじめてかれは、冒険に捧《ささ》げられた情熱、精気への欲望、世界の親近性に対する知的で真心のこもった本能などの現実以外に、他のいかなる現実も自分に感じていなかった。怒りも憎しみも持たないかれは、後悔を知らなかった。そして、指の下にあばた面《づら》の肌触りを感ずる岩の上にすわったかれは、月光のもとで海が黙々とふくらんでゆくのをみつめていた。かれは、かつて愛撫《あいぶ》したリュシエンヌの顔や、彼女の唇の生温かい感触を思っていた。水と接した表面で、月が、まるで油のように、たゆたう長い微笑を投げかけていた。水は口のように生温かく、柔らかで、いまにもひとのなかに流れ込んでくるにちがいなかった。メルソーはそのとき、相変らずすわったまま、幸福がどれほど涙に近いものであるか、一切はみなこの沈黙の昂揚《こうよう》のなかにあり、そこでは希望と絶望が人間の一つの生活と混ぜこぜに織りなされていることを感じるのだった。意識すると同時に他人顔をし、情熱にむさぼられながら無関心なメルソーは、自分の生自体と運命もまたそこで完成されること、自分のあらゆる努力は、以後、かかる幸福に甘んじ、その怖ろしい真実に立ち向うことであることを理解するのだった。

いまかれがやらねばならないことは、熱い海のなかに身を沈め、自分を失ってあらためて自分を見いだすことであり、月と生温かい水のなかを泳いで、かれのなかに残っている過去を黙らせ、深いところから湧き起る幸福の歌を生れさせることであった。かれは着物を脱ぎ棄《す》て、幾つかの岩を下り、海に入った。海は身体《からだ》のように熱く、かれの腕の動きにつれて逃れ、捉《とら》えどころのない、だがいつもまつわりつく抱擁で、かれの両脚に貼《は》り付くのであった。かれは規則正しく泳いでいた。そして自分の背中の筋肉が、かれの身体の動きにリズムを与えているのを感じていた。かれが片腕を抜き去るそのたびに、それは、果てしない海の上に飛び散る銀の雫《しずく》をしたたらせたが、その雫は、生きている無言の夜空を前に、幸福という収穫物の素晴らしい種蒔きを象徴的にあらわしていた。それから、その腕をふたたび水に沈めると、それは力強い犂《すき》べらのように、水を耕し、二つに裂き、そこに新しい支えと、より若々しい希望を見いだすのだった。かれのうしろでは、両足で水を蹴《け》るたびに、水の泡の渦が生じ、同時にぴちゃぴちゃという水音が、夜の孤独と沈黙のなかで異様にはっきりと聞えていた。その音の抑揚と力強さを感じると、或《あ》る昂揚がかれを捉え、かれは前よりも素早く前進し、まもなくかれは、海岸から遠いところに、夜と世界のただなかに、たったひとりでいた。突然かれは、自分の足もとにひろがっている深い淵《ふち》を思い、その動きをとめた。かれの下にあるすべては、見知らぬ世界の顔のように、また、かれをかれ自身に赴かせる夜の延長や、いまだ探索されていない生活の、水と塩からできた中心のように、かれを惹《ひ》きつけるのであった。或る誘惑がかれに訪れたが、それをかれは、肉体の大いなる歓喜のなかでただちに斥《しりぞ》けてしまった。かれは前よりも一層力強く、一層前へと泳いだ。素晴らしい疲労にひたされながら、かれは岸に方向を転じた。その瞬間、かれは突然冷たい水流に入り、泳ぐのをやめざるをえなくなったが、歯はがちがちとなり、動作はばらばらになってしまった。海のこうした不意打ちが、かれを驚《きょう》愕《がく》させていた。この氷のような冷たさはかれの四肢にしみ通り、かれを思う存分無力にしてしまうあの明晰《めいせき》で情熱的な昂揚でもって、あたかも神の愛のようにかれの身を焼くのであった。かれはたいそう苦しみながら岸に辿《たど》りついた。そして海辺で、空と海を真正面に見据え、歯をがちがちならし、幸福感で笑いながら、かれは着衣を身につけた。

　帰途につくと、かれは不快感に襲われた。海からかれの別荘にのぼってゆく小径《こみち》から、正面にある岩のごつごつした岬《みさき》や、柱廊や廃墟の滑らかな骨組が見えていた。と、突然、風景が逆転した。そして気がつくと、かれは岩に寄りかかるように倒れ、なかばその身を乳香の茂みの上にうつ伏せていたが、踏み敷かれたその葉からは乳香の匂いが立ちのぼっていた。かれは苦しみに喘《あえ》ぎながら別荘に辿りついた。つい先刻まではかれを歓喜の極みにかれを連れ去ったかれの肉体は、いまではかれを腹にとりついた苦しみの淵に沈め、そのためにかれは、両目を閉じていた。かれはお茶を沸かした。だがかれがお湯を沸かすのに汚れた鍋《なべ》を使ってしまったので、お茶はむかつくほどに脂《あぶら》じみてしまった。それでもかれは、寝に行く前にそれを飲みほした。はき物を脱ぎながら、血の気がすっかりひいてしまった手の上に、かれは、濃い薔薇《ばら》色《いろ》をした、幅のある、指の先をおおうように彎曲《わんきょく》した爪《つめ》に目をとめた。これまでかれは、なにか陰険で不健康な様子を手に与えているこうした爪をけっして生やしたことはなかった。かれは、胸が万力で締めつけられるようになるのを感じていた。かれは咳《せ》きこみ、何度も何度も普通に唾《つば》をはいたが、かれの口には血の味わいが残った。寝台につくと、長い悪寒《おかん》がかれを捉えた。かれは、二筋の凍った水のように、そうした悪寒が身体の隅々からのぼってきて肩のところで一つになるのを感じていたが、その間にも毛布の上で歯はがちがちと鳴り、しかもその毛布は、湿っているようだった。家は広漠としてみえ、いつも聞きなれた物音は無限に拡散して、その反響がはね返される壁にまるでぶつからないかのようであった。かれは海水や浜辺の小石がさかまくような海の音を聞き、大きな窓ガラスの背後でする夜の物音や、遠くの農家の犬の鳴き声を聞いていた。かれは熱かった。そして毛布をはねのけた。それから寒くなり、また毛布を引き寄せた。睡魔と、眠気からかれを引き戻す不安の、あの二つの苦しみのあいだを往《ゆ》きつ戻りつしながら、突如としてかれは自分が病気であることを自覚した。自分がこのままこうした無意識の状態で、目の前のものを見ることができなくなって死んでしまうのかもしれないという不安が、かれの想念に浮んできた。村では教会の時計が時を告げたが、かれはその数が幾つだったかわからなかった。かれは病人として死にたくはなかった。少なくともかれにしてみれば、病気とは、しばしばそれがとるようなかたち、つまり一つの衰弱や、死に向っての推移のようなものであってほしくはなかった。かれがまだ無意識のうちに望んでいたことは、血潮と健康でみたされている生と、死との対決であった。そしてそれは、死と、すでにもうほとんど死であったものを対峙《たいじ》させることではなかった。かれは起きあがり、苦労して肱掛椅子《ひじかけいす》を窓の方に引っ張ってゆき、毛布にくるまりながらそこにすわった。ちょうど襞《ひだ》と襞とのあいだのカーテンの薄くなったところから、かれは星を眺めていた。かれは長い息をした。そして震える手を鎮《しず》めるために、肱掛椅子の肱をしっかりと握りしめた。かれは明晰さを取り戻したいと思っていた。《それは可能なことだ》とかれは考えていた。同時にかれは、台所でガスがつけ放しになっていたことを考えた。《それは可能なことだ》とかれは繰り返し自分に言い聞かせていた。明晰さもまた長い忍耐であった。一切は獲得できるし、自分のものにすることができるのだった。かれは、拳《こぶし》で肱掛椅子の肱を叩《たた》いた。人間は強くも生れついていなければ、弱くも、また意志的にも生れついてはいなかった。要は強くなることであり、明晰になることだ。運命は人間のなかにあるのではなくて、人間の周囲にあるのだ。そのときかれは、自分が泣いていることに気がついた。或る不思議な弱さが、病気から生れた或る種の臆病《おくびょう》が、かれを子供っぽさや涙に赴かせているのだった。手が冷たくなっていた。そして、計り知れない不快感を心臓に感じていた。かれは爪のことを考えていた。かれは鎖骨の下でリンパ腺《せん》をぐるぐるまわしてみたが、そのリンパ腺の結節が、かれには巨大に思えるのだった。外界では、あの一切の美が世界にひろがっていた。かれは自分の好みや、生きたいという嫉妬《しっと》のような願望から離れたくはなかった。かれはアルジェに訪れるあの夕暮れを思っていた。そうした夕暮れには、サイレンの音で工場から出てくる人びとの物音が、緑の空に立ちのぼってくるのだ。アプサントの味や、廃墟のなかでの野生の草花や、サエルにある糸杉に囲まれた小さな家々の孤独とのあいだには、一つの人生の形象が織りなされていた。そこでは美と幸福が絶望の相を浮べていたし、またそこにパトリスは、或る種の束《つか》の間《ま》の永遠(4)を見いだしているのだった。かれはそうしたものから離れたくはなかったし、またかかる形象が、かれがいなくなってのちも持続してほしくはなかった。反抗と憐憫《れんびん》にみたされて、そのときかれは、窓の方を向いていたザグルーの顔を思い浮べた。かれは長いあいだ咳きこんだ。呼吸が巧《うま》くできなくなっていた。かれは寝巻のなかで窒息しそうだった。かれは寒かった。かれは熱かった。かれは、錯乱した測り知れない怒りで燃えていた。両の拳を握りしめ、かれの血という血は、頭蓋骨の下で大きく脈打っていた。虚《うつ》ろな眼差《まなざし》で、かれは新たな悪寒を待ち構えていたが、その悪寒は、やがてかれを盲滅法《めくらめっぽう》な熱に沈めてしまうにちがいなかった。悪寒がやってきた。それはかれを湿って閉ざされた世界に運んでいった。そこでは、かれの両目は閉ざされ、飢えと渇きに執着しているあの動物の反抗を沈黙させてしまうのだった。だが寝入ってしまう前に、かれには、カーテンの背後で少しずつ夜が白んでいくのを見ている暇《いとま》があった。そしてまたかれは、暁と世界の目ざめとともに、やさしさと希望の巨大な呼び声のようなものを聞く暇があった。そうした呼び声は、おそらく死に対するかれの恐怖を和らげていたが、同時にそれは、あらゆる生の理由であったもののなかにこそ死すべき理由をみつけることができるという確信を、かれに与えているのだった。

かれが目を覚ますと、日はもうかなり進み、小鳥や虫たちは暑気のなかで鳴いていた。かれは、ちょうどこの日にリュシエンヌが来ることになっていたのを思い出した。かれはくたくたになり、やっとの思いで寝台にたどりついた。口は、熱の味がしていた。そして病人の目から見ると、事物が普段よりはずっとかたくなに見え、また存在が、ずっと押しつけがましく見えてくる、あの脆《もろ》い感じがあった。かれはベルナールを呼びに行かせた。かれはやってきたが、相変らず無口で忙しげだった。ベルナールはメルソーを診察すると、眼鏡をはずし、ガラスをふいた。「わるいようだね」とかれが言った。かれは注射を二つした。メルソーは、ひ弱な質《たち》ではなかったが[5]、僅《わず》かのあいだ気を失ってしまった。かれがわれに返ったとき、ベルナールは片手でかれの手首を握り、もう一方の手にはめた時計で、秒針が急速に進んでいくのをみつめていた。「気がついたね」とベルナールが言った。「きみは十五分ばかり人事不省だったのだよ。

きみの心臓は故障している。今度発作を起したらきみはそれっきりだ」

メルソーは両目を閉じた。かれはへとへとになっていた。唇は蒼白《そうはく》でひからび、息が、はあはあしていた。

「ベルナール」とかれは言った。

「なんだね」

「ぼくは、人事不省のまま命を終りたくない。ぼくには、はっきり見きわめることが必要なんです。わかってくれますね」

「ああ」とベルナールは言った。かれはメルソーに小さなアンプルを幾つか渡した。「もしきみが気が遠くなっていくように感じたら、これを折って、液を飲みくだすのだ。これはアドレナリンだから」

帰りしなにベルナールは、やってきたリュシエンヌと出会った。

「相変らずお綺麗《きれい》ですね」

「パトリスは病気ですの？」

「ええ」

「重いんですか？」

「いや、大へん良好ですよ」とベルナールが言った。そして立ち去るまえに、「ところで、一つご忠告があるんです。できるだけかれをひとりにしておいてください」

「ええ。ということは、なんでもないっていうことですのね」とリュシエンヌが言った。

その日一日じゅう、メルソーは息が苦しかった。かれは二度ほど、新たな人事不省にかれを陥らせる冷たくて執拗《しつよう》な喪失感に襲われたが、二度ともアドレナリンが、かれを、こうした水のなかに溺《おぼ》れるような状態から引きだしてくれた。そして一日じゅう、かれの暗い両目は、素晴らしい野原をみつめていた。四時頃、一艘《いっそう》の赤い大きな船が海面に点のような姿を現わし、太陽と海と鱗《うろこ》のような光に輝きながら、少しずつ大きくなっていった。ペレスが、立ったまま規則正しく船を漕《こ》いでいた。すると、急速に夜がやってきた。メルソーは両目を閉じた。そしてかれは、前の晩からはじめて微笑《ほほえ》んだ。かれは固く口をつぐんでいた。リュシエンヌは、その少しまえからかれの部屋にいた。漠然とした不安にかられた彼女は、かれの方に駆け寄り、かれを抱擁した。

「おすわり。そこにいていいよ(6)」とメルソーは言った。

「話をしてはいけないわ。疲れるから」とリュシエンヌが言った。

ベルナールがやってきて、何本か注射をすると帰っていった(7)。大きな赤い雲が、ゆつくりと空を通り過ぎていった。

「ぼくが子供のとき」と、枕《まくら》に頭を埋め、両目は空を見ながらメルソーは努力して言った。「ぼくの母さんは、天国に昇っていくのは死者たちの魂だ、とよくぼくに言い聞かせたものだ。ぼくは真っ赤な魂を持っているんだということで、びっくりしていた。いまではぼくは、たいていはそれが空約束《から》だということを知っている。でも、それはまたそれで素晴らしい」

夜がはじまった。(8)幾つもの幻が襲ってきた。何頭かの大きな幻想的な動物が、砂漠のような風景の上で頭を振り振りしていた。メルソーは発熱の奥で、そうした幻影を静かに遠ざけた。かれは、血にまみれた友情のなかで、あのザグルーの顔だけが浮ぶがままにまかせていた。かつて死を与えたものが、いまや死なんとしている。そして、あのときザグルーがそうであったように、かれがいま自分の人生に向けていた明晰な眼差は、一人の人間のそれだった。これまでかれは生きてきた。いまやかれの人生は語られることになるだろう。かれを前へ前へと運んでいったあのとても激しい偉大な躍動からは、そして人生の束の間で創造的な詩からは、いまや、詩の反対である皺《しわ》一つない真実以外は、もはやなにも残ってはいなかった。この人生のはじめにだれもがそうであるように、かれが自分のなかに抱えていたあらゆる人間のなかで、また、ごちゃまぜになることはなかったが彼らの根を入り組ませていたこうしたさまざまな存在のなかで、一体どれが自分であったのかを、いまやかれは知っていたのだ。そして人間のなかで運命がつくりだすこうした選択を、かれは、意識と勇気のなかで行なっていた。そこにこそ、かれの生きる幸福と死ぬ幸福のすべてがあった。この死を、かれは動物の恐怖でみつめていたが、それを怖《おそ》れるということは、生を怖れるのとおなじであるということをかれは理解していた。死ぬことの恐怖は、人間のなかで生きているものへの、際限のない執着を正当化していた。そして、彼らの生を高めるための決定的な行為をしなかったあらゆる人びと、無力を怖れ、かつ誇示していたあらゆる人びと、自分たちがかかずらわっていなかった生に死がもたらす制裁ゆえに、死を怖れていたこうしたあらゆる人びと。彼らはみな、けっして生きなかったがゆえに、充分には生きなかったのだ。そして死は、渇きをいやそうとして空《むな》しかった旅人から、永遠に水を奪ってしまう行為のようなものであった。だが、そのほかの人びとにとっては、死は、反抗に微笑みかけるのと同様に感謝に微笑みかける、消し去り否定する、宿命的でやさしい行為だった。かれは寝台の上にすわり、ナイトテーブルの上に両腕を投げだし、頭をその上に載せて一日と一晩を過した。横になると、かれは呼吸ができなくなった。かれのかたわらにはリュシエンヌがすわり、一言も言わずにかれを見守っていた。メルソー(10)は、ときおり彼女をみつめていた。かれは、自分が死んでから彼女の腰に手をかける最初の男が、彼女をとろけさせるさまを想《おも》っていた。身も心もその男の胸のなかにあって、彼女は、かつてかれに捧《ささ》げたように、その身を捧げてしまうだろう。そして世界は、なかば開いた彼女の生温かい唇のなかで相変らず続いていくだろう。ときおりかれは顔をあげ、窓から外を眺めていた。かれは髭《ひげ》を剃《そ》ってはいなかった。深く落ち窪《くぼ》み、その縁が赤くなったかれの両目は、その暗い輝きを失ってしまった。そして、青味がかった髭の下で、痩《や》せこけ蒼白になった頬は、かれを完全に変えつつあった。

病める猫のようなかれの視線は、窓ガラスの上に落ちていた。かれは息を吸い、リュシエンヌの方に向きなおった。そしてかれは微笑んでいた。いたるところから生気が逃げだし、ために柔和になっていたこの顔のなかで、この厳しい明晰《めいせき》な微笑は、新しい力と、或《あ》る快活な重々しさを与えていた。

「どう?」とリュシエンヌが、消え入るような声で言うのだった。

「うん。」このときかれは、両腕を使ってまた夜の方に向き直ろうとしていた。自分の力と抵抗の限界で、かれははじめて内部から、ロラン・ザグルーと一体になっていた。そのザグルーの微笑は、はじめは大いにかれを苛立《いらだ》たせていた。かれの短くて性急な呼吸は、ナイトテーブルの大理石の上に濡《ぬ》れた湯気を残し、それがまたかれに向ってかれの熱を送り返してきた。そして、かれの方に立ちのぼってくるこの不健康な生温かさのなかで、かれはいつもよりずっと敏感に、自分の指と足の先が氷のように冷たくなっているのを感じていた。そのこと自体は一つの生命を啓示していた。そしてこの寒さから熱さへの旅のなかで、かれは、《まだ燃えることを許してくれる生命に》感謝していたザグルーをとらえたあの昂揚《こうよう》を、ふたたび見いだしているのだった。かれは、それまで遠くに感じていたこの男に、友愛にみちた激しい愛を抱いていた。そしてかれは、その男を殺したことによって、自分が、彼らを永遠に結びつける結婚をかれとともに成就《じょうじゅ》したことを理解していた。まるで生と死の入り混った味覚のようなかれのなかにあるこうした涙の重い足どりが、彼らには共通であったことをかれは理解していた。そして死と直面したザグルーの不動性それ自体のなかに、かれは、自分自身の生の、密《ひそ》かで苛《か》酷《こく》な姿を見いだしているのだった。熱が、そしてまた土壇場《どたんば》まで意識を保ち両目をあけたまま死なねばならぬというあの誇り高き確信が、そこではかれを助けていた。ザグルーもまた、あの日、両目を見ひらき、そこには涙が流れていた。だがそれは、自分の人生に無関係だった男の最後の弱さだった。パトリスはこうした弱さを怖れてはいなかった。かれの肉体の輪郭から数センチのところでいつも停止してしまうかれの熱い血の脈動のなかで、かれは、こうした弱さは自分のものではないだろうということをふたたび理解していた。なぜならかれは自分の役割をみたし、ひたすら幸福にならねばならぬという人間の唯一《ゆいいつ》の義務を完成させていたからだった。きっともう長くはないだろう。けれども時間は、事態とはなんの関係もない。時間は一つの障害でありうるだけで、あるいはそのときには、時間はもはやなんでもないのである。かれは障害を打破していた。そして、かれが自分のなかで生んだこの身内の兄弟が、二歳であろうと二十歳であろうと、そんなことはもう大して重要なことではなかった。幸福とは、かれが存在したということだった。

リュシエンヌが起きあがった。そしてメルソーの肩に、ずり落ちていた毛布をかけてやった。その動作の下でかれは震えた。かれがザグルーの別荘のそばの小さな広場でくしゃみをしたその日からこの時刻《とき》(11)まで、かれの肉体はかれに忠実に仕え、かれを世界に向って開いてくれた。だが同時にそれは、かれがかたどっていた人間から離れた、固有な生を生きつづけていたのだ。それはこの数年間を通じ一つの緩慢な解体をたどっていた。いまやそれは、そうした解体の曲線を完成していた。そしてそれは、いつでもメルソーから離れ、かれを世界に戻してやる備えができているのだった。メルソーが意識していたかかる不意の戦慄《せんりつ》のなかで、それはふたたびあの共犯性をしるしていたが、かかる共犯は、彼らからすでに多くの歓喜を獲得していたのだ。ただそれだけの理由で、メルソーはかかる戦慄を一つの歓喜として捉《とら》えていた。意識しているということは、欺瞞《ぎまん》なしに、臆病《おくびょう》さなしに——たった一人がたった一人と——自分の肉体と差し向いになって——死に向って両目を見開いていなければならないことだった。人間たちのあいだでの一つの仕事が問題なのであった。愛も、背景も、なにひとつなかった。あるのはただ、孤独と幸福の無限の砂漠であり、そこでメルソーは最後のカードをひいているのだった。かれは自分の息が弱まっていくのを感じていた。かれは胸いっぱいの空気を吸った。そしてこうした動作のなかで、かれの胸のあらゆる器官が唸《うな》りをあげた。かれは自分のふくらはぎがとても冷たくなり、自分の両手が無感覚になるのを感じていた。日が昇りつつあった(13)。

夜が明けたばかりのその朝は、小鳥と爽《さわ》やかな気配にみちていた。太陽は急速に昇り、一気に地平線の上に躍りでた。大地は黄金と熱気におおわれた。朝のうちは空と海は、跳びはねる大きな飛沫で、青い光と黄色い光をかけ合っていた。そよ風が吹いた。すると窓から、潮の味覚がする大気が、メルソーの両手を爽やかにするのだった。昼になると風がやんだ。一日が、まるで熟れた果実のようにはじけ、にわかに鳴きはじめた蟬《せみ》の合奏のなかで、それは、世界のひろがりの上に、生温かい息苦しい果汁となって流れだした。海は、油のような黄金色《こがねいろ》に輝くこの果汁におおわれ、太陽に打ちひしがれた大地に熱い吐息を送り返し、それで大地を押し開いて、アブサントやロマランや熱い小石の香りを立ちのぼらせるのだった。メルソーは寝台からその衝撃と贈物を受け取った。そしてかれは、両目を海に向って見開いたが、海は、巨大で、曲線を描き、真っ赤に輝き、神々の微笑にみちみちていた。突然かれは、自分が寝台の上にすわっていて、リュシエンヌの顔がかれの顔の間近にあることに気がついた。まるで腹から昇ってきたかのように、かれのなかで小石のような塊がゆっくりと上に昇ってきたが、それは喉《のど》にさしかかっていた。かれは、呼吸のできる合間を利用して、ますます速く呼吸をしていた。それは相変らず上に昇っていた。かれはリュシエンヌをみつめた。かれは、わななきもせず微笑んだ。そしてこの微笑みもまた、かれの内部から湧《わ》きでたものだった。(14)かれは寝台の上に仰向《あおむ》けに倒れた。そしてかれは、自分のなかで緩慢な上昇を味わっていた。かれはリュシエンヌのふくらんだ唇を見、その背後に大地の微笑をみつめていた。かれはそれらを、おなじ視線、おなじ欲望でみつめていた。

あと一分、あと一秒、とかれは思った。上昇がとまった。そしてかれは、小石のなかの小石となって、心は歓喜にひたりながら、あの不動の世界の真実に還《かえ》っていった。

ヴァリアントならびに注《ノート》

ここで使用する『幸福な死』の二通のタイプライター原稿はカミュによって作成され、それらはカミュ夫人の所有物に属している。最初の原稿は、加筆や草稿上の訂正がふんだんになされているが、あとのそれは、一方では幾つかのヴァリアントはあるが、それらをタイプに打って全体のなかに加えてある。カミュ夫人は、一九六一年五月から六月にかけ、タイプライターで打たれた新しい原稿を三部つくらせたが、それらは最初のタイプライター原稿によったもので、そこには、二番目の原稿のヴァリアントがインクで転写されている。今回の版は、幾らかの読みちがえを訂正したのち、この新しいタイプ原稿を再生したものである。二番目のタイプライター原稿のヴァリアントは、たとえそれらがカミュの手によるものではなくても、かれの同意を得てなされたものにちがいなく、ほとんどがそのまま取り入れられた。

このタイプライター原稿では、各章のわかれ目は空白によって指示されている。がしかし、今回それはローマ数字で示されることになったが、そのローマ数字は最初のタイプライター原稿にはあったもので、『異邦人』のなかにも見られるものだ。

なおこのほかにも、『幸福な死』のための創作ノートやメモなどがあるが、それらは前記の所有物に属しており、それらにはさらに『手帖《てちょう》』の断片を加えねばならない。ほとんど小説全体に手書きの草稿があるにはあるが、大抵は非常につながりのない部分部分にわかれていて、第二部の第三章を別とすれば、いかなる手書きのまとまった文章もない。

ここでは定本が問題ではないのだから、とりわけ、小説のさまざまな部分がどのようにして整えられたかを示そうと試みた。われわれはヴァリアントの選択をした。創作ノートやメモから拾いだされたそれは、「草稿」と指定し、最初のタイプライター原稿のなかで拾いだされたそれは「タイプライター原稿」と指定した。『手帖』に依拠したときは、そのことを正確に記してある。幾つかの章では、幾つもの手書きのテクストを比較することができた。そのときには、それらを区別する配慮をはらった。〔……〕の記号のなかには、草稿やタイプライター原稿で消された数語や文章の幾つかの部分が書き込まれている。

ここにある注《ノート》やヴァリアントの作成は、テクストのそれ同様、大いにカミュ夫人のおかげをこうむっている。ここで、そのことを彼女に感謝するしだいである。

第一部　自然な死

この表題を理解するためには、『結婚』（「ジェミラの風」）と、「肯定《ウィ》と否定《ノン》のあいだ」の断片草稿を参照することがよろしかろう。

第一章

一連の原稿用紙は、順次に第四章と第一章を示している。第一章は、もとはといえば第五章であったことが知られている。

1　草稿。《メルソー》（このメルソーは、海《メール》と太陽《ソレイユ》と読むことができる。）

2　ザグルーの名前は、どこから生れたのか？　カミュは、オルフェウス派の神秘主義のディオニュソス＝ザグレウスのことを考えたのだろうか？　かれはタイタンの犠牲者であり、自分の心臓から、かの民間伝説のテーベのディオニュソスに生を与えたものだろう。この場合、ザグルーは、プロメテウスの比喩《ひゆ》的存在であろうし、自分の犠牲によって人間を解放する犠牲者のタイプに属しているのだろう。それは一つの臆測《おくそく》でしかない。
3　草稿。〔郊外に〕
4　草稿。このあとに《それは、かれがロランと会話をかわした二日後のことであった》が入る。
5　草稿。《三月》
6　草稿。《冬の》
7　草稿。このあとに《そしてそれは黄金色《こがねいろ》の大地の誇らしげな笑いのようであった》が入る。
8　草稿。このあとに《要するに問題は、その箱が開いているかどうか、ピストルに弾丸がこめてあるかどうかを知ることだった》が入る。
9　草稿。《かれは扉を〔用心もせずそっと〕あけ、〔かなり長い廊下を進んでいった〕》
10　草稿。《彼は戸を叩《たた》いた。〔「入ってもいいよ。メルソー」とザグルーが言った。かれはわかっていた〕》
11　草稿。《ザグルーはちゃんとかれの部屋のなかの、暖炉のそばにいた》タイプライター原稿。《ザグルーはちゃんとかれの部屋のなかの、肱掛椅子《ひじかけいす》にい

12 草稿。《その青い輝く歯をみんな見せて笑っていた》

13 草稿。このあとに《小さな谷の上での世界の古典的な舞踏》が入る。

14 草稿。《子供やいかめしい役人の、同時に若々しくて年とった表情を与えていた。それは、大空のなかでメルソーに微笑《ほほえ》んでいたあの真実の表情それ自体であった》

15 草稿。《ザグルーは相変らず一言も発せずにかれをみつめていた。〔かれは、ザグルーを見ずに、扉の近くのディヴァンの上にかれのスーツケースを置いた〕》タイプライター原稿。《ザグルーは相変らず沈黙したままかれをみつめていた》

16 草稿。《〔世界の上にひろがった美を〕凝視しているようであった。〔それは、この大空のなかにある、なにか非人間的なものだった〕》

17 《青い空からは……上昇していくのだった》という一節と、《上空を飛んでいた……という気がしてくるのであった》という一節は、一方はそのまま、他方はほんの少し改変されて、「貧民街の施療院《せりょういん》」に関するテクスト（訳注　新潮社版『直観』一一四ページ）に繰返されている。それは肺病患者たちの思い出であり、一種の肺病にまつわるシュールレアリズム的表現だ。

18 このあとに草稿には、つぎのようにはじまるパラグラフがまだある。《夕方、相変らず横になりながら、かれは町医者を呼んでこさせた……》という一節だが、それは第五章の終り、七七ページに移し替えられている。

第二章

ここは、この小説のなかでも、最も苦労し、かつ最も下手に構成された章である。それは幾つもの部分からなっているが、いずれも散文的で習慣に堕した生活の印象を生みだすことを狙《ねら》いとしている。

この章が問題になっている『幸福な死』のあらゆるプランや構想では、それは第一部に割り当てられている。一九三七年八月の『手帖《てちょう》』（訳注 新潮文庫『太陽の讃歌』六四、六七〜六八ページ）のなかでは、こう読まれる。《第一部——それまでのかれの生活》。あるいは、《第一部。A_1の章——外部から見たメルソー氏の一日。B_1の章——パリの貧民街。馬肉屋。パトリスとその家族。沈黙。祖母》。こうした要素のあるものは、のちに第五章に移し替えられることになる。

明らかにもっとのちになって、一つのプランはつぎのことを見越している。《第一部。一、貧民街。二、パトリス・メルソー》……そして、おなじ頃、第一部の二つの図式が、そのおなじ紙片につぎのようなことを示している。

第一部

メルソーが自分の家に入っていく。ディテール……日曜日。死んだかれの母親（肉屋の上の方の正面に、「人間の最も高貴な獲物」とある）。貸間の札。（かれの事務所。かれの隣人である樽《たる》職人。戸を叩《たた》く。樽職人は、墓地までかれについてきてくれと頼む）かれの失われた（一語判読できず）……。汚ない通り。

一、いらいらしたマルトがかれを待っている。（かれの嫉妬《しっと》）。

二、マルトと彼女の人柄（判読できず）。彼女の不実。嫉妬。彼女の最初の恋人であるザグルー。

三、ザグルーと、会話。

このプランは二本の太い線で消されていた。そして、つぎのプランがとってかわる。

(a)　メルソーが自分の家に入る。ディテール。日曜日。

(b)　かれの家。馬肉屋。かれの隣人である樽職人とその姉。（今日は、Mの母親が死んだ日だった。（判読できず）……の物語。）

(c)　マルト。食堂で。ロペス氏が、かれのテーブルで（数語判読できず）食べている。

(d)　ザグルー。

それからつぎのことが確認できる。たとえこの章の位置が固定されたものであっても――それはいつも第一章だ――構成とともに、その内容は不確かである。たとえば食堂での情景だが、はじめはメルソーの住居と日曜日の描写のあとに予定されていたのが、最終稿では、そのまえに置かれることになる。樽職人の物語は孤立し、第五章に送られることになる。

さまざまな断片からなるこの章全体の草稿は見当らない。その幾つかは、『裏と表』の最初の核である「貧民街の声」（訳注『直観』一五二ページ）から借りてこられている。それらは、別々に検討された。

A。港、怪我人《けがにん》、エマニュエルとトラックに乗る競争。

ということは、それがこの章の冒頭の、もっと後のテクストを物語っているのだが、それは、《ベルクールに着くと、メルソーは降りた。エマニュエルがつづいて……》という草稿で終っている。

このテクストのエスキスは、『手帖――1』（訳注『太陽の讃歌』三五〜三六ページ）のなかにみつけることができる。

1　草稿。冒頭の幾つかの文章が線で消されていた。

〔事務所から出てくると、パトリス・メルソーは大股《おおまた》で歩いた……夏がはじまっていた。そのことが感じられるのだった。かれは自分を感じていた。夕方の五時になると……〕〔十一時半に、P・メルソーは事務所を出て、《競争相手》のエマニュエルと波止場にいた〕

2　草稿。〔太陽とコールタールの匂《にお》い〕B。ベルクールに着いてからのこの章の残りに対しては、ひとつづきの原稿用紙が手直しを形成している。

(a)　食堂まで。メルソーの振舞いが別な断章の対象をなしているが、その断章はタイプライター原稿のなかに挿入された。原稿用紙の上では、エマニュエルはマルセルと名づけられている。

3　草稿。このあとに《むきだしにされた》が入る。

4　草稿。このあとに《ネームの入っていない背広の下で》が入る。

5　草稿。このあとに《そして、もしかかる認識が少しばかりよけいに「美青年」のタイプに属する印象をかれに与えていたとしても、同時にかれの肉体は、教訓的な信頼の念を抱かせるのだった》が入る。

(b)　セレストの逸話。
それは原稿用紙の上では空白にされているが、その用紙はつぎのようなエピソードとともに、推移として、ただこう書かれている。
《「いうなれば、そいつはいいことをした」とメルソーが言った。
「ああ、人生では牛のようになってはいけないね。それにしても……」》
この逸話は三つの草稿に実在していて、その一つは病院の会話のなかに挿入されている。だから、それが実際に取材されたのは、カフェのなかではないのだ。

6　最も古い草稿は、つぎのように始められている。
《老人たち、彼らは……五十代だ。しゃべっていた男は、往《ゆ》き来《き》するそのたびに、垂れ下がっている長いシャツを持ちあげながら、毛深い両手で腹を掻《か》いている。対になった両方の口髭《くちひげ》で（判読できず）華やかになったかれの大きな顔は、ルイをみつめている。この男のなかのなにかは、純情な心が持つ分ちがたい知性と率直さを物語っていた。

「俺は知っていたんだが……」》

7　草稿。《ルイは、波の模様のついた毛織のクッションの房をいじくりまわしていた。「そうだね。もし俺が、かれのように九十万フラン持っていれば、俺が買うの

は……」》

ルイの名前は、メルソーという名前よりもずっと以前に出てくるが、それは、病院についての断章のなかではカミュをさしている。

8　草稿。このあとに以下が入る。

《かれの笑いは、かれ自身に対する寛大さにみちあふれていた。だがルイが出かけようとして立ちあがると、突然かれにこう話しかけた。「人生はいつも楽しい面から見なければ、そしてまっすぐに歩いていかなければいけないんだろうね」ルイはすでに通りに出ている。かれはとても速く歩き、一人の靴磨きは避け、二人目は押しのけたが、急にとまり、三人目に足をまかせた》

(c)　エマニュエルの逸話。それは原稿用紙で着手されている。それは明らかに、ここでもまた、実際の場面に取材した逸話であるが、それは草稿のなかにそのまま存在してはいない。それもまた病院の思い出なのだろうか。いずれにせよ、《競争相手》がマルヌの戦いに参加したことはありえない。

(d)　店の主人とその息子。

(e)　ジャン・ペレスについての逸話は、草稿では白紙の状態のままだ。それは、

「貧民街の施療院《せりょういん》」のテクスト（訳注『直観』一一五ページ）でふたたび取り上げられている。

(f) メルソーの沈思黙考。かれが自分の家へ帰る。《かれは、一番良い部屋をとっておいた》まで）

9 草稿。《バナナを食べていた》

10 草稿。このあとに《あとはかれの両腕がした》が入る。

(g) 母親の死。埋葬について。

つぎのテクストは、数枚の紙片の余白に書かれたものだ。『異邦人』の第一章がその展開を形成しているこのテクストは、カミュの一つの執念を証《あか》している。母親や、妻や、あるいは恋人の死。こうしたテーマについて、カミュは飽くことなく書いている。

つぎに掲げるテクストに先行する、明らかに一番古いテクストのなかでは、喪に服している人物はメルソー（カミュ）ではなく、運送業の経営者で――「貧民街の住民」――かれは妻を失っている。ここにそれを洩《も》れなく掲げる。

> 自分も年をとることがあるのだと思うことができるには、青年には多大の想像力が必要だ。そしてもし死が存在しなければ、ほとんどの人びとは自分が年寄りになったとはけっして思わぬだろう。だから、この男の人生は、老

いによって不意打ちを食ってしまったのだ。かれの家族の生活はすべてこの界隈《かいわい》で繰り拡《ひろ》げられていたし、隣人たちの意見やみんなの同情によれば、そのなかで変っていったということになる。

美しいと、女というものは、自分が粋《いき》で、ひとめを惹《ひ》き、人生を享楽《きょうらく》できるものと思い込んでいる。この男の妻は美しかった。したがって彼女は、自分が粋で、ひとめを惹き、大いに人生を享楽してきたと思い込んでいた。かれのほうは運送業の経営者で、この間ずっと働いていた。彼らには、すでに結婚した二人の娘がいた。それにびっこの息子が一人いたが、かれは皮革の加工をし、彼らと一緒に暮していた。

四十代のとき、怖《おそ》ろしい病気がこの妻にとりついた。彼女は……屈託のない生活で豊かになっていた。彼女は十年のあいだ、耐え難い生活をつづけていた。この犠牲者はたいそう耐え忍んだので、彼女を取り巻いていた人びとは……彼女は死ぬことができた。

彼女には、肺病に冒された甥《おい》がいたが、かれはときおり彼女に会いに来るのだった。彼女はかれの訪問を喜んでいた。というのは彼女は、自分がかれと対等の立場にいるように感じられたからだ。だがかれはとても若かった。

そしてかれの天性である臆病《おくびょう》さは、かれから抵抗という抵抗を取り除くこうした（判読できず）を前にすると尻《しり》ごみしてしまうのだった。

或《あ》る日、彼女が死んだ。彼女は五十六歳だった。彼女はとても若くして結婚していた。だから彼女の夫は、そのとき、自分の老いに気がついた。かれは働きすぎていたので、以前はそのことに気がつかなかったのだ。みんなはこの男に同情した。その界隈では、みんなが埋葬に大いに期待した。人びとは、死者に対するこの夫の大袈裟《おおげさ》な感情を想《おも》い起していたのだ。みんなは、苦しみが増すのを父親がまったく感じないで済むように、娘たちにけっして泣いてはくれるなと懇願した。みんなは彼女たちに、かれを守ってくれるよう、またかれに仕えてくれるよう折り入って頼むのだった。一方、かれはといえば、かれはできるかぎりの正装をした。そして帽子を手に持って、埋葬のいろいろな準備をみつめ、などなど、それがすべてだった。

かれがやったことといえば、所持していたお金は少ないのに、すぐにトラックを売り払い、借金を返済し、そこで文無しになり、年老いた自分の姿に気づくのだった。いまではかれは娘の一人の家で暮すことになったが、そこではかれは、長い一日をバルコニーで過している。かれは町を去った。そのころかれが住んでいた家には《貸間》という札が見られるが、そうした札の意味を、人びとはつねによく考えてみようとはしないものだ。

もう一つの草稿は、ずっとひきしまった文章で、ほとんど削除はないが、明らかにそれはその後の草稿であり、前とほとんどおなじテクストを示している。だがその冒頭は、カミュがそれに対しては高い評価を与えていたように思われるつぎのような文句ではじまっている。《美しいと、女というものは、自分が粋で、身持ちがよく、ひとめを惹くことができると思い込んでいる》。そのあとは、《この女の夫は経営者だった》などなど、となっている。その最後の文章の変化にも留意しよう。《……この〝貸間〟という札は、それが言わんとしているより以上のことを、いつも意味しているものだ》

(h) 自分の部屋に対するメルソーの執着。死と埋葬をさしはさむために余白のままに残されたあとの用紙は、つぎのようにつづけられている。

だがかれは、自分の勉強や野心を放棄し、働かざるをえなくなった。まず闘わなければならない。はじめかれは、自分のために生きようとした。勉強し、ものを書き、自分の人生を楽しむことだ。しばらくすると、かれは一切を諦《あきら》め、自分自身の生活を消そうと努めていた。かれは目覚めた、などなど。

（事務所におけるメルソー。）

《いまやかれはこの部屋に住んでいた。かれはもっと居心地よく住まうこともできた。だが……人生に向って開かれたかれの窓……》という一節は、別の用紙に書かれている。

最後に、《彼らがわれに返ると……かれの同情は自分に向けられているのだった》という一節は、ほとんど『裏と表』の「肯定と否定《ウィノン》のあいだ」を思わせるが、それはタイプライター原稿のなかにしか入っていない。

(i) 事務所におけるメルソー。

このテクストは草稿のなかに細大洩らさず書かれている。

(j) かれの家での晩。

前記とおなじ。

11 草稿。《（太っていて、べたべたしている）ラングロワ氏を避けていた。ラングロワ氏は、「クールトリーヌ」を読んだことがあった。三人のタイピストたちは……》

12 草稿。《身分の高いひとの》

13 草稿。《かれは身体《からだ》を左右に振り、たわいないおしゃべりをしていた》

14 草稿。このあとに以下が入る。《タイピストたちは大っぴらに笑っていた。かがんでいた老婦人は（二語判読できず）両目をあげ、いぜんとして書きつづけていたが、とうとうこう言った。
「すみませんが、ラングロワさん。私の評価は差し控えさせてくださいな」
「くだらない奴《やつ》だ」とPが静かに言った。そしてかれは、同時にかれから近くて遠い、塩と血の味のする、（三語判読できず）壁の向うの港の無数の騒音に聞き耳をたてていた》
ここで、改行されて、《その晩、かれは六時に帰った。土曜日だった》という一節がくる。
15 草稿。《かれは、このために、それを切り抜き帖《ちょう》に細かく念入りに貼《は》った。それが終ると……》
16 草稿。《午後はどんよりしていた》
17 草稿。このあとに《鐘型の帽子をかぶり》が入る。
18 草稿。《真面目《まじめ》な人びとは歩道の上で幾つかの群れをなしたり、あるいはカフェに入っていた。いまや通りは……》
19 草稿。《街燈《がいとう》は舗石を明るく照らし》

20 タイプライター原稿では、この章はつぎのように終っている。《かれは頭を掻き、自分を見に鏡の方に向って歩いた。かれはあくびをし、自分の寝台の方をふりかえった。もうすでにかれは靴下を脱いでいるところだった。日曜日がまた一つ終った、とかれはつぶやいた》

21 草稿。《かれは窓ガラスをしめた。かれは床に就き、事務所に出かけていく翌朝まで眠ってしまった。数年前から、かれはこのようにして暮していた。ただ、かれがマルトを招いたり、あるいは彼女と外出する晩は別だった。また、それはもっと稀《まれ》なことではあったが、或る日曜日、かれがザグルーや、マルトの女友だちと一緒に過すときも別だった》こう別の紙には書かれて終っている。

第三章

マルトとメルソーの関係にあてられているこの章は、はじめの幾つかのプランではこの小説の第二部に予定され、さらに細かく分けられていた。だから、『手帖《てちょう》』（訳注『太陽の讃歌《さんか》』二二～二二ページ）の最初のプランでは、もしそこの「リュシエンヌ」のかわりに「マルト」と読んでいただければ、こう読むことができる。

《B_1の章――かれが回想する。リュシエンヌとの関係》
《B_2の章――リュシエンヌが彼女の不実を語る》
《B_4の章――性的な嫉妬《しっと》。ザルツブルク。プラハ》
性的な嫉妬という手段によって、旅と性的関係が因果関係として結ばれていることに気づくだろう。

少しあとになると、カミュは、かれの六つの物語のなかに、《性的な嫉妬》のそれを予定している。一九三七年八月のプラン（訳注　『太陽の讃歌』六六ページ）は、第二部のなかに、つぎのようなものを予定している。《……カトリーヌとの関係……遊戯として受け取る。性的な嫉妬。逃走》。カトリーヌはいまやリュシエンヌの役割を占めている。だがこのおなじ八月に、もう一つの別のプランが、第一部の冒頭に性的な嫉妬のエピソードを置いている。このエピソードと、その直後にくる旅のそれは、だから主要な筋を形成することになるのだが、そのことは、つぎのノート（訳注　『太陽の讃歌』六九ページ）が証明している。《切りつめ凝縮すること。やるせない思いにかられる性的な嫉妬の物語。生活への回帰》。のちになって、マルトの名前が出てくるときも、二つのエピソードは相変らずつながっている。そのことは部分的な一つのプランから生じている。

一、マルトとの関係……

二、マルトが彼女の不実を語る。

三、インスブルックとザルツブルク　オペラ＝コミック　手紙と部屋　発熱のさなかの出発。

《マルトとの関係》という見出しのあとには、マルトの恋人たちの任命式がつづくのだが、そこでは、数多くの名前のなかで、オセローのそれをはっきりと見いだすことができる。となるとカミュは、そこで、嫉妬に関するシェイクスピア劇を想起させようとしているのだろうか？　《ああ、ご領主——とイアーゴーがオセローに言った——嫉妬にお気をつけあそばせ。それは緑の目をした怪物ですぞ……》というせりふにはじまり、デスデモーナの上で泣き伏す或《あ》る奇妙なテクストが、そうしたことを信じるように促している。しかしカミュは、イアーゴーやデスデモーナやヴェニスのムーア人（オセロのこと）は、メルソーがマルトの腕をとって散歩するアルジェでは関係がないと感じるようになるのだろう。他方、かれはこの関係の重要性を切りつめ、中央ヨーロッパへの旅で切断してしまうことになる。もとの二つのつながりを示す唯《ゆい》一《いつ》の痕跡《こんせき》が、第一部の終りで一言で示されるが、それは別れの手紙によってである。

この第三章には二つの草稿がある。一方は最初のほうのページ（《メルソーの不愉快な心から生れた恥辱と屈辱のすべてをひきずりこんでいくのだった》まで）と、最後のパラグラフ（《……かれは、〔ひとりで〕ザグルーのところにまた出かけていった》というところまでと、それにつづいて、もとはといえば彼らの会話にあてられている章の冒頭を形成している部分）のためのものであり、他方は残りのすべて（《この日から、メルソーはマルトに執着しはじめた》から、《かれはザグルーを知りたいという欲望を抱き、その晩から、ザグルーとかれとの関係がはじまった。かれはしばしばかれに会い、ほとんど毎日曜の朝、そこへ出かけていった》まで）のためのものである。

1　草稿。《世間を前にして、かれが彼女の所有者であることを示して見せるのだった》

2　タイプライター原稿。《当然の礼儀を誇張してみせ》

3　草稿。《女の輝きと比べたら、それが一体なんだというのだろう？　それは、世界の美しさという美しさが、その無用さが、また、すべてみな（享楽《きょうらく》？）と心づかいに向けられた人間の生活の最上の贅沢《ぜいたく》さが、ちらついている結晶だった》

4　ここで交わされる話は草稿にはない。タイプライター原稿のなかにはそれがあるが、そこではマルトはメルソーを「あなた（Vous）」と呼んでいる。

5　草稿。《そして大きく高鳴り、視線が暗くなるのを》

6　草稿。このあとに《そしてそれは、ぼろ布が汚物の上に垂れ下がっている、ねちねちするような場面だった》が入る。
7　タイプライター原稿。《いま映画が面白いし、邪魔しないでほしいとあなたに申しあげてよろしくって？》
8　タイプライター原稿。このあとに《「そうだったわね、あなた《シェリ》」》が入る。
9　もしザグルーを少なくとも五十歳の男と考えると（第四章参照）、かれよりも少し年下のマルトが、メルソーよりもまだ若い女だとは思えなくなる。
10　草稿。《ローズ、クレール、カトリーヌ》――この三人の女学生については、プレイヤッド版第二巻、一三一八ページを参照すること。《驢馬《ろば》さんたち》とは、北アフリカでよく使われる感情的な親密さを表わす言葉である。
なお、カミュの母親はカトリーヌ・サンテスという名前であることを指摘しておこう。
11　草稿。《オランの》
12　草稿。《かれは突然そのことを言った。「もしきみの言うことを聞けば……」けれどもザグルーは……》

13　草稿。《かれはそのとき、早口で大いにしゃべり、たいていは笑っていたが、しかもそのときだす素早い結論は、つねにイメージが豊かで、具体的であり、それは最も取るに足らないかれの冗談にも、経験の或る独特な重みを与えていた。かれは生き生きとしていた。それこそが驚きに値することだ。この胴体は生きていた。そして、たとえかれの目のなかにときおりなんらかの仄暗《ほのぐら》い光が通り過ぎることがあったとしても、それはつねに、明らかにそれとわかる或る種の集中的な情熱であって、悲しみではけっしてなかった》

第四章（この章の草稿については第一章を参照のこと）

1　タイプライターで打たれた原稿には、この冒頭部分が二種類ある。
《かれがザグルーで驚かされたことは、ザグルーが話しだすまえにじっくりと考えることだった。かれはそのとき、早口で大いにしゃべり……（以下は前章の注13の異文とおなじである）》
《その翌日の日曜日に、かれは自分の友だちになった男のところへ行った。かれこそは、かれが打ち明け話をすることができ、またその話を聞いて理解してくれる唯一《ゆいいつ》の友だった。これまでは彼らは、一般的なことがらしかけっして話したことはなかった。ザグルーは、自分の孤独のなかに人生を持ち込んできてくれることでメルソーに感謝していたし、メルソーはメルソーで、いつも少し寡黙《かもく》ではあったが、自分が愛している男のそばで沈黙していられるということから、心の底では幸せだった》

2　草稿。《ザグルーは微笑した。そしていきなり言った。「メルソー。不具者はきみのほうだよ。」そして、パトリスが顔を赤らめているあいだに、こう言った。「きみは愚か者のような暮しをしているね。そしてきみは、自分を粋《いき》だと思っているのだ。」そして突然……》

3　草稿。《……熱情があった。「聞きたまえメルソー。ぼくがきみをとても好きなのは、神様がご存じだ。そしてきみはぼくにもうそう言ったじゃないか……」「ええ」とメルソーが言った。「すべてを失うか、すべてを獲得するかです。ぼくはすべてを失いました。そして結局、そのことがぼくの怠惰をなしているのです」「いいかね」とザグルーが繰り返した。「ぼくを見てごらん。ぼくはひとに助けられて用を足す」……》

《「きみは、疲れた様子をしているね」……かれの正面にすわりにやってきた》というくだりは書き足されたものである。

4 草稿。《〔幸福の約束のような〕身体《からだ》》

5 草稿。このあとに《けれどもぼくは、彼らが言うように、もしぼくが成功していたら自分のものになっている、あの密《ひそ》かで熱烈な生活とは一体どんなものであるかがよくわかるのです》が入る。

最終プランの一つに、第三部第二章の表題として、《チパザでの密かで熱烈な幸福》と記録してある。

6 「そうしたらぼくはしたい放題のことしかしないのだが」という章句が、タイプライター原稿の上には書き加えられている。

7 草稿。このあとに《世界の真の鏡、それはかれです》が入る。

8 草稿。《ぼくはたくさんスポーツをした。それにぼくは、ぼくが身内に持っている歓喜や官能がどれほどの量であるかを知りすぎているのです》

9 草稿。《もっとも、ぼくは自己認識なんかはどうでもいい》

10 草稿。

（※訳者のおことわり。この個所のヴァリアントは、ほとんど翻訳不能であるので、参考までに原文を呈示するにとどめたい。なお編者自身も、《非常に苦労した文章構成の典型である》というただし書きを付けている）

〔et ouvrit comme un trou infini où Mersault se sentit entraîné〕et avec un 〔dans une direction d'où〕et entraîna le rêve de Mersault à la poursuite d'une image〔et mit〕donna une couleur amère aux〔Il y〕:

11 この個所の文章《すみませんが……よくは説明できないんです》は草稿には書かれていない。

12 ここと、そのつぎの文章は『手帖《てちょう》――1』（訳注『太陽の讃歌』八四ページ）を参照すること。そこではこの会話は、クレールと交わされることになっている。

13 タイプライター原稿に書き足された文章。

14 草稿。《それにぼくは、ぼく自身の生活にほかならないこの世界のかかる人間的な〔絶望的で多くのかたちがある〕姿に似ているように、いたるところで感じてしまうのです》

15 ここはタイプライター原稿の上に書き加えられている。

16 草稿。《まるで、正しく洞察したことで幸せであるかのように微笑していた》

17 草稿。《ぼくの幸福への意志を殺してしまったのです》〔「なぜだい」とザグルーが言った。「生れのよい人間にとっては、幸福になるということは……」〕

18

この言葉に誘われた答えはもう少しあとにある。

《確かなことは》から、六四ページの《けっして人生を汚したりしてはいけないんだ》まで、草稿は以下のようなテクストを示している。

《かれ、ザグルーは、お金がなくてはひとは幸福になることができない、ということを確かなことだと思っていた。或《あ》る種のエリートたちにあっては、幸福にはお金なんか必要ではないんだ、と信じ込ませようとする一種のスノビズムがある。ザグルーの言うところによれば、生れのよい人間にとっては、幸福になるということは万人の運命を繰り返すことで、それも諦《あきら》めようとする意志からではなく、幸福になろうとする意志からなのだ。ただ、幸福になるには時間が必要だった。それも、たくさんの時間が。幸福もまた長い忍耐だった。そしてほとんどすべての場合、われわれはこの時間を、生計を得るために費やしてしまう。それこそがかれの興味を惹《ひ》いたたった一つの問題だった。ほとんどの人間たちには、なんら幸福の自覚がない。というのはたぶん、苦痛の或る訓練期間が必要だからだ。お金を持つということは、時間を持つということだ。時間は買われるものだ。すべては買われる。金持であり、あるいは金持になるということは、それに適《ふさ》わしいとき幸福になれるように、時間を持つことなのだ。そしてまだ若い時分、二十五歳のときに、ザグルーはつぎのような結論に到達していた。すなわち、幸福の感覚と、幸福の必要と、幸福への意志を持っている存在《ひと》はだれでも、金持になり、自分の時間を獲得する義務があるということだ。そして、われわれをかかる状態に置いているのは、われわれの文明の或る発展段階なのだから、その手段に関することで心を煩《わずら》わすことはなんらなかった。幸福を必要とするということは人間の心のなかでも最も気高いことなのだから、すべては、たとえ悪質な行動でさえも、その必要によって正当化される。そこに純粋な心さえあればいいのだ。こうしたわけで、二十五のとき、ザグルーは財をなしはじめた。かれはなにも正確にはしなかった。メルソーには、盗みをまえにしてもザグルーがたじろぐことがなかった、ということを知るだけで充分だったろう。一九一四年には、かれは現金で巨大な財をこしらえた。かれは頃合を見はからってやめる術《すべ》を心得ていた。お札で、およそ二百万フランというところだ。それがどれだけ莫大《ばくだい》なものであるかが、メルソーにはわかっていただろうか。世界はかれに向って開かれていた。そして世界とともに、孤独と熱情のなかでかれが夢見ていた人生が開かれていたが、かれの両脚を奪った戦争さえなければ、実際にかれはそうした人生を持ったことだろう。はじめかれは、みんなとおなじように、それが六カ月はつづくだろう、と思っていた。かれは逃れることができなかった。かれは不具の人生を生きたくはなかった。二十年来、かれはお金を持っていた。かれには、恋と、生きようとする滅茶苦茶《めちゃくちゃ》な情熱があった。かれは、不具者の接吻《せっぷん》で人生を汚すことではなく、人生に対する愛でひたすら抗議することに自分の時間を費やしていた。かれはささやかに暮していた。二十年間はその貯《たくわ》えた金高をほとんど減らしはしなかった。それはそのままそこに残っていた》

このテクストのなかでは、ザグルーは（マルヌの戦いで致命傷を負ったカミュの父親のように）、一九一四年の大戦の犠牲者である。一四年との照合は、タイプライターで打たれた第一稿にもいぜんとしてある。それは第二稿で線で抹消され、タイプライターに変えられている。そこでは《ぼくは終える（finir）術を知らなかった》とあるが、それはタイプライターの打ち間違いに思える。けれども、《ぼくは逃れる（fuir）ことができなかった》は、もしそれが事故ということになると、もはや意味を持たなくなるだろう。

戦争に関するあらゆる示唆《しさ》を消し去ることで、たぶんカミュは、年代についての或る種の本当らしからざる印象を和らげようと思ったのだろう（たとえば、第二章でマルヌの戦いの話をするエマニュエルを参照すること）。と同時にかれは、そのエピソードに、より一般的なひろがりを与えたかったのだろう。

19　心の純粋さは、カミュの幾つかの大きな問題の一つである。かれはそれを、善と区別したがっているようだ。（第二部第四章の終りを見ると、《かれの心の無垢《むく》のなかで》と、ルフランのように繰り返されている）。『手帖――2』（訳注　新潮文庫『反抗の論理』八六ページ）を見ると、それを善と結びつけていることで、キルケゴールはかれを苛立たせている。《Kにとっての心の「純粋さ」とは……それは統一だ。だがそれは統一であり、しかも善だ》。カミュのあらゆる道徳的発展はこの疑問の多い結合のなかに記されることになろう。

20　草稿。《重苦しい沈黙のあとで、ザグルーがまた話しだした。かれはかれの人生をやり損ってしまった。それは確かなことだった。だがかれは正しかった。一切は幸福のためにある。そしてそれは……対立するものだ。不具者はそのとき笑った。そしてメルソーに微笑《ほほえ》みながらこう言った。「ぼくらの文明の……」》

このパラグラフについては、『手帖――1』（訳注『太陽の讃歌』三二～三三ページ）を参照すること。そこではどうやら、ピストルをもてあそんでいるのは、小説の主人公のほうのようだ。

第五章

この章は樽《たる》職人のカルドナ（カミュの祖母の実家の姓はカルドナだ）に当てられている。すなわち「貧民街」の一つの「声」に、である。導入部の一文と結論の一節は、この章をザグルーのエピソードに結びつけ、小説の第二部を準備している。

この章には長い前置きがある。それを理解するには、『裏と表』やカミュの家族構成を参考にしなければならない。すなわち、かれの兄、かれの母、かれの母方の祖母であり、また二人の叔父たちで、その一人は《叔父アコー》と呼ばれるまさしく母親の義理の弟であったが、かれは、カミュの最初の結核の発病後に、カミュを引き取った。もう一人は叔父サンテスで、不具の樽職人であり、樽職人カルドナのモデルである。

このエピソードについては草稿で幾つもの文章があり、またタイプライターで打たれた一つの文章がある。まずつぎにあげるのは、いわば生《なま》の状態におけるエピソードだ。そこでは一つの物語《レシ》、自伝的な趣が問題にされており、不具の樽職人の姉である母親が主要な役割を演じていることに気づくだろう。

《かつて一人の女がいたが、夫の死が、二人の子供とともに彼女を貧しくしてしまった。彼女は母親のところで暮すことになったが、職人である不具の弟をかかえて、ここでもまた、貧乏だった。彼女は生きるために働き、家事にいそしみ、子供たちの教育は祖母の手にゆだねた。粗暴で、気位が高く、支配者であった祖母は、子供たちを厳格に育てた。そのうちの一人は結婚した。話さなければならないのは、もう一人のほうだ。公立小学校、それからリセ、通学生活、家への帰宅、薄汚なく貧しい、胸がむかつくような雰囲気《ふんいき》、意地悪な祖母の家、善良でやさしいけれども愛することも愛撫《あいぶ》することも知らない、それに、無関心な、母親。かれはそこで成長した。十六歳のとき、かれは母親に恋人がいることを知った。そのことにかれは驚き、悩み、狼狽《ろうばい》させられた。だが母親は、その男とけっして別れなかった。かれは、好きだった叔父のところにしじゅう出かけてゆき、半分はそこで暮していた。或《あ》る日、かれは重い病気になった。十七歳のこの日から、かれはこの叔父のところで暮した。かれの母親はかれをかまってはくれなかった。無関心だったのだろうか？　そうではなくて、不思議な、ほとんど超自然的な性格からだった。彼女は別の世界のひとだった。彼女は、母親の死後、不具の弟と一緒に

暮したが、かれは彼女を不幸にした。それだから彼女は、自分の長男のところへいってそこで暮した……》

さて、つぎがより念入りに書かれたテクストで、病院での会話のあとに（第二章参照）出てくる。そこではカミュは、ルイという名前で登場する。かれは病院で一夜を過し、その翌日の十時半に迎えに来られる。

かれはかれの世話をしていた叔父のところに連れてゆかれた。かれが体験をつんでいくのはそこだった。母親はといえば、彼女はまだ完全にひとりぼっちというわけではなかった。彼女の母親は死んでしまったが、二人の息子と（一方は結婚し、他方は病気だった）、また彼女の弟も残っていた。その男は聾《つんぼ》で、なかば唖《おし》だった。かれは三十歳で、小男だったが、かなりな美男子だった。子供のときから、かれは母親のもとを離れたことがなかった、などなど（決定稿を参照のこと）。かれは荒々しさと激情でその母親を愛していたのだ……などなど。そういったことが、かれに、自分を男だと思わせてくれたのだ。

まえの事件にひきつづいて、かれは姉と暮していた。たった二人きりで、彼らは長いあいだ薄汚ない暗い人生を送り、またそれにしがみついていたのだ。彼らが互いに話し合うことができたとしても、それはなかなかにむずかしいことだ。だから彼らは、まる一日じゅう、ただの一言も話をせずに過すこともあった。それに、彼らの生活はかなりくすんでいて単調だったので、際限なくつづけることはできなかった。しかもかれは、意地悪で暴君的な自分を見せるのだった。しかもかれは、姉の個人生活に干渉していた。そして彼女は、うんざりして、最後のいさかいのあげくの果てにかれを捨ててしまった。彼女は別の界隈《かいわい》に狭くて風通しの悪い小さな部屋をみつけ、そこに住まった。それでもまだ彼女にはなにかが残っていて、それが彼女を孤独から守っていてくれたが、それは、彼女の人生が過ぎていった家がどこかにあって、かつては彼女のかたわらにいただれかをいまでも保護していてくれるという思いだった。それさえも、いまは彼女から奪われてしまった。彼女の弟はたったひとりのままで、生れてはじめて家事や料理をしなければならなくなった男がそうなるように、まったく途方に暮れていた。かれはもとどおりにしていたが、などなど、そのなかでは一切はもとどおりだった。とどのつまり、かれはしまいには厭《いや》になってしまい、などなど。かれは投げだしてしまった。少しずつ汚れがかれを取り巻き、かれを閉じ込め、かれの寝台を攻撃し、かれを侵蝕《しんしょく》し、かれに消しがたい刻印を押した。かれの家はとても汚ならしく、などなど。かれは、そこに巣を構えた。そして、こうしたわけでルイの母親は、自分がまだ執着していた最後のものまで奪われてしまったのだ。

彼女の弟は、仕事もお金もとだえがちで、かれは、かつて母親が住んでいた界隈をさまよっていた。姉にはもはや音沙汰《おとさた》はなかった。家主は彼女に、母親の埋葬のとき、かれの依頼で、自分が墓地までついていってやったのだ、とだけ言った。みすぼらしい墓地で、たったひとりかれは為《な》すこともなく、などなど。かれは泣きだした。

そして、こうしてルイの母親はわれに返った。貧しい人びとの世界は、自分に身をかがめる唯一《ゆいいつ》の世界、社会の離れ小島である唯一の世界ではないにせよ、ごく稀《まれ》な世界の一つなのだ……

(このテクストのあとは、もはやわれわれの扱っている章には関係がない。)

このエピソードは、さきのそれとおなじ書体の草稿、おなじ様式の草稿のなかでも扱われている。それはプレイヤッド版第二巻、一二〇九ページ以下のなかに引用されている「貧民街の声」の三番目のテクストをほとんど想起させる。つぎに掲げるのは、この草稿の断片である。

そしてまさにその晩、かれの母親はかれを前にして泣いていた。かれは音楽を奏し、素朴で通俗的な民謡を聞いていたが、それはいまだ人生を知らない青年の大いなる感情の爆発のような歌だった。そして、かれの母親は、この計り知れない愚かな憂鬱《ゆううつ》にひたっていった。それからすぐに彼女は泣きだし、それから話しだした。彼女の不幸にはなんの疑いもなかった。聾で、唖で、意地悪で、動物的な弟と一緒に、彼女は暮していたのだった……などど。（プレイヤッド版参照）……この女は、だんだんに投げやりな感情にひたされていき、ときとしては神が自分のお気に召したひとたちを飾る、あの心の傷というものにわが身をささげるのだった。《一体なにをしたらいいのだろう？　いつか私は、きっと最後には毒を飲んでしまうだろうよ。少なくとも私は平静でいられるからね》

こうしたあらゆるテクストにおいて、生きた体験は転移されていないか、あるいはほとんど転移されていない。それは、ただ変形されているだけだ。現実には、叔父のサンテスとかれの姉はよく理解し合い、別れ別れになることもなく、清潔な住居で暮した。

たしかにそれよりはあとの、また『幸福な死』の物語にとても近い二つの別のテクストは、一つの転移をなしている。「その界隈の住人」という表題のもとにある第一のテクストは、自伝的な照合を削除している。すなわち、樽職人が中心人物になるのだ。

かれは聾で、なかば啞で、意地悪で、残酷だった。しかしながら執着する感情に染まりやすいかれは、同情に値するこうした大義名分のままにとどまっていた。かれは姉と暮していた。だが彼女は、かれの悪意と横暴に飽き飽きしていた。彼女は子供たちのところに身を隠した。そしてかれはひとりぼっちになり、生れてはじめて家事や料理をしなければならなくなった男のように、途方に暮れていた。かれが姉を真面目《まじめ》に愛していたことと、彼女の突然の家出が、かれがいまだに人生のなかで執着していた最後のものの一つをかれから奪ってしまったことを、つけ加えておかなければならない。

かれは三十歳だった、などなど。

かれの母親は死んでしまい、この男の絶望は筆舌につくしがたかった。この瞬間から、などなど、かれの孤独のひろがり。なぜなら、見捨てられてしまったかれは、おなじ状況にある他のいかなる人間よりも見捨てられていたのだ。というのは、かれは不具だったから、かれと他の人間たちのあいだにある橋は落ちてしまっていたからだ。

しかしながらかれの周囲では、人びとはかれに同情していた。かれにはそのことがわかっていた。それは大きな喜びだった。ほとんど逃避でもあった。かれは結婚すると思われていた、などなど。人間たちのなかでのかれの位置。そしてかれが家の住人というより、その界隈の住人、というのはこうした意味でだ。

かれは樽職人だった。仕事は不足しがちで、お金もそうだった。一時期が過ぎると、かれはもう探し求めようとはしなかった。かれは自分の町の通りをあちこちとさまよったが、一足ごとに死んだ過去の反響を呼びさましていた。それが、それ以後かれのしていることだった。そして人びとは、かれがこの界隈から出かけていくたった一つの機会がなんであるかを知っていた。それは町のもう一つのはずれにある母親の墓に詣《もう》でることだった。だいぶ以前から、かれは墓参りをしていなかった。そこでかれは、かれがかつて愛していて、また、からかいもした亡《な》き母を訪ねた。そして、汚ならしい墓地で、自分の人生の空《むな》しさを前にしてたったひとりでいたかれは、自分の最後の力をかき集め、それこそは自分の幸福だった過去を自覚したのだ。少なくともいまでも、そうした幸福を信じなければいけない……などなど。かれは泣きはじめた。かれは自分の身の上に涙を流していた。そして、それこそをかれは享楽《きょうらく》しなければならない。

二つ目はタイプライターに打たれたテクストで、それはわずかな差異はあるけれどもほとんど以上の草稿に近く、この章の最初のパラグラフ（《かれはそれをポケットに入れ、自分の部屋に入った》などなど）を草稿に書き足しながら、それを補っている。

この章の終り、つまり七四ページの《人生の残酷な一面がまざまざと……》から、七七ページの《……出発と再開を長々と呼びかけるのだった》までは、特別な二枚の紙片に書かれている。

かくして最後のパラグラフは、まずつぎの一節ではじまっていた。《その翌日の日曜日に、メルソーはザグルーのところに駆けつけたが、それはまるで、まだかれの言うことを聞いてくれ、かれを理解してくれるたった一人のひとのところに駆けつけるようであった》。こうしたかたちで、それは、第一部の五つの章の最終的な再調整に応《こた》えているのだ。

第二部　意識された死

この表題を理解するには、たとえば『結婚』（訳注 新潮社版『カミュ全集』(1)二〇九ページ）や『手帖《てちょう》——1』（訳注『太陽の讃歌』一二五ページ）を参照することができる。

第一章

愛情のドラマが絡《から》んだ中央ヨーロッパの旅は、カミュの感受性に激しい打撃を与えた。プラハは、かれにとっては、王国の裏である追放を表わしている。だから、一つの旅行記の様式化された抜粋であるこの第一章が、幾つかのテクストによって準備されたとしてもだれも驚きはしないだろう。そのうちの一つは、「魂のなかの死」という表題のもとに、『裏と表』のなかに姿を見せている。われわれはそれを、『幸福な死』のテクストと比べることができるだろう。

そのテクストについては、一連の草稿が存在している。『裏と表』の物語との顕著な相違はつぎの通りだ。自分の部屋で死んだ男のエピソードが、通りで死んだ男のそれにとってかわられている。しかるに、このエピソードについては、「貧民街の声」に当てられた一件書類のなかに一つの手書きのテクストがある。カミュはそうした事件をプラハで体験したのではなく、アルジェで体験したようだ。かれの想像力の命ずるところによって、かれは、幸福の町に暗影を投じた殺人を、追放の町に移し替えてしまったのだ。

ヴァリアントに関して言えば、「貧民街の声」の草稿を、ここでは草稿㈠と書くことにした。

1　草稿。〔メルソー〕
2　草稿。《かれが待っていたお金が届くまで》実際にはこの通りであった。だが金持であるメルソーには、お金を待つ必要はない。
3　草稿はこの章句をはじめるところで大いに躊躇《ちゅうちょ》し、幾つかの線で消された文章がある。《街角で……》《この日もまた他の一日とおなじようであった……》
4　草稿。〔人生の残酷な渋面と〕
5　草稿。〔一つの伝言　苦悩の呼び声　悩ましい呼び声〕
6　草稿。《けれどもかれは、なにかが欠けているのを感じていて》
7　草稿㈠。このあとに《かれは死んだように泥酔《でいすい》しているように見えた》が入る。
8　草稿㈠。《頭の上に》

9　草稿㈠。《横たわった身体《からだ》のまわりを、インディアン（シゥ族）の野蛮な足どりで踊っていた》

10　草稿㈠。《すぐ近くの、レストランの明り取りから落ちてくる鈍い光と一緒になっていた。夜の十一時だった。そしてそれは、クリスマスの夜だった。光と影の少し息苦しいような戯《たわむ》れにもかかわらず、その情景は、なにか或《あ》る野蛮で獰猛《どうもう》な偉大さではなく、或る原始的な無垢《むく》につながっていた。休みなく踊っている男……》

11　草稿㈠。《すたれてしまった（数語判読できず）こうしたすべては、最も日常的でない自然の衣をまとっていた。そこには凝視と無垢から生れた或る平衡の一瞬があったが、その瞬間がすぎれば、一切は、なんなく理解されてしまう凡俗さに堕してしまうだろう。

それに実際、一切はすぐにも説明がつくだろう。人びとが待っていたのは警官だった。そこにある身体は酔漢のそれではなく、死んだ男のそれだった。かれのまわりでは、その友だちが踊っていた。

それより半時間もしないまえ、彼らは貧民街の小さなレストランの扉を叩《たた》いた。彼らはすでに大酒を飲んでいた。そして食事をしたがっていた。だがその晩はクリスマス・イヴであいにくもうどこにも空席がなかった。いったん断わられた彼らはなおもねばっていた。彼らは追いだされた。このとき彼らは、妊娠している女主人を足蹴《あしげ》にした。すると、亭主らしい一人のブロンドのひ弱な青年がピストルをつかんで発射した。弾丸はその男の右のこめかみに打ち込まれた。男の顔はいったん傷口の方に向き、いまはそのままそこに崩折れていた。酒と恐怖に酔ったその男の友だちは、死体のまわりを踊りはじめた。

事件は単純だった。そして翌日、一行の新聞記事で片づけられてしまった。だが、一瞬のあいだ、世界の片隅のひっそりとしたこの界隈《かいわい》では、先刻の雨で湿った舗道に投げかけるまばらな燈火《とうか》の光や、滑るように走ってゆく自動車の長いきしる音、あかあかと明りをつけ、音をたてて間をおいてやってくる電車が、あの世を思わせるあたりの光景に不安な浮彫りを与えていた。それは、この界隈の、甘ったるい、そして不安なイメージだった。それは一日の終りが通りを影でみたすそのときであり、あるいはむしろ、（彼らがいぜんとして参加している実体（推測した語句）をほかにすれば、ほとんど見えないような存在を動かしている）重い足音やぶつぶついう声でそれとわかる、名も知れぬたった一つの人影が、ときおり薬屋の赤ランプの光のなかで、血のように赤い光背に染められて浮びあがる、そんなときであった》

12　草稿はそこで終っている。ムルソーが独房のなかで、寝台の板とマットのあいだでみつける新聞と比較すること。その新聞のなかで、かれは、『誤解』のもとになる三面記事を読むことになる。
13　草稿。《〔そうした沈黙の上には解放の歌のようなものが流れ、〕そうした沈黙のなかを、かれは、眠りのなかを流れるように流れていた》

第二章

1　草稿。このあとに別行で〔オーストリアの税関で、係員が、一種の形の定まらぬ夢からかれを引きだした。メルソーが長い訊問《じんもん》を受けねばならなくなったのはそのためであり、そしてたぶんまた、そのかれの憔悴《しょうすい》した顔のおかげだった。彼らはかれの持っている新聞を探し、一枚一枚丹念に調べた〕
2　草稿。《なにもたらしてはくれぬ荒廃した世界の顔》
タイプライター原稿では、そこの《顔》が、《象徴》となっている。
3　草稿には、この手紙はない。それはただ《手紙(a)》と示されているだけだ。
4　タイプライター原稿。《君たちはいまなにをしている？　君たちはどこから来

る? 君たちはなんだ? 君たちはどこへ行く?》

5 草稿には、この手紙はない。それはただ《手紙(b)》と示されているだけだ。

6 タイプライター原稿。《世界をのぞむ家》

7 このあとに《「イリュストラシオン」を予約すること》が入る。

8 《カトリーヌは……三人目の娘になるでしょう》のくだりは、タイプライター原稿には載っていない。

9 カミュがジェノアを実際に通ったのは一九三七年秋のことであり、これより一年後のことである。小説のプロットでは、それはプラハの直後に置かれている。

10 この文章は草稿にはない。カミュはそれを別の用紙に書いていた。

11 マルトは消され、リュシルになっている。《それは最も強力な絆《きずな》、つまり虚栄心だった》

12 ここでは、草稿には何本もの抹殺する線が引かれている。復元すると、それはつぎのようになる。

《そうしたことから、苦痛に伴う残忍ななにかが生じたのだ。奇蹟《きせき》が起ったのではなかった。他の人びともそれを抱いていた。そしてきっと、幻滅した愛は豊饒《ほうじょう》だったろう(数語判読できず)。けれども虚栄のけがらわしい動物につけられたこの傷は、かれを激怒させてしまい、まるでかれが、爪《つめ》や歯の住処《すみか》になってしまったかのようであった。かれの血は（数語判読できず）かれの全生命や全理性とともに流れていた。虚栄から生ずるこの大いなる苦しみは、われわれを狂気のほとりに連れてゆく。なぜなら、崩壊するのはわれわれの人格全体であり、またメルソーにとっては、それはあたかも、かれが自らのなかに抱いている半神が、地獄に急速に落ち込んでいったかのようだった。けれどもかれは、かつてリュシルを愛したことはけっしてなかったし、いまも愛してはいなかった》

13 《しばしばそうしたことが……知っていた》は、タイプライター原稿では、疑問符をつけて書き加えられている。

14 草稿。《……示してみせなければならなかった。かれは幸福を要求する自分の権利を獲得した。かれは、自分の過去や……》

第三章

「世界をのぞむ家」に当てられたこの章については、草稿が発見されていない。ただあるのはリュシエンヌに関する一節だけで（《パトリスはリュシエンヌのことを考えていた……リュシエンヌの唇の上に》）、それは、マルトに関する『手帖《てちょう》――1』（注訳

『太陽の讃歌《さんか》』一〇六～一〇七ページ）の断片によって補足される。

「世界をのぞむ家」に関しては、プレイヤッド版第二巻、一三一八ページを参照のこと。（あらゆるヴァリアントはタイプライター原稿からとってこられたものだ。）

1　《いつもクレールを弁護しようと待ちかまえているローズが》

2　カトリーヌのかわりに、クリスチャーヌとある。

3　あとからつけ加えられた文章である。

4　《頭脳的な女》

5　《マルグリット》

6　ノエルのかわりに、プラクシテールとある。それはまたあとにも出てくる。

7　《魂がすべてを占めている休息のなかに彼女を沈めるのだった》

8　《彼女の言葉に》

9　《死から死へと移行するあの忍耐強いもう一つの真実のように、自由を所持しているこの状態が》

10　《彼らの真実》

11　《ローズは壁に近づき……》のかわりに次の一文がある。《かれは、たとえ女を愛することはできなくても、彼女のなかで世界を愛している。彼女は、自分の熱気をパトリスの肩の窪《くぼ》みに押しあてながら、その重みのすべてで同意していた。かれはこうつぶやいている。「それはむずかしいだろうな。だが、それが理由ではない」――「もちろんよ」と、目にいっぱい星を宿してカトリーヌが言った》

第四章

この章については、さまざまな様式の用紙に書かれた一連の草稿が存在する。そのほかに、リュシエンヌに関する一節のための一枚の草稿《彼女には両親がなかった……青い海原に》と、パトリスとカトリーヌのあいだでの最初の対話のための二枚の草稿がある。離ればなれになった原稿用紙から取ってこられたヴァリアントは草稿㈡と示されている。

1 《これより一月まえ……》から、一四八ページの《身動き一つせず、かれの立ち去る姿をみつめていた》までがここに挿入されたが、そこには以前は、リュシエンヌとの結婚と、カトリーヌとの対話が置かれていたのだ。

2 草稿㈡。以下は次のようになっている。

《「もしあなたがここにいて幸福だというなら、なぜあなたがここから出ていくのかわたしにはわからないわ」

「〔ぼくは幸福ではない。〕かつてはぼくは幸福だった。でもいまぼくは、水が乾いてしまったスポンジのように、まったくひからびて、がさがさになっているんだ。多くの人間は自分たちの生活を複雑にし、自分で宿命をつくっている。だがいんちきをしたとてなんになろう？　彼らが欲しているのは、愛することと、愛されることなんだ。そんなことを期待しているなんて、いまぼくはかなり滑稽《こっけい》だね」》

草稿には、最終稿でこのパラグラフの冒頭を形成しているテクストがある《《それは、その日の午後のはじめだった……世界のこうした新しい誕生をみつめていた》）。ついでメルソーの返事がかえってくる。《ここではぼくは愛されているんだ。カトリーヌ。でもそれだけだ。そうではないかい？》

3　草稿(二)。《パトリスをみつめていた。「そうよ」と彼女が言った。「それだけよ。でも、もしあなたがなにか変ったことが好きなら〔もしあなたが愛されているなら〕」

パトリスは言った。「知ってるさ。でも愛することに疲れた男たちは、愛には値しないのさ。もしぼくが、世界が身につけることを知っていて、今日、空のなかや湾の上で微笑《ほほえ》んでいるこの光の顔に飽きてしまえば、ぼくは世界に値しないだろう」》

草稿はつぎのようにつづく。《かれは世界に顔を向けて話していた……どのような視線であるのかがわかるのだった》

4　草稿㈡。《「それこそわたしがしたいと思っていることなの。というのは、なにごとにつけあなたは、いつも、わたしのことなど考えずに行動しているからよ」と彼女は言った。パトリスは、窓の框《かまち》に手を載せてふりかえった。そして誠実にこう言った。「ぼくはきみのことなど考えていない。ぼくは嘘《うそ》なんかつかないほうがずっと好きだ。ぼくは一瞬だってきみのことを考えたりはしなかった。わかってくれたまえ。ぼくがそんなことをきみに言うのも、それは、ぼくがきみを尊敬しているからさ。きみを苦しませるのを怖《おそ》れたりすることは、きみに敬意を欠くことになるだろう」――「そうね。ありがとう」とカトリーヌが言った》

草稿はこうつづいている。《何艘《なんそう》かの小さな帆船が……》

5　草稿㈡。以下こうつづく。《一方かれは、自分をじっとみつめている彼女の眼差《まなざし》に涙がこみあげてくるのを眺めていたが、愛の欠けたやさしさが、おびただしい波のようにかれの心のなかでふくらんでくるのを感じていた。かれは彼女の両手をとると……》

6　草稿㈡。《それを人生に期待するんだ》

7　草稿(二)。《私にはー恋があるわ》

8　草稿(二)。このあとに《愛することもできず、泣くこともできないのに、一体どんな権利があってかれは、生への唯一《ゆいいつ》の愛という名のもとに、愛を語っていたのだろう》が入る。

9　草稿(二)。《人骨の森のようなジェミラ。そこには希望もなければ絶望もなく、愛する絶望もなければ愛する希望もなく、ただ酸《す》っぱい匂《にお》いと花々の生活の思い出があるだけだった。だがそれこそまさに、かれがこれから仕えねばならなかった、黒い、目のない神が、かれのなかで言い渡していることだった》

10　草稿。《「あとはただ、ぼくらを結びつけたそのおなじ青春が、いつかぼくらを別れ別れにしてしまうだろう。としたら、ぼくには、やらねばならないほかのことがある。」彼女はパトリスに背を向け……》

11　草稿。《最も突飛な苦悩や、最も執拗《しつよう》な罪でさえもね。それこそが……》

12　《よう!　メルソー……閉ざされてしまうことになるのだった》までの一節は、草稿には書かれていない。それはタイプライターで打たれた原稿で書き足されている。

13　草稿。この直後に《さようなら。アパランス》がくる。

14 タイプライター原稿。〔人生に耐えること、それを証明すること。そうしたことが、かれの肉体とかれの夜のなかでつづいていた。おそらくそうにちがいなかった。だが、人生に耐えることを望み、人生などというものをまったく所有しないことに意志を集中しなければならなかった。そこにすべてがあった〕

15 最初のタイプライター原稿。《曲げ》

16 草稿。《沈黙》

17 草稿。《知っていたし》

18 モラレスとバンゲスの敵対関係は、オランの二人の植民者にまつわる逸話からカミュがヒントを得たものだ。ルイ十五世風のサロンの詳細は、おそらく正確なのだろう。飛行機に関しては、カミュは、父親からもらった飛行機を操縦して自殺してしまったアルジェの一人の友だちのことを想《おも》っていたにちがいない。その悲劇的な現実は、小説のなかでは笑い話にされている。

19 草稿。〔クレール、ローズ、そしてカトリーヌ〕

20 草稿は、この対話については一部分しかなく、それも別の一枚の紙に書かれている。「ぼくにとって大切なことは……ぼくは、人間として幸せなんだ」がそれである。タイプライターで打たれた原稿には、《自分の両腕をさすっていた》のあとに、鉛筆で書かれたつぎの一文が読まれる。「あなたは、奥さんを愛してはいないのね」。それから、それにつけ加えられて、対話の冒頭がくる。(「あらほんと。ねえ、わたしはあなたにこう言いたかったの」以降)

21　かかる会話は、カミュとその女友だちのあいだでしきりに交わされていた。

22　草稿。《幸福になるように行動することだって？　もし、私の気に入っているこの国で、そうやって住まなければならないとしたらね。でも感傷的な期待というものは……》

23　草稿。この前に《他人に対して》が入る。

24　草稿。このあとに別行で以下が入る。《「うん。それはそのようなものさ。人間の宿命とは、密《ひそ》かな苦痛でしかない」(タイプライター原稿では、《苦痛》のかわりに、《恐怖》がある)》

25　草稿。このあとに別行で以下が入る。《「人びとが偉大な計画にそって自己の人生を達成するまえに隠遁《いんとん》してしまうように、もしあなたがここにいるならね」と、メルソーをみつめながらかれが答えた。――「ぼくにとっては」とメルソーが言った。「ぼくにとって偉大と思えることは、隠遁することです。あとはみんな策略なんだ」》

26 草稿。《つづけて言った》

27 草稿。《大きな秘密》

28 小説のはじめのころの幾つかのエスキスでは、主人公が、自分の作家としての天職について打ち明けることをカミュは予定していたようだ。かれがカトリーヌに打ち明ける第三部のための一つのプラン（訳注『太陽の讃歌』二三ページ）参照のこと。《第一章——「カトリーヌ」とパトリスが言った。「ぼくはいま、自分が書こうとしていることを知っている。それは、死刑囚の物語だ。ぼくはいまこそ自分の真の役目、つまり、書くという役目に置かれているのだ」》

ここからひとは、書くという経験と死のそれとのあいだの現にあった関係を知ることができる。

29 草稿。このあとに別行で《「さようなら、あなた《シェリ》」とリュシエンヌが言った》が入る。

30 草稿。《四つの》

第五章

この章の草稿は、異なった用紙と字体で形成されている。そのことから、その草稿は、さまざまな部分が縫い合わされ、数次の段階を経て構成されたと考えることができる。たとえばその最初の一節は、『夏』の「アマンドの木」のテクストを予告している。

1　草稿。このあと別行で《このころ……》という一節につづく。

2　この部分とつぎの文章は、タイプライター原稿のなかでつけ加えられている。

3　草稿。《……しみじみと感じていた。そしてその肉体を内的に追跡していったが、それは、この夏の夜の暑い吐息と同じ真実とともにであった……》

4　草稿。《肉体の永遠》

5　草稿。《苦痛には強く、ひ弱な質《たち》ではなかったが》

6　草稿。《「おすわり。そこにいていいよ。きみは話をしたくはないの?」とメルソーが言った。——「いいえ。あなたが疲れるから」とリュシエンヌが言った》

7　草稿。このあと《夜がはじまった……》につづく。
幼年時の思い出である赤い雲の想起は、ザグルーについての断章につづいてあらわれる。そこではそれは、つぎのように終っている。《だが、それはどこでもおなじ美しさだ》

《「わたしは一体どうなってしまうの?」とリュシエンヌが言った。——「なんにも」とメルソーが言った》のすぐあとに、《彼女の腰に手をかける最初の男が彼女をとろけさせてしまうだろう。そして身も心もその男の胸のなかにあって、彼女はかつてかれに捧《ささ》げたように、その身を捧げてしまうだろう。そして世界は、彼女のなかば開いた生温かい昼のなかで相変らず続いてゆくだろう》という部分がつづく。

なおこの文章は、最終稿ではもっとあとに出てくる。

8 《幾つもの幻が……宿命的でやさしい行為だった》まではすべて草稿には出てこない。

9 タイプライター原稿。《肉体のなかに永遠を見いだすことができなかったこうしたあらゆる人びと》

10 《メルソーは、ときおり……相変らず続いていくだろう》までの文章は、草稿には出てこない。

11 草稿。《かれがザグルーをそれほど自由ではないと感じていたこの時刻《とき》》

タイプライター原稿。《かれが自分を、これほどかれの身近に感じていたこの時《と》刻《き》》

12 草稿。《十字架が、それでもってヨーロッパじゅうをみたしている、あの感動的

で悲劇的な心の慰安からはほど遠く》

マルローの最初の小説のなかで、カミュはつぎの一文を読むことができた。《たしかに、より高度な信仰がある。村々のあらゆる十字架や、われわれの死者たちを支配しているそのおなじ十字架が誘いかけてくる信仰だ。その信仰は愛だ。そして慰めがそのなかにはある。でもぼくは、それをけっして受け入れはしないだろう》

13　《日が昇りつつあった》は草稿には出てこない。

14　小説の最後の部分の文章は、難航した調整の対象をなしていた。草稿のなかでは、《自分のなかで緩慢な昇天を味わっていた》のあとで、インクの字で〔リュシエンヌの両目にじっと注がれた目〕とあり、ついで《あと一分、あと一秒》と書かれている。この二つの文章のあいだに、《かれはリュシエンヌの……おなじ欲望でみつめていた》と鉛筆で加筆され、挿入されている。それから、こうなっている。《小石が止った。そして心の歓喜にひたりながら、かれは、小石のなかの小石となって、〔真なるものの不動性に〕、あの不動の世界の真実に還《かえ》っていった》

『幸福な死』の成立について

ジャン・サロッチ

この序文では、伝記的事実を強調するつもりはない。知らなければならない基本的なことがらは、二冊のプレイヤッド版のなかで、すでにロジェ・キヨから与えられている。『幸福な死』は、カミュがその少年時代を過したベルクールの貧民街の思い出や、船荷仲介業の勤め口、一九三六年夏の中央ヨーロッパ旅行、一九三六年と七年のイタリア旅行、サナトリウムでの滞在、ラ・メーゾン・フィッシュでの、あるいはまた一九三六年十一月にかれが住んだアルジェの高地にある「世界をのぞむ家」での生活、などといった数々の思い出を綴《つづ》ったものである。読者はこの本のなかで、かれの恋愛生活の幾つかのエピソードを読むこともできよう。シモーヌ・イエとの二年間にわたる夫婦関係と、激しい口論ののちにザルツブルクで燃え尽きた彼女との生活の破《は》綻《たん》がそこに転移されている。その身元を明らかにすることは容易ではないが、もう一人の女性の作中人物がそこでは重要な役割を演じている。注のなかには、それらに関するより詳細な幾つかの指摘を見ることができよう。疑問符もいくらか残ってはいるが、学問的研究がいつかそれらをたぶん消し去ってくれるだろう。たとえば、リュシエンヌとはだれなのか？ ロラン・ザグルーとは？ 医師ベルナールとは？ などといったことがそれである。ここでは小説と実生活のあいだの細かな照合をつくりだすことより、その文学的成立を述べることのほうがより重要に思われた。

のちに『幸福な死』となる事項の、『手帖《てちょう》』のなかでの最初の正確な言及は、《第二部》のためのプランであり、それは中央ヨーロッパへの旅のあとからのことだ。『幸福な死』のための最後のエスキスには、一九三八年の日付がある。メルソーの名前は一九三九年一月にもまた出てくるが、以後カミュの関心を惹《ひ》いているのは『異邦人』だ。だから『幸福な死』は、一九三六年から三八年にかけてその構想が抱かれ、かつ書かれたものであった。それは最初の形体における『裏と表』のさまざまなエッセエや、最後の転身をとげた『結婚』のエッセエと同時代のものだ。そのあとに、『カリギュラ』の最初の制作がつづく。

この小説が作られたそのありさまを最もよく想《おも》い浮べるためには、まずもって最終稿を考察することだろう。『幸福な死』は二つの部分に分れ、その一つ一つは五章からなっている。第一部は《自然な死》であり、つぎは《意識された死》だ。けれどもタイプライターで打たれた百四十ページのうち、第一部は四十九ページにしかなっておらず、それはかろうじて三分の一あまりなのだ。

《自然な死》の結末はロラン・ザグルーの殺害だ。主人公のメルソーは、第一章でかれを殺し、その金を奪うが、家に帰るとき風邪をひく。つぎにつづく章は過去への回帰である。それはメルソーの日常生活（第二章）であり、マルトとの関係やかれの性的な嫉妬《しっと》（第三章）、ザグルーとの長い会話（第四章）、そして最後に樽《たる》職人のカルドナとの対話になるのだが、そこでは樽職人の惨《みじ》めな物語が語られる（第五章）。話の筋をつないで要約してみよう。並みの生活をしている一人の小サラリーマン、パトリス・メルソーは、かれ以上に月並みな生活をしている樽職人の隣人であり、或《あ》る娘の恋人なのだが、彼女の最初の恋人は不具者ロラン・ザグルーであった。メルソーは、彼女のおかげでザグルーと近づきになり、彼と会話をかわしながら、いかにして彼が財を蓄えたかを知る。そして、こうした打ち明け話のあげくに、彼を殺してしまう。そこでメルソーは旅に出る。健康は頼りないが、財布はいっぱいだ。

《意識された死》の五つの章は、メルソーのプラハ滞在（第一章）、その旅のつづき、ジェノアを経由したアルジェへの帰還（第二章）、「世界をのぞむ家」での生活（第三章)、海に面した家で暮すチェヌーアへ向けての出発(第四章)、最後にかれの肋膜炎《ろくまくえん》と死(第五章)、を提示している。それらの話の筋を通すと、メルソーはプラハで、幸福がかれから逃れ去っていくのを感じる。そのかれは、太陽に向って帰っていく途中、ふたたび幸福の味わいを見いだす。アルジェに帰ってから、かれは幸福な生活の相次ぐ二つの体験を試みる。最初は「世界をのぞむ家」での三人の女友だちとの共同生活で、もう一つは、禁欲的な孤独な生活のなかで、であるが、その生活は、チェヌーアを訪れるかれの妻のリュシエンヌや、三人の女友だちで和らげられている。かれは幸福を獲得し、ザグルーを想起しながら、死に際してまでその幸福を守る。

このように小説をざっと一読してみると、主要なテーマが明らかにされてくる。すなわち、いかにして幸福に死ぬか?であり、それはまた、死それ自体が幸福になるほどに、いかにして幸福に生きるかということである。この立派に生き、従容《しょうよう》として死ぬことからすると、第一部は裏である。それは、お金や、時間や、感情の制禦《せいぎょ》がないからだ。第二部は、経済的独立や、時間の組立てや心の平和のおかげで、表である。かかることが、おおむねその最終稿における『幸福な死』の内容と意味なのだ。

二部に分けることになったのは、ずっとあとのことだ。一九三八年までは、プランのあらゆるエスキスは例外なく三部の状態を尊重しており、暗中模索はもっぱら各章の配置に向けられている。だから、最終的なプランでひときわ目立つあの不均衡（九十一ページ対四十九ページという）に驚きはしないだろう。三部に分けることは、《再度の配列》と銘うたれた計画がそのことを証言しているように、もっとずっと釣合いがとれていた。つまりその場合には、各部は、ほぼ同数のページ数を持つことができただろう。

最終プランは、堅固な対照をくずしている。最初のエスキスにおいてはそんなことはない。しかしながらその対照や交錯は、すぐにも、作品の美学的方策であるように思われてしまう。ちょうどそれは、それらがカミュの哲学の方策であるのと同様だ。或るノート（訳注『太陽の讃歌』二四ページ）のなかで、かれは《六つの物語》を語ることを目論《もくろ》んでいる。それらは、つぎの六つだ。

すばらしい遊戯の物語。贅沢《ぜいたく》。

貧民街の物語。母親の死。

「世界をのぞむ家」の物語。

性的な嫉妬の物語。

死刑囚の物語。

太陽に向っていく物語。

こうして枚挙していく順序それ自体により、かれは、かかる交錯の配慮を明らかにしている。六つの物語は二つずつ一組にすることができる。だが一九三七年八月までは、かれは、時間の対照によって極性の対照を倍加することを求めている。だから或る章は現在形で書かれることになるし、他は過去形なのだ。《第二部》の細部のプランにおいてさえ、かれは、厳密な絡《から》み合いによって時間が交互に継起していくよう試みるのだ。かかる形式主義を、やがてかれは断念することになるのだが、それは内的必然性が伴わないからである。だがその一つの痕跡《こんせき》は決定稿のなかに残っている。それは、純粋で持続的な一つの幸福の喚起である「世界をのぞむ家」に捧《ささ》げられている章で、そこは、最初の計画通り、現在形で書かれたままになっている。

前述の六つの物語は、徐々に小説を組み立てていくその最初の素材を形成している。その六つの物語から、またそれらの変貌《へんぼう》やそれらの配分から、この小説の生成をたどることができるだろう。

最初のプランは「世界をのぞむ家」の物語を強調しているが、その物語は、性的な嫉妬の物語とともに、《第二部》を占めている。ここに、『手帖』（訳注『太陽の讃歌』二一一〜二一二ページ）のなかで読まれる最初のプランがある。

第二部

A。現在形で

B。過去形で

A_1の章――「世界をのぞむ家」。提起。

B_1の章――かれが回想する。リュシエンヌとの関係。

A_2の章――「世界をのぞむ家」。かれの青春。

B_2の章――リュシエンヌが彼女の不実を語る。

A_3の章――「世界をのぞむ家」。招待。

B_4の章――性的な嫉妬。ザルツブルク。プラハ。

A_4の章――「世界をのぞむ家」。太陽。

B_5の章――逃亡（手紙）。アルジェ。風邪をひき病気になる。

A_5の章――星空の夜。カトリーヌ。

こういうわけで、第一部は、一九三七年八月以後のプランに見られるように、すばらしい遊戯と貧しい界隈《かいわい》の一対の物語に当てられている。そのすばらしい遊戯とはなにかということを、のちに『シーシュポスの神話』が、ドンジュアニスムと、コメディと、征服の、三位一体のなかで示すことになる。この遊戯は、《貧民街》の生活の変遷《へんせん》と対立している。そこには、おなじ一九三七年八月の或るプラン（訳注『太陽の讃歌』六四ページ）が際立《きわだ》たせている二重の対立が描かれることになるのだ。

第一部——それまでのかれの生活。
第二部——遊戯。
第三部——妥協の放棄と自然のなかの真実。

《それまでの生活》とは、むろん、貧しさと、八時間の日々の労働と、社会的関係の凡俗さであり、いわば、それは正当でない存在形体のことだ。《遊戯》とは、それについて『手帖』はあまり明らかにしていないが、或る種のダンディスムや、貧しい生活での進歩や、自分を享楽《きょうらく》する場合の威勢の良さを指しているにちがいない。だが、それとてもまだ不当なものだ。『幸福な死』の最終稿におけるかかる対立関係は、対話で薄められたり、メルソーの出世に要約されてしまい、その重要性を失っている。そのかわり正当さの獲得は、孤独と自然のなかへの逃亡の動きによって最初のエスキスから現われ、小説の結末と目標は推敲《すいこう》の最後の瞬間まで残存している。けれども『幸福な死』は、最初の頃のエスキスでは、主人公の死で終ってはいないようだ。たとえば一つのプランでは、《死と太陽の味わい》と書いてある。それは一つの味わいでしかない。別のプランでは、死は対峙《たいじ》され(?)てはいるが、第一部の最後にこう位置づけられている。《最終章──太陽と死(自殺＝自然な死)に向っていく。》ここには顕著な特徴が見られる。つまり、死と太陽は相関関係にあるのだ。幸福が、道徳的神話が、感性的なイメージである太陽にとってかわらねばならぬが、すると決定的な一歩が、決定的な概念に向って踏みだされることになる。この一歩は、一九三七年八月とそのときのノート(訳注『太陽の讃歌』六九ページ)に溯《さかのぼ》ることができよう。《小説──生きるためには金持にならねばならぬと悟った男。その金を獲得するために、かれは全身全霊を捧げる。かれはそれに成功し、幸福に暮し、そして死んでゆく。》こうして、はじめて『手帖』のなかで『幸福な死』の本当の梗概《こうがい》に出くわすのだが、そのときはじめて、そこで《小説》という言葉にも出くわすのだ。

この小説の話の筋は、以後、明確だ。それは、幸福は金では買えない、という諺《ことわざ》を逆にして顕揚することだ。金銭による幸福が主要なテーマになるのだが、それは、一九三七年十一月十七日のノート（訳注『太陽の讃歌』一〇一ページ）の冒頭にはっきり示されている。

十一月十七日

《幸福への意志》

第三部。幸福の実現。

だが、このときザグルーという人物が不意に出現するのだが、そこではまだかれは《不具者》でしかなく、金銭と時間の関係に関する問題でメルソーを啓発し、もう一つの諺、時は金なり、という真実をかれに発見させるだけだ。この諺は逆にしてもまた真実で、金は時なり、ということにもなるのだが、それこそはかれの生活技術の基本的な条項を形成することになる。十一月十七日のノートの最後の一節がそのことを証言している。

《〝生れのよい〟人間にとっては、幸福であることは、自分もまた万人の運命をたどることだ。それも諦《あきら》めの意志によるのではなく、幸福への意志によってだ。幸福になるためには時間が、多くの時間が必要だ。幸福もまた長い忍耐だ。そして時間を、われわれから時間を奪うものこそ金銭の必要だ。時間は購《あがな》われる。すべてが金で買われるのだ。金持になること、それは、幸福になるにふさわしいとき幸福になれるよう時間の余裕をもつことだ》

そこで小説の異なったさまざまな素材が、一対の失われた時間と獲得された時間によって再編成される。失われた時間とは、貧しさや労働や散文的な生活の時間である。すなわちメルソーの生活に捧げられた章は、《時間を潰《つぶ》すこと》と題名をつけられることになるが、その表題は、マルトとの関係や、中央ヨーロッパでの旅にも適《ふさ》わしいものだろう。ザグルーの殺害が、失われた時間のかかる惨めなオデュッセイアに終止符を打つことになる。獲得された時間とは、「世界をのぞむ家」と自然のなかへの逃避の時間のことだ。そこから、原稿用紙の上に書きとめられた三部にわたるプランの立案が生れてくるのだが、いずれの場合も、その最初の章は時間に捧げられている。第一部には、《時間を潰すこと》にはじまる七つの章があるが、それらはプラハから帰ってアルジェでのさまざまな有為転変を迎えるメルソーの生活を包括している（それは最終稿の第一ページから七五ページにあたる）。すなわち、《第一部は、〝時間を潰すこと〟から、〝かれは自分が幸福にふさわしいと感じていた〟までである》とカミュは書いている。この最後の言葉は、ほとんどそのままの形で最終稿の九七ページに見いだされる。《……かれは、いま、自分が幸福にふさわしい人間であることをやっと理解するのであった》というのがそれである。

第二部の冒頭の章は、そのころ《時間を獲得すること》と題されている――つまりそれは「世界をのぞむ家」のことだ――そして第三部の冒頭の章は、《時間》である。プルーストを想起するならば、その小説が、失われた時、つまり労働の時間から、獲得された時間、つまり、「世界をのぞむ家」での花咲ける乙女たちのなかで過す無為の時間、また、孤独と死のなかでの自然との一致のそれである見いだされた時への道をたどっていることがわかる。最後のページの草稿にある《時間》という簡潔なノートがそのことを要約しているのだ。《まずはじめに多くのことをし、それからすべてを捨ててしまう。全くなにもしてはいけない。時間を、とりわけ季節を（日記！）追うことだ》。時間は、幸福を旗印として主要なテーマになるが、それはその小説に骨組とリズムを与える。最初の幾つかのエスキスにある現在＝過去の交錯は誘導子ではなかった。いまや、第一部の粉々にされた時間から、第三部の無時間的生成へ、流れは移り変ってゆかねばならず、無気力な描写を、抒情《じょじょう》的なアクセントと一つにしなければならないだろう。

かくして小説の最後の急転、つまり二つの部分の対照に近づくことになる。それは二つの理由から説明される。最初にまず、エロチックな、あるいは感傷的なエピソードについてのカミュの当惑がある。かれは、それらを制御しなければならなかった。前述の計画では、第二部は、《時間を獲得すること》のあとで、《リュシエンヌとの邂逅《かい》《こう》》と《カトリーヌの出立》を告げていた。かれはこうした項目のもとで、充分な素材を組織することができなかったし、あるいはそれを望まなかった。ついで、ザグルーのエピソードはかなり強調されるようになって、それが一つの体系の核を形成することになる。はじめは性的な嫉妬《しっと》に結びつけられていた中央ヨーロッパへの逃亡が、今度はそれに付け足されたのだ。

だがカミュは、この小説の三つの部分にたいそう執着している。そこからまたあのプランが、つまり大団円の前の最後のプランが生れてくる。

《第一部。一、貧民街。二、パトリス・メルソー。三、パトリスとマルト。四、(線で消されほとんど判読できない)。Pとかれの友だち(?)。五、パトリスとザグルー。

第二部。一、ザグルーの殺害。二、不安のなかへの逃亡。三、幸福への回帰。

第三部。一、女たちと太陽。二、チパザでの密《ひそ》かな燃えるような幸福。三、幸福な死》

決定的な表題がそこにはある。だがそれは最終章につけられている。ザグルーのエピソードはまだしかるべき場所にはない。あとはただ、まず第一部の最後に、ついではじめに、殺人の場面を移し替えることだ。となると、旅行とそれからの帰途に当てられた第二部はあまりにも薄っぺらになる。それは最終部と一つに溶け合うが、《意識された死》という共通な表題がその融合を裏付け、《自然な死》というこれに平行する表題を招き寄せることになる。そのかわり、一つの表題を授けられていた数章は、その表題を失うことになる。すなわち、はじめは《世界をのぞむ家》といわれ、ついで《女たちと太陽》、ついで《女たちと世界》といわれていた章《レシ》が、以後、予告なしに、直接法現在の突飛な光のなかで、プラハからの帰還の物語に続くことになる。これこそが、書き直され——《小説を書き直すこと》と一九三八年六月にカミュは自らに厳命しているのだが——完成された、あるいは少なくとも手を入れ直された『幸福な死』なのだ。

　それはなにゆえ刊行されなかったのだろう？　ここでは、純粋に文学的な動機にのみ留意することにしよう。カステックス氏は『異邦人』に関する自分の研究のなかで、それがカミュの想像的な企図のなかで『幸福な死』にとってかわったものであると推測し、一九三七年の八月にその転換期をみている。そのとき、『幸福な死』の懐胎期間に、『異邦人』のテーマがこっそりと入り込むのである。かれはつぎの一文を引用している。

《普通ひとが営んでいるお定りの人生（結婚、地位などなど）に人生を求めていた一人の男が、あるとき突然、モードのカタログを読みながら、いかに自分がその人生に（つまりモードのカタログのなかで考えられているような人生に）無縁であったかに気づく》（原注　ロジェ・キヨ『海と牢獄《ろうごく》』八七ページ（原書）と比較すること）

それは『幸福な死』に関連しているが、にもかかわらず、『異邦人』のテーマの最初の表現なのだ。

かかる仮説は当を得ている。『幸福な死』のロマネスクな価値についての考察によって、この仮説を強化することはできる。どうやらカミュは、この作品を推敲していくにつれ、かれの最初の小説の契約取消しの罪と、もう一つの別なロマネスクの可能性を感じたようだ。

《素晴らしく書けてはいるが、同時に下手くそに縫い合わされた》作品、とロジェ・キヨは記している。これ以上巧《うま》くは言えないだろう。名文家の素質がそこにはきらめいているが、それは小説家のそれではない。カミュはそこで、ばらばらになった素材を秩序づけ、一つにしようとしているが、その努力は空《むな》しい。ザグルーの空想的な殺人とプラハへの現実の旅日記のあいだに、一体どんな関係があるというのだろう？そして、カルドナの惨《みじ》めさを描いた場面と、「世界をのぞむ家」の想起のあいだに、どんな関係があるというのだろう？　調子のばらばらなことがエピソードの散在を増大させ、それは、対照を研究するという趣味によっても言い訳はできかねる。悲愴《ひそう》な調子、快活な調子、通俗な調子、乾いた描写、官能的な熱っぽさ、陽光の抒情性といったものが、調整されることなく交互にあらわれている。エピソードはあまりに多すぎ、ときには二度も使われている。だからメルソーの母親の死のあとで、われわれはカルドナの母親の死をふたたび読まされるのだ。とりわけ女たちの役割が下手に按配《あんばい》されている。《小さな驢馬《ろば》さんたち》のトリオのなかではカトリーヌが浮きあがってしまっているが、彼女ははじめ――元のプランが示しているように――メルソーと一度関係があったことになっていた。けれどもリュシエンヌが、おなじ有利さを誇示することができたのだ。さまざまなプランは、或《あ》るときはこちらの女、或るときはあちらの女との関係を予測させている。そこにはまた、リュシルという或る女の名前も読まれる。訂正から読みとることができるように、マルトが彼女にとってかわり、リュシエンヌとカトリーヌの役割の一部を引き受けることになる。彼女は失われた時の関係であり、カトリーヌは見いだされた時のそれになる。たしかにカミュは、かれの女たちと一緒だと気楽にはなれない！　彼女たちはその小説の幼虫状態を遅らせてしまう。彼女たちは、二兎《にと》を追うものは一兎をも得ず、という諺の文学的例証である。最終稿のなかでは、彼女たち各人各様の貢献を作りだし、彼女たちの痕跡《こんせき》をとどめ、あるいは彼女たちの登場を差配するかれの努力が感じられる。だがその結果は大したことではない。

この小説は、さらに努力することでより良きものとなりえただろうか？　『幸福な死』は、小説である限りにおいて、かれの原則のなかで断罪されてしまっている。小説《ロマネスク》のジャンルに関する最近の或る作品のなかには（原注　『革命時代までの小説』、H・クーレ、アルマン・コラン）こう書いてある。《一つの小説の質は、正確な観察と、想像力による現実の訂正あるいは深遠な探究が一つに結ばれている、その緊張にあるのだ。》いかなる小説も、こうした掟《おきて》を免れることはできない。しかるに『幸福な死』においては、観察の諸要素、すなわち自伝的素材はばらばらになったままである。たとえば、貧民街や、サナトリウムや、「世界をのぞむ家」や、中央ヨーロッパの旅や、女たちの姿態の思い出は、化学的な意味では、のちに反抗的人間が模範としてあげることになるプルーストのそれ同様の、《一つの全体、一つの閉ざされ、一体化された世界》に総括されるような扱いは受けていない。それらは、創造的な想像力によってふたたび取り上げられるそのときだけ、一つの全体を形成するだろう。ところが、この創造的な想像力は、『幸福な死』では、文体の次元でしか発揮されていない。さまざまなエピソードやさまざまな作中人物の工夫は、とても貧弱だ。『人間の条件』や、あるいは『罪と罰』にヒントを得たザグルーの殺害も、人物それ自体も、ロマネスクな真実に到達してはいない。この不可能な小説においては、価値があるのは実際にかれが生きた情景、つまり『裏と表』の血脈に属し、形式としては、「皮肉」や「魂のなかの死」と見分けがつかないものであり、あるいは、『結婚』のそれと類縁関係にある抒情的な喚起だけだ。その小説のなかで最良の部分は、ロマネスクなものではない。

カミュは、そのことを同様にはっきりと感じていたのだろうか？　かれはどこにもそのことを告白してはいない。けれども、少なくともかれの芸術家としての潜在意識は、自分にその失敗を知らせ、かれの知らぬまに、より良い途《みち》へとかれを導いたことはありそうなことだ。自然科学者《ナチュラリスト》の或る暗示的な譬《たと》えをジッドから借りてくれば、

『幸福な死』は、『幸福な死』の蛹《さなぎ》のなかで『異邦人』の幼虫が形成されていったのだ。『幸福な死』は、ひとを欺《あざむ》く蛹を追い続け、その作者はそれを書き直し、あらゆる部分でそれに手を入れようと努めていたが、それから着想を得た寄生虫状態の『異邦人』は、この仕事から最良の利益を引きだし、偽りの小説のかわりに、ついには本物の物語《レシ》を生むことになるのである。

さて、『幸福な死』と『異邦人』との平行関係で、この研究を終らせることにしよう（原注　『カリギュラ』との平行関係は、完全な研究のなかで論じられることになるだろう）。ロジェ・キヨは、《ムルソーは……メルソーの弟である》ことを指摘した。かれは、或る幾つかのエピソードや脇役《わきやく》的な作中人物たちが、二つのテクストに共通であることを強調した。だがかれは、とりわけその差異にも敏感で、《二つの筋はなんの関係もない……》、あるいは、《『幸福な死』はなんら『異邦人』の母胎ではない。それはまったく別の本だ……》と書くことになる。

しかしながら、筋や処理の仕方や意図の明白な差異にもかかわらず、『幸福な死』のなかには『異邦人』の前駆的状態を見ることができるし、術語からその植物学的な意味を取りだせば、その母胎さえ見ることができるのだ。そうしたことを納得するには、二つの作品の構造を比べれば充分だ。『幸福な死』はその最後の構想の変化で結局は二部になっている。三部に分けることから二部に分けることになったその推移は、カミュにとっては、対照的なものが短絡される、より個人的な弁証法を考慮したために、対照的なものの総合が大切にされるあの古典的な分割を諦めたことを意味している。かかる観点からすると、『異邦人』は、『幸福な死』の転写でしかない。二部ということもおなじだし、各部における章の数もほとんどおなじだ（六つと五つの章が、五つと五つの章に対応している）。一方と他方の第一部の図式も明らかにおなじだ。最初に散文的な生活の場面があって、それから犬を連れた人物との会話があり（サラマノ、あるいはカルドナ）、さらに殺害があるが、それがザグルーの殺害であり（これは技巧上、極端に《in extremis》前に置かれているが）、あるいはアラブ人のそれである。この殺害は、主人公を、安易な生活から真実のなかへ急激に駆りたてる。見たところ、それぞれ第二部は、もはやなんの共通性もない。たしかに、象徴的な一つの物語《レシ》のなかでは同化しえない要素であるプラハへの旅や、「世界をのぞむ家」は、『異邦人』から消えてしまった。だが、チェヌーアにひきこもったメルソーと、アルジェの牢獄《ろうごく》に入れられたムルソーを比べてみるなら、たとえば彼らを慰めにやってくる訪問者たちの規則的な循環や、彼らを感動させる季節や、彼らを最後の刻限《とき》に導く重さのない時間のなかに、一つの照応を見て取らねばならない。そして、もし彼らの運命がとても似ていないようにみえたとしても——というのは、一方は完全犯罪を犯してそれから利益を得、他方は無能な殺人者で裁判官たちの餌食《えじき》になってしまうからだが、彼ら二人の問題は、やはり「幸福な死」であり——《異邦人、あるいは一人の幸福な男》という副題が原稿には添えられているからだ——また彼らが二人とも、世界と一致し、人間たちから解放されて、勝ち誇りながらその問題を解決していることを忘れてはならない。

ここでは一つの比較を簡単に試みているだけで、いずれは周到な研究が、素材よりもこれら二つの作品の方法に関心を持ちさえすれば、その問題をもっと奥深いところに設定することができるだろう。それによって『異邦人』の優位性は、より明るみにされるばかりだろう。だが、つぎのようなことを言う必要が果してあるだろうか？カミュによって刊行されなかったこの『幸福な死』は、一作品というよりはむしろ一つの資料である。そしてこの資料のなかには、かれの才能の証明書に書き込まれるために、現にある幾つもの作品が姿を見せているということだけで、かれの栄光には充分なのだ、と。そうした諸作品を見いだす喜びは、読者におまかせすることにしよう。

解説

高《たか》畠《ばたけ》正《まさ》明《あき》

本書は、一九七一年四月に、《Cahiers Albert Camus》の第一巻としてガリマール書店から刊行されたものである。この原本の構成は、冒頭の「刊行者のことば」の直後に、サロッチ氏による「『幸福な死』の成立について」がつづき、そのあとに「テクスト」と「ヴァリアントならびに注《ノート》」が置かれるという形態をとっている。だがサロッチ氏の文章は解説の性格を兼ねているものであるがゆえに、本書においては逆に「テクスト」のあとに置くことにした。また「ヴァリアントならびに注《ノート》」に関しては、無用と思われるものもないではなかったが、刊行者の強い要請で、すべて収録することにした。それもまた、本書の「資料」としての性格を強調する当事者の意向のあらわれだろう。

このアルベール・カミュの諸作品のなかで最初期に書かれ、しかも生前はついに陽の目を見ることがなかった幻の小説『幸福な死』*La mort heureuse* について、もはや多言は要すまい。本書に収められたジャン・サロッチ氏の「解説」、ならびに「刊行者のことば」が、その成立ならびに刊行経過を、充分に明らかにしているからだ。

なかでもとりわけ「解説」の最後に書きとめられたサロッチ氏の指摘――《この『幸福な死』は、一作品というよりはむしろ一つの資料である。そしてこの資料のなかには、かれの才能の証明書に書き込まれるために、現にある幾つもの作品が姿を見せている》という指摘は、まさしく当を得たものである。つまり、この作品のなかには、『異邦人』や『結婚』、それに『裏と表』といった初期の重要な作品の胚珠《はいしゅ》もあれば、最後まで書かれずに終った作品の核ともなるべき要素が、多種多様なかたちで存在しているからだ。そのことがこの作品を、或《あ》る意味ではとりとめのない、また小説としては均整を欠いた、いかにも不体裁なものにしているのだが、それだけにかえってわれわれは、青春時代のカミュのさまざまな生のかたちに触れることができるように思う。

処女作の例にもれず、とにもかくにもカミュは、この小説のなかで、当時かれが遭遇し、あるいは体験した、あらゆる出来事を書き込もうとしたにちがいない。そして、なかでも当時のカミュにとって一番切実な問題であった貧苦と死が、《幸福な生の希求》というテーマを自然にかたちづくっていったのだろう。この作品の表題となった

《幸福な死》が、《幸福な生》によってのみ可能であったことは、この作品を読めばおのずから明らかであろう。つまり、貧苦からの脱出は《幸福な生》を約束するものでなければならず、死への恐怖は、死を意識の至福の状態に昂揚《こうよう》することによってはじめて克服できるものとカミュは認識していたにちがいない。こうした観点から主人公メルソーの生の軌跡を眺めると、ザグルーを殺して金を奪い、「世界をのぞむ家」で幸福な日々を過し、やがてチェヌーアに隠遁《いんとん》するその経過は、すべて巻末に訪れる、あの幸福な死にそなえたものであるといってよい。そしてそこでメルソーが迎える幸福な死とは、世界と一体となる生の充足感にほかならないのだが、そのためにはかれは、「世界をのぞむ家」や、カトリーヌや親しい仲間たちから離れ、人里離れたチェヌーアの別荘で一人暮しをするという、生きながらにしてすでに孤独な生に、孤独な死に、なじまなければならない。したがってメルソーは、あるいはカミュは、幸福への意志や幸福な生は死への道行きにほかならぬといった或る種の矛盾に逢着《ほうちゃく》しているのだが、こうした矛盾が、生の不条理という劇的なふくらみをみせることなく、やや短絡されて《幸福な死》に収斂《しゅうれん》されてしまうところにこの小説の未熟さがあり、長期にわたって手を加えられながらも完成にはいたらなかった一つの理由があるように思われてならない。要するにはじめに述べたように、この小説は、あまりにも当時のカミュの切実な欲求を忠実に反映しすぎていたのかもしれない。それだけに、その構成にたびたび手を加えられながらも、この小説はフィクションとしての小説本来の面白さを獲得できず、しかも『裏と表』や『結婚』のようなエッセエともちがう、いびつな作品に終ってしまったのだろう。

だが、そういった不満は別として――しかも作者自身が公表をしなかった作品なのだから、そういった不満を抱くこと自体がすでにおかしなことであり、これはあくまでも「資料」として読まれるべき作品として遇するのが、作者に対する読者の礼儀でもあるのだが――ここには、やはり注目に値する幾つかの問題がある。

『手帖《てちょう》――1』(『太陽の讃歌《さんか》』)を見れば明らかなことだが、カミュはこの作品のなかで、「性的な嫉妬《しっと》」といったテーマにかなり執着している。作品の構成からいうと、この「性的な嫉妬」というテーマは、マルトを仲介としてメルソーがザグルーに出会う一つの契機となっているのだが、それにしてはこの部分(第一部第三章)は、かなり精緻《せいち》に書き込まれている。おそらくこのテーマも、当時のカミュの重要な関心事であったにちがいないのだが、この章は、のちの『異邦人』のムルソーの形成に、さらには『異邦人』全体の問題に、深い関わりを持っているように思えるのである。

まず「性的な嫉妬」といったテーマ自体が、メルソーの自尊心、あるいは虚栄心の所在を如実《にょじつ》に物語っているといえよう。第一部第三章の冒頭の映画を観《み》に行く場面で、マルトは、明らかにメルソーの虚栄心を満足させる女として登場するが、そのメルソーがマルトのことを《アパランス》と呼んでいることは、二重の意味できわめて重要だ。第一にそれは、メルソーが、いわば恋人である女との心理的葛藤《かっとう》の罠《わな》にはまるまいとする態度を示唆《しさ》している。映画館でマルトと目顔で挨拶《あいさつ》をかわした男のことで、メルソーは、傷つけられた自尊心と嫉妬に苦しむが、そうした事態は、逆に、そのときマルトがアパランスでありえなくなったがゆえに生じているのである。のちにマルトと再会したメルソーは、《かれの想像力やかれの虚栄心が極度の価値を彼女に与えていたそのおなじときに――かれの自尊心のほうは、彼女に、それほど充分な価値を与えてはいなかった》ことに気づくのだが、マルトにしろリュシエンヌにせよ、メルソーがかたくなに愛を拒否し、ひたすら相手を《アパランス》に、あるいは《目の喜びに》とどめようとするその裏には、こうした傷つきやすい自尊心の存在を見逃すわけにはいかないだろう。一九七五年の五月に行われたインタヴューのなかで、カミュ夫人は、《彼は自分が何かに束縛されたり、また何かが彼を束縛しようとすると、まるで野獣のように身をひるがえしてしまうのでした》(「波」一九七五年八月、新潮社)と語っているが、こうしたカミュは、メルソーやムルソーと酷似している。夫人が語っているように、それはカミュの自由への愛であったのかもしれない。だがそれ以上にそこには、自尊心が傷つけられることを怖《おそ》れつづけた微妙な心理の介在があったことも否《いな》めないであろう。しかも愛を拒否するメルソーは、愛に対してそれこそピューリタンのような感情を抱いていることに驚かされる。《メルソーは、だれか一人の女と互いの絆《きずな》をつくる最初の動作をかわすそのたびに、愛と欲望はおなじやりかたで表現されるという不幸を意識して……》と書かれているが、となるとメルソーの言う愛とは、一体いかなるものであったのだろう？

このように、愛を拒んでいる、というよりは怖れているメルソーが、『異邦人』のムルソーと同一人物であることは疑いない。ムルソーもまた、マリーの心にけっして踏み込もうとはしない。そして自分が死んだあとでリュシエンヌの腰に最初に手をかける男のことを病床で想像するメルソーとおなじように、獄中のムルソーは、やがて他の男と唇をかわすマリーのことをふと想《おも》っている。あえていえば、それだからこそメルソーもムルソーも、「愛」を、かたくなに拒んでいるようにも思えてくるのである。

メルソーやムルソーのこうした女たちとの結びつきは、すなわち、相手を、外観《アパランス》の世界にとどめておこうとするありかたは、自分自身に対する場合も含めて、たえず世界と距離を置こうとする態度に発展していくだろう。モーリス・ブランショが、《この異邦人は、じっさい自分自身に対して、あたかも一人の他人がかれを眺め、かれについて話をしているような関係にある。……かれは完全に外にいる》と書き、ピエール・ド・ボワデッフルが、『小説はどこへ行くか』のなかで、《アンチ・ロマンの序、カミュの『異邦人』》と銘うったりしたのも、この問題と無縁ではない。かれは、他人や世界のなかに足を踏み込むことを怖れている。そしてけっして自分を侵すことのない、《世界のやさしい無関心》にだけ心をひらくのである。こうしたメルソーやムルソーを生みだしたカミュが、『反抗的人間』をめぐる論争でのちにサルトルと対立するころから、歴史から身をひいていくようになるのは、けだし当然のことであったろう。そして『幸福な死』の本筋とはあまり関係のない第一部第三章に私が筆をついやしたのも、この章に、サロッチ氏の言う、以後のカミュの一つの胚珠を、あるいはカミュという作家の本質を探りだしているからである。

（一九七六年三月）

この作品は一九七二年三月新潮社より刊行された。

カミュ
窪田啓作訳
異邦人
太陽が眩しくてアラビア人を殺し、死刑判決を受けたのちも自分は幸福であると確信する主人公ムルソー。不条理をテーマにした名作。

カミュ
清水徹訳
シーシュポスの神話
ギリシアの神話に寓して"不条理"の理論を展開、追究した哲学的エッセイで、カミュの世界を支えている根本思想が展開されている。

カミュ
宮崎嶺雄訳
ペスト
ペストに襲われ孤立した町の中で悪疫と戦う市民たちの姿を描いて、あらゆる人生の悪に立ち向うための連帯感の確立を追う代表作。

カミュ・サルトル他
佐藤朔訳
革命か反抗か
人間はいかにして「歴史を生きる」ことができるか——鋭く対立するサルトルとカミュの間にたたかわされた、存在の根本に迫る論争。

カミュ
大久保敏彦
窪田啓作訳
転落・追放と王国
暗いオランダの風土を舞台に、過去という楽園から現在の孤独地獄に転落したクラマンスの懊悩を捉えた「転落」と「追放と王国」を併録。

サルトル
伊吹武彦他訳
水いらず
性の問題を不気味なものとして描いて実存主義文学の出発点に位置する表題作、限界状況における人間を捉えた「壁」など5編を収録。

スタインベック
伏見威蕃訳
怒りの葡萄（上・下）
天災と大資本によって先祖の土地を奪われた農民ジョード一家。苦境を切り抜けようとする、情愛深い家族の姿を描いた不朽の名作。

ヘミングウェイ
高見浩訳
武器よさらば
熾烈をきわめる戦場。そこに芽生え、激しく燃える恋。そして、待ちかまえる悲劇。愚劣な現実に翻弄される男女を描く畢生の名編。

フォークナー
加島祥造訳
八月の光
人種偏見に異様な情熱をもやす米国南部社会に対して反逆し、殺人と凌辱の果てに逮捕され、惨殺された黒人混血児クリスマスの悲劇。

ロレンス
伊藤整訳
完訳チャタレイ夫人の恋人
森番のメラーズによって情熱的な性を知ったクリフォド卿夫人――現代の愛の不信を描いて、「チャタレイ裁判」で話題を呼んだ作品。

カフカ
高橋義孝訳
変身
朝、目をさますと巨大な毒虫に変っている自分を発見した男――第一次大戦後のドイツの精神的危機、新しきものの待望を託した傑作。

ヘッセ
高橋健二訳
春の嵐
暴走した橇と共に、少年時代の淡い恋と健康な左足とを失った時、クーンの志は音楽に向った……。幸福の意義を求める孤独な魂の歌。

T・マン
高橋義孝訳
魔の山（上・下）
死と病苦、無為と頽廃の支配する高原療養所で療養する青年カストルプの体験を通して、生と死の谷間を彷徨する人々の苦闘を描く。

リルケ
高安国世訳
若き詩人への手紙・若き女性への手紙
精神的苦悩に直面している青年に、苛酷な生活を強いられている若い女性に、孤独の詩人リルケが深い共感をこめながら送った書簡集。

S・モーム
中野好夫訳
人間の絆（上・下）
不幸な境遇に生まれ、人生に躓き、悩みつつ成長して行く主人公の半生に託して、誠実な魂の遍歴を描く、文豪モームの精神的自伝。

ジッド
山内義雄訳
狭き門
地上の恋を捨て天上の愛に生きるアリサ。死後、残された日記には、従弟ジェロームへの想いと神の道への苦悩が記されていた……。

チェーホフ
神西清訳
桜の園・三人姉妹
急変していく現実を理解できず、華やかな昔の夢に溺れたまま没落していく貴族の哀愁を描いた「桜の園」。名作「三人姉妹」を併録。

モーパッサン
新庄嘉章訳
女の一生
修道院で教育を受けた清純な娘ジャンヌを主人公に、結婚の夢破れ、最愛の息子に裏切られていく生涯を描いた自然主義小説の代表作。

新潮文庫最新刊

松嶋智左著
女副署長
全ての署員が容疑対象！　所轄署内で警部補の刺殺体、副署長の捜査を阻む壁とは。元女性白バイ隊員の著者が警察官の矜持を描く！

深木章子著
消人屋敷の殺人
覆面作家の館で女性編集者が失踪。さらに嵐で屋敷は巨大な密室となり、新たな人間消失が！　読者を挑発する本格ミステリ長篇。

池波正太郎著
幕末遊撃隊
幕府が組織する遊撃隊の一員となり、官軍との戦いに命を燃やした伊庭八郎。その恋と信念を清涼感たっぷりに描く幕末ものの快作。

新潮文庫編
文豪ナビ　池波正太郎
剣客・鬼平・梅安はじめ傑作小説を多数手がけ、豊かな名エッセイも残した池波正太郎。人生の達人たる作家の魅力を完全ガイド！

松本侑子著
みすゞと雅《が》輔《すけ》
孤独と闘い詩作に燃える姉・みすゞと、挫折多き不器用な弟・雅輔。姉弟の青春からみすゞの自殺の謎までを描く画期的伝記小説。

伊東成郎著
新選組
―2245日の軌跡―
近藤、土方、沖田。幕末乱世におのれの志を貫き通した、最後のサムライたち。有名無名の同時代人の証言から甦る、男たちの実像。

幸《こう》福《ふく》な死《し》

新潮文庫　カ-2-8

昭和五十一年五月三十日 発行
平成十六年十月二十日 四十六刷改版
令和 二 年五月二十五日 五十二刷

訳者 高《たか》畠《ばたけ》正《まさ》明《あき》

発行者 佐藤隆信

発行所 株式会社 新潮社
郵便番号 一六二—八七一一
東京都新宿区矢来町七一
電話 編集部(〇三)三二六六—五四四〇
読者係(〇三)三二六六—五一一一
http://www.shinchosha.co.jp

価格はカバーに表示してあります。

乱丁・落丁本は、ご面倒ですが小社読者係宛ご送付ください。送料小社負担にてお取替えいたします。

印刷・東洋印刷株式会社　製本・株式会社大進堂

ISBN978-4-10-211408-7 C0197